No desearás

D0861808

DISCARD

ALFAGUARA

No desearás. Novelas de ebriedad, fornicación y olvido
© 2011, David Martín del Campo
© De esta edición:
Santillana Ediciones Generales, S. A. de C. V., 2011
Av. Río Mixcoac 274, Col. Acacias
México, 03240, D.F. Teléfono 5420 7530
www.alfaguara.com/mx

ISBN: 978-607-11-1462-4

Primera edición: octubre de 2011

© Diseño de cubierta: Everardo Monteagudo

Esta obra fue escrita con el apoyo
del Sistema Nacional de Creadores de Arte / FONCA.

Impreso en México

Todos los derechos reservados. Esta publicación no puede ser
reproducida, ni en todo ni en parte, ni registrada en o transmitida
por un sistema de recuperación de información, en ninguna forma
ni por ningún medio, sea mecánico, fotoquímico, electrónico,
magnético, electroóptico, por fotocopia o cualquier otro, sin el
permiso previo, por escrito, de la editorial.

David Martín del Campo

No desearás
Novelas de ebriedad, fornicación y olvido

Habéis oído que se dijo: "No cometerás adulterio".
Pues Yo os digo: todo el que mira a una mujer deseándola,
ya cometió adulterio con ella en su corazón.

MATEO 5, 27-28

Iguanas de la noche

1

La brizna, eso era lo que más le fascinaba. Aquel rocío fresco, vertiginoso, refrescándole la cara. Y la velocidad, aunque todo aquello tenía sus peligros. Era temprano y el mar aún no se picaba. A pesar del deslizamiento sobre el agua ella creyó escuchar un tañido. La iglesia del pueblo, allá en tierra firme, llamando a misa de nueve. ¿O serían las diez? Hacía tiempo que había dejado de usar reloj, además que de haberlo traído aquel rocío salobre de seguro habría terminado por arruinarlo. Se lo había regalado Luis Miguel Dominguín, varios años atrás, en su aniversario. Era una alhaja con pulsera de brillantes que el matador compró en Madrid luego de una memorable faena. De la marca Cartier. Pero después ella los había perdido, al reloj y al torero. ¿O se lo habría robado Manuel?

Ava soltó la carcajada y estuvo a punto de tropezar. Le había ocurrido ya en la ocasión anterior. Eso de permitir que los pensamientos lo dominen todo, que la cabeza se llene de malas ideas y que olvide el hecho esencial de que somos un cuerpo. Un animal que intenta vivir con cierta lógica racional. Eso que los puristas llaman dignidad. ¿No la habían bautizado, años atrás, como "el animal más hermoso del mundo"? Esos periodistas imbéciles...

Aquella otra vez, dejándose arrastrar por los reproches, fue cuando se precipitó. El esquí izquierdo había patinado fuera de control y así, despatarrada, fue que se derrumbó contra las templadas aguas de la bahía. Fue cuando instintivamente, flotando con el salvavidas de corcho, se llevó la mano a la muñeca aguantando la contrariedad. El Cartier de Dominguín arruinado por aquella agua salada, y recordó entonces que hacía varios días que no lo portaba. Bueno, también había perdido el

Cadillac que le obsequió Howard Hughes. Dorado. Quedó incrustado en el tronco de un eucalipto en Sunset Boulevard y ella, Ava, sólo sufrió un rasguño sobre la ceja. ¿Pero dónde había dejado el reloj de Luis Dominguín? ¿Lo había traído a México? Qué pena, eso de empeñar la gran pasión con una joya mecánica.

Pero el descuido le había ocurrido *la otra vez*, se dijo en español, así que en ese momento no podía permitirse un instante de distracción. Zambullirse a esa velocidad no es lo más divertido del mundo. El tropiezo siempre resulta aparatoso y ridículo, aunque inofensivo. Esencialmente ridículo. Además que esquiar con el fuera de borda a media velocidad era una manera deliciosa de comenzar el día. Sobre todo después de esa noche tan agitada, ¿o debía decir perturbadora? De ahí que la brizna salpicándola fuera un modo de lavar su conciencia.

De pronto la esquiadora percibió algo extraño en la superficie del mar. A la velocidad que surcaba aquel agua color turquesa no podría hacer la maniobra... separarse de la cauda que soltaba el bote para indagar qué era aquello. El objeto permanecía a un centenar de metros desafiando su curiosidad. Seguramente se trataba de un sombrero. En Puerto Vallarta, con las sorpresivas rachas que bajan de *la sierra*, todo mundo pierde el sombrero. Soltó una mano del tirante y lanzó el grito:

—¡Ey, Pancho! —indicó al piloto de la nave— ¡Date la vuelta, por allá!

Al poco tiempo se había percatado de que todos los empleados en México se llaman *Pancho*, aunque luego sonreían al precisar: *No, señorita*, mi nombre es Heriberto, Malaquías, Salustio.

—No, *Pancho* —insistía ella—. *Así llamas tú.*

El sol comenzaba a calar y pronto completaron el giro en ese sector de la bahía. Fue cuando Ava Gardner pudo reconocer aquel objeto flotando a la deriva. No era un sombrero arrebatado por el viento ni un tronco lavado por el oleaje. Aquello era un pelícano muerto.

Quién sabe por qué Ava recordó el rostro de Manuel y estuvo a punto de perder el equilibrio. Hacía mucho que no sufría un escalofrío tan súbito como aquél. Necesitaba algo para quitarse el sinsabor. Los pelícanos son hermosos al desplegar su majestuoso vuelo por encima del oleaje. Tienen algo de aeroplano antiguo, de pterodáctilo, de Nereida celestial. Luego, al lanzarse en picada tras el primer cardumen de anchovetas, pierden toda su elegancia. La buchaca del pico abriéndose en la colisión es casi heroica, aunque a la distancia resulta bastante vulgar. Aquel pelícano, era evidente, no había salido airoso de la zambullida.

Lo que necesitaba era un trago. Un martini. Algo severo renovándole el paladar para compensar aquel encuentro tan siniestro... los pájaros no debían morir. Un trago para olvidar aquella noche con dos hombres. Monstruo.

Manuel había sido el segundo, aunque la circunstancia comenzaba a ser costumbre. Lo enfadoso era que parecía estar enamorándose de ella. ¿Sería posible? Roberto, al que apodaban el Guango, era el primero. Un hombre de pocas palabras, de cuerpo grande y hasta un poco violento. El Guango y el Seco dormían en hamacas, bajo una enramada, no lejos de su búngalo. A media noche conducía a ese tosco pescador hasta su cama y en lo que subían la vereda, entre las sombras de la noche, lo iba desafiando con pullas que aquel grosero no entendía. Fue la primera cuestión que planteó cuando fue invitada a participar en la película.

—John querido, ¿no importa que hable ese maldito idioma como una *gringa borracha*? —aunque en realidad era conocida ya como "La bestia de los martinis".

El turno de Manuel era a media madrugada. Ingresaba sigilosamente a su lecho luego de que el otro despertara del desmayo postcoital. Era cuando Ava despedía a su burdo amante, el primero, materialmente a rodillazos. Ya, *vete*, me das asco. Manuel el Seco era menos corpulento, más aindiado. *¿De verdad quiere que me meta en su cama?* Le recordaba un poco a Frank cuando se dejaba llevar por la depresión.

Amanecía con él y debía desembarazarse de sus brazos. La ternura no era lo suyo. Le entregaba cien pesos —cincuenta para él, cincuenta para el Guango— y se escurría de aquellas sábanas humedecidas. Entonces, ayudándose con la difusa luz del amanecer, avanzaba hacia el baño y orinaba entre suspiros. Sentada en el retrete deglutía dos pares de aspirinas y limpiaba aquel escurrimiento confuso. Luego retornaba al lecho. Manuel ya no debía estar... ése era el pacto. ¿Qué palabras, qué arrumacos, qué frases de embeleso eran las que ese pescador mustio susurraba al penetrarla tan dulcemente? No quería averiguarlo.

Necesitaba un martini, además de la frescura de aquella brizna castigándola. Volvió a soltar una mano y colocándola sobre la boca gritó en bocina:

—¡Ey, Pancho! ¡Date la vuelta! ¡Hacia el muelle! —gesticuló con la mano libre— ¡Pasa junto al muelle!

En la distancia el piloto creyó entender, y la esquiadora sonrió al apoderarse nuevamente de aquel trapecio. El lanchero enfiló obedientemente hacia el embarcadero de Mismaloya. Aquel martes había amanecido nublado, por lo que seguramente se interrumpiría el rodaje. El guión señalaba que en esa fecha debía filmarse la escena de la llegada del camión de turistas al hotel regenteado por Maxine Faulk —Ava era Maxine— "bajo el candente sol del trópico". Era un capricho de Tennessee Williams, eso de resaltar en todo momento la condición meridional del ambiente. Así que se le podía indicar al técnico del *boom* que desplazara el micrófono con mayor celeridad, se le podía sugerir al camarógrafo Gabriel Figueroa que operara con más suavidad el *panning*, pero al sol no se le podía ordenar que asomara. Eso ocurrió una sola vez, con el patriarca Josué, en la relación del Viejo Testamento. Al acercarse al muelle Ava gritó a un muchacho que permanecía ahí *para lo que se ofrezca*:

—¡Pancho, Pancho!... Que me preparen un martini. ¡Un martini! —hizo el gesto de tomarse un trago—. Que me lo traigan al muelle... —y recuperó el equilibrio.

La idea de todo había sido del productor Ray Stark. Un año atrás, apenas asistir al estreno del drama en el Lincoln Center, propuso al dramaturgo la adaptación para el cine. "Tú bien lo sabes, Tennessee. No podemos quedar impávidos ante el avance arrasador de la televisión; el sexo es la única salvación del cine". Muy bien, ¿pero con quién tras la cámara? Para qué preguntar, con John, desde luego. Al principio Williams insistió en que se filmase en Acapulco, "donde había corrido una aventurilla inconfesable" que le sirvió como fuste para aquel drama de culpas y deseos incontenibles. ¿Por qué las iguanas del título?, preguntó John Huston apenas conocer el proyecto. Descansaba en su casa irlandesa de Saint Clerans, adonde llegó Stark para convencerlo. "¿No sería más conveniente un título con algo del corazón... *corazón robado, corazón roto, corazón perdido en el trópico*? Nunca he filmado una cinta con nombre de corazón". Lo de *la noche de la iguana* es un secreto, le confesaría luego Tennessee. "He querido obviarlo con el lagarto que *los muchachos* dejan atado esa noche de sexo incontenible. Antes de merendárselo. Al lagarto".

Estaba a punto de cumplir cuarenta y dos años. Para eso faltaban una cuantas semanas y sus mejores interpretaciones ya habían sido proyectadas en las pantallas de los cinco continentes... *Las nieves del Kilimanjaro, Mogambo, La condesa descalza.* ¿Para qué sirve una mujer madura, divorciada tres veces, cuyo aprendizaje dramático fue un cursillo vespertino en la Montebello Film Academy? Demonios, lo que necesitaba era un trago y que ese tonto pescador no se enamorara de ella. Siempre que había *enamoramiento* surgían los problemas.

A Roberto y Manuel los había conocido en Acapulco varias semanas atrás. Había llegado ahí para estudiar el libreto lejos de los demás actores. Darse la tregua de una semana... y que a ella le hablaran de *tregua*. Aquella tarde en el hotel Ritz, que acababa de ser inaugurado, fue sorpresivamente lluviosa. Se habían hospedado bajo el circunstancial anonimato que amparó el registro de su hermana Bappie, aunque en alcobas separadas. Lluvia en la piscina, en la playa, en la terraza de toallas empapadas. Mientras ella probaba un *blanc cassis* en el bar del hotel los muchachos se presentaron para ofrecer sus servicios; un paseo en bote alrededor de la bahía, cien pesos, la embarcación tiene techo, je je. Lejos del elenco pero, principalmente, lejos de Huston luego de aquella descortesía. Y ahora se necesitaban profesionalmente. Había sido una fiesta de tantas, diez años atrás, y ella asistió invitada por Billy Wilder, el coqueto anfitrión. Apenas saludarla John Huston le declaró su admiración —acababa de ser estrenada *Lone Star*—, y como el irlandés había trasegado ya varios vodkas, en un punto de la plática le soltó una aceituna sobre el pliegue del escote en un acto que pareció inopinado. La excesiva confianza a veces resulta comprometedora.

—Uno de esos frutos me pertenece —se quiso hacer el gracioso, y amagó con recuperarlo.

En eso llegó Frankie, con quien se acababa de casar, y hubo un momento de tensa confusión, pero Huston se disculpó con oportunidad. Estoy invitando a tu princesa para que sea la estrella de mi película, además que la fiesta era en honor de John al anunciarse la inminente filmación de *La reina africana*. Ava debió entibiar aquella aceituna en la complicidad del secreto. Había crecido revolcándose entre fardos de tabaco y ahora ese frutillo entre los senos no iba a desquiciarla. No dijo nada al respecto. Su primera mentira con Frankie, una paparrucha de nada, que ya luego llegarían las noches de ligueros perdidos quién sabe dónde.

Yo soy el Guango y este menso es el Seco, se habían presentado los *lancheros*. Eran simpáticos, viriles, morenos. *Le daremos serenata durante la travesía*, y uno de ellos levantó orgulloso la guitarra. Ava prefería el brandy directo; es más estimulante que el whisky depresivo de los galeses. Lo había probado en España, donde... Sí, muy bien, una serenata —terminó por aceptar—, pero en mi habitación a la media noche. La *master-suite* del último piso. Los estaré esperando. Cien pesos.

Observó que en el muelle de Mismaloya estaban los muchachos, *sus muchachos*. También reconoció al mesero del set. Le indicó a Pancho que repitiera la maniobra; aproximarse al atracadero construido un mes atrás, pero lentamente. Insistió en lo del gesto, *lento, lento*, como Manuel la noche de anoche. El piloto obedeció, redujo la marcha del motor casi en ralentí y pasó a tres metros de aquel pontón embreado con chapopote. Más despacio y su pasajera se hundiría en la estela del bote. Esperó y vigiló la escena sin soltar la rueda del timón. Allá atrás la mujer extendía un brazo tratando de alcanzar aquella copa ofrecida temerosamente por el camarero. Ahí estaban sosteniéndolo y aguantando la risa Manuel y Roberto, sus amantes morenos. Al aceptar el viaje con ella dijeron que eran de oficio pescadores. Antes.

La copa era grande, de cristal burdo, para servir margaritas. Ava la arrebató y el mesero estuvo a punto de resbalar hacia el agua. Media ración del martini se derramó, pero quedó lo suficiente para echarse un par de tragos a esa velocidad. Un capricho cumplido y así, de entre los curiosos celebrando esa proeza de circo, estalló la luz. Era el flash de Sinclair Vincle, uno de tantos *paparazzis* apoderados del puerto, y su instantánea llenaría la portada de la revista *Look* tres semanas después bajo el escandaloso cintillo *Ava is alive!*

Está viva, no ha muerto. Ava fornica todas las noches con dos negros mexicanos. "Bebe cocteles mientras esquía en las desafiantes aguas de la Bahía de Banderas".

Fue cuando Ava, a punto de arrojar aquella copa inútil y recobrar la barra del trapecio —el bote ya aceleraba recuperando la estabilidad—, descubrió en lo alto de una roca al *Lince*. Acechaba en silencio, le destinaba sus ojos penetrantes.

Se miraron desafiantes durante unos segundos. Y en lo que la embarcación retomaba el rumbo para alejarse de los escollos, Ava Gardner volvió a soltar la mano, libre ya del martini, y sin quitarle los ojos de encima la deslizó sobre los senos, más que sugeridos por aquel traje de ceñido nylon blanco, y luego la dejó escurrir hasta el vértice de Venus. Simuló una contorsión voluptuosa y enseguida soltó la carcajada. Jactancias de una esquiadora extravagante.

En las rocas de Mismaloya, inmutable, el *Lince* frunció los labios, o debiéramos decir *la* Lince, porque Liz Taylor se acomodaba las gafas de sol y le ofrecía un beso lanzado como dardo hacia la brizna que dispersaba la rompiente bajo la roca. Un beso de más, un beso de menos; las iguanas no se besan. Se muerden, eso sí, defendiendo su territorio.

2

¿Cuatro horas?, había preguntado John Huston poco antes del despegue. Con viento a favor poco menos, contestó el piloto al emprender la maniobra preliminar. Estaban en la cabecera de la pista. ¿Doctor, podría abrocharse el cinturón de seguridad? Estamos a punto.

Lo llamaban de muchas maneras, "el viejo león", "el irlandés fornicador", "la araña patona" porque sus piernas, la verdad, no eran de presumir. De modo que durante ese vuelo sería *el doctor*. Aquél era el aeródromo de Laguna Beach, así que no hubo necesidad de cumplir trámites migratorios. Detrás del piloto, en la cabina de la Piper Comanche, iban Ray Stark y el mexicano Guillermo Wulff, quien no dejaba de hablar de aquel paraíso; "una península que ni en el Génesis".

Despegaron puntualmente coincidiendo con el atisbo del sol. Con un poco de suerte alcanzarían el almuerzo en aquella ignota bahía. "Menos de veinte mil habitantes, en su mayoría pescadores y campesinos que cultivan tabaco", señalaba la guía turística.

—¿*Bahía de Banderas*? —preguntó Huston al piloto, recalcando la frase del folleto promocional—. ¿Banderas de qué?

—No lo sé —respondió éste apenas estabilizar la nave tras el despegue—. Lo que sabemos es que durante el invierno la ensenada se infesta de ballenas. Hasta ahí llegaban los rusos en el siglo pasado para cazarlas luego de bordear la península baja. Todo eso acabó con la revolución.

—¿Cuál de las dos? —volvió a indagar Huston.

—Ambas —respondió el piloto, adivinando que aquella travesía iba a ser todo menos sosiego.

—Ayer hablé con Tennessee —dijo Stark palmeándole un hombro—. Sigue insistiendo en que debería ser Acapulco. Que él sabe dónde.

—¿Dónde qué?

—La aventurilla que tuvo ahí; tú sabes —hizo una mueca perdida—. Que él sabe dónde deberíamos ubicar el hotel, la terraza, la playa *caliente* de ardor y puñetazos.

—Historia pagada, personajes perdidos. Él lo sabe.

—No quiere que nos salgamos del libreto.

—Ya estuvo de acuerdo con eliminar a los turistas alemanes que asomaban en el drama, ¿recuerdas? Además que pobres nazis, ahora queremos culparlos de todo. ¿Seven Arts soltó ya el maldito cheque de Tennessee?

—La semana pasada —recordó el productor Ray Stark—. Ahora podemos matar a quien sea.

—¿Matar? —indagó Guillermo Wulff, sorprendido por el verbo—. ¿Qué significa eso?

—El maldito guión que entregó Tony Veiller. Mucho bla-bla de índole psicoanalítica, ya sabes, pero muy poca acción efectiva. Y eso en cine significa el desastre. Necesitamos un muerto, además del abuelo poeta... ¿Aquella es la isla Catalina?

—En efecto, doctor —respondió el piloto al estabilizar la nave sobre la línea costera. Abajo, en la inmensidad del mar, era visible el pequeño puerto de Avalon.

—Nunca la he pisado —comentó Huston al rebuscar en el bolsillo y dar con un tabaco de hebra. Encendió el cigarrito sin preguntar—. He pensado que Charlotte, la insaciable adolescente, mate a Shannon. Que el pastor amanezca muerto con una daga en el pecho...

—Eso sería excesivo. Un poco excesivo, ¿no crees? —Ray se llevó una mano a la nariz, aquel humo penetrante—. Las culpas del reverendo Shannon son de semen, no de sangre. Y luego de eso qué, John; ¿encerramos a la pobrecita niña en una de las pestilentes cárceles mexicanas?

—No estaría mal.

—El que te clavará un puñal será Tennessee. John, no podemos tergiversar tanto su historia. El pobre Shannon es un loco de sexo, un loco de bourbon, no un loco psicótico. Quien se encargará de curarlo será Maxine, la posadera. Recuerda que acaba de enviudar.

—¿Puede el sexo curar a nadie? ¿Curar a un energúmeno con lujuria incontenible?

—Yo me apunto —dijo Wulff.

—Yo también —sonrió el piloto al manipular el extractor de aire. Aquello comenzaba a semejar un cabaret de moda.

Poco antes del mediodía avistaron la magnífica bahía punteada por el Cabo Corrientes. En la costa era reconocible aquel villorrio de muros encalados y techumbres de palma. Huston advirtió que la iglesia del poblado carecía de campanario. Una torre trunca, como esperando. ¿Por qué todo en este país estaba siempre a medio hacer? Se tragó la pregunta.

—Allá, más allá del cocotal —el mexicano Wulff señalaba a través del parabrisas—. Aquel es el aeródromo de Palo Seco donde aterrizan los avioncitos de la Aerolínea Fierro. ¿Sí logra distinguirlo?

—¿Eso? —el piloto indicaba un pastizal, un minarete abandonado, una manga de viento que apenas palpitaba con la brisa—. ¿Y los animales?

Era verdad. En mitad del terreno pacía media docena de vacas. Se desplazaban impasibles buscando las parcelas de hierba más fresca.

—Por eso tenemos prohibido el vuelo nocturno a los aeródromos mexicanos —comentó el piloto, con cara desahuciada.

—¿Podría hacer un vuelo rasante, capitán? —sugirió Guillermo Wulff como quien explica un trámite—. Un vuelo rasante sobre la caseta. Es para avisar.

El piloto obedeció contrariado, además de que no les quedaba combustible como para improvisar otro destino.

—Nos estamos perdiendo de un maravilloso inicio de película. Allá abajo debía estar Gabriel Figueroa con sus muchachos asegurando el tripié... Que Shannon y sus turistas cluecas desciendan de un avión en lugar de arribar en autobús —y Huston debió sujetarse al asiento apenas iniciar aquella desafiante picada.

En la caseta del aeródromo asomaron entonces dos oficiales. Saludaron con sus gorras militares; sí, ya iban. Enseguida montaron en un camioncito y arrancaron rumbo al sitio donde se concentraban las vacas. Un arreo mecánico, rutinario y divertido. Había un portillo en la cerca y por ahí expulsaron a las reses. Cinco minutos después la pista estaba dispuesta y así enfiló la Piper Comanche hacia aquel pastizal castigado por la sequía.

Luego de almorzar en un merendero junto a la desembocadura del Cuale, los viajeros se desplazaron en taxi hacia el hotel Paraíso, que parecía ser el único de la localidad. Ahí se desarrollaría la escena inicial de la película, cuando las turistas que guía Lawrence Shannon (el pastor que ha colgado los hábitos al descubrírsele algunos excesos voluptuosos) pretenden hospedarse de primera intención, sólo que el ofuscado ex ministro decide llevar al grupo, sin permitir que desciendan del camión, al hotel de su amigo Fred, bajo las frondas donde se topan con la noticia de que su amigo ha fallecido y quien ahora lleva el negocio es Maxine Faulk, su vivaracha viuda.

A Huston le pareció bien la locación: un hotel vetusto, de toallas percudidas, piso de losetas disparejas y jabones minúsculos. Huston y Stark hablaron con el gerente, sí, lo alquilarían dos semanas enteras en octubre del año próximo. Era la primera locación contratada, le enviarían el cheque sin falta en el verano de 1963.

Por la tarde se trasladaron a Mismaloya. Sería el set principal y Guillermo Wulff ya lo había reservado, apalabrándose con la comunidad de indios coras que lo administraba. Se localizaba al sur de Puerto Vallarta y para acceder al acantilado era necesario abordar una lancha en la playa y rodear los escollos del accidentado litoral. Ahí los esperaban dos muchachos que serían los guías. Atracaron en una pequeña caleta y procedieron a ascender la cuesta por encima de la rompiente.

La panorámica desde Mismaloya era imponente. Hacia tres de los puntos cardinales se dominaba el horizonte del océano. El lugar ofrecía además una amplia meseta donde se planeaba construir el "hotel" de Maxine. No lejos de ahí, en otra explanada inferior, quedarían las cabañas donde se albergaría al equipo de filmación.

—Ahí abajo, sobre aquel promontorio, quedarán la cocina, la bodega y la planta de luz —explicaba Guillermo Wulff enjugándose el sudor—. En aquella caleta podremos desembarcar los equipos una vez que construyamos el muelle de servicio. Ya lo vieron: son veinte minutos en lancha desde el embarcadero en Vallarta.

—Supongo que Adán y Eva la tuvieron más fácil —bromeó Huston.

—Este es otro paraíso, John. Lo viste en las fotos que te envié. Además de que todo mundo estará aquí mismo. Podrás tener más control sobre el staff.

—Como un campo de concentración —comentó Ray Stark abanicándose con la cachucha deportiva—. Sólo faltará la frase *Arbeit macht frei*.

—¿Se puede llegar por tierra? —la pregunta de Huston era del todo pertinente, toda vez que esos eran sus territorios naturales. Así había filmado *Reporte de las Aleutianas*, un documental de guerra en el archipiélago de Alaska, así había rodado *El tesoro de la Sierra Madre*, en la cordillera de Michoacán, y bajo peores condiciones había realizado *La reina africana* —con Katharine Hepburn y Humphrey Bogart— en el río Congo en 1954. Así que ahora una apacible selva mexicana...

—Por tierra, sí; hay una brecha. Pero el arriero tarda cinco horas arrastrando a sus mulas, si no se topa antes con la nauyaca.

—¿De qué me estás hablando, Guillermo?

—La serpiente de la selva, John. Por acá la llaman así, nauyaca, que en lengua náhuatl quiere decir "cuatro narices". Siempre muerde al tercero de la fila y su veneno mata en menos de una hora.

—Mejor por agua —reconoció Ray, con mueca horrorizada.

—Sí, mejor por agua —consintió Huston, aunque no pudo aguantar la curiosidad—. Pero, ¿por qué al tercero?

Guillermo Wulff volvió a ceñirse la gorra beisbolera. Era un hecho: los había seducido. Sí, *La noche de la iguana* se filmaría en las apartadas peñas de Mismaloya. Señaló hacia la cañada por donde escurría un hilo de agua descendiendo de la montaña igual que un estilete de hielo:

—Cuando uno marcha por la selva nadie quiere ser el tercero de la fila. Los campesinos aseguran que el primero, el que pasa junto a la serpiente, es quien la despierta; el segundo es el que la enfurece y el tercero, obviamente, es a quien muerde en la pantorrilla. Dos horas después, si no hay antídoto a la mano, hay que rezar por la salvación de tu alma. Es la ley de la selva... aunque todo eso es una fábula.

—Por el agua, definitivamente —insistió Ray Stark.

—Por el agua, cien veces —remachó John Huston, y entonces recapacitó, "¿sabrá nadar?".

En eso los distrajo una centella deslizándose bajo la hojarasca. Una alimaña sinuosa, tal vez un coco rodando monte abajo. Ray Stark alzó las manos repulsando a esa criatura del mal. ¿Se trataría de una de esas temibles serpientes de nombre impronunciable?

Observaron entonces que uno de los muchachos se desplazaba detrás de aquel engendro. Corría emitiendo un grito jubiloso, como si adelantara el accidente que estaba a punto de sufrir en ese lance desbocado... hasta que dio alcance al demonio rastrero. Lo atrapó por la cola y lo alzó como un trofeo, mostrándolo luego a los visitantes en lo alto de la colina.

—Es una iguana —reconoció John Huston y en el momento algo se reveló dentro de su tórax. Qué magnífico presagio—. Ahí tenemos al primer miembro del reparto.

Al abordar el bote, de retorno, observaron que el muchacho cargaba el reptil atado sobre sus hombros.

—Oye, Ray, ¿tenemos información respecto a si Richard Burton sabe nadar?

—La verdad, no. Pero podemos averiguarlo.

—*Muy bonita mascota* —le dijo Huston al primer guía. Jugueteó con su cigarro sobre la cresta del lagarto.

—No, señor —se defendió el muchacho luego de empujar el bote con el extremo de un remo—. No es mascota. Es merienda.

—*¿Usted come eso?*

—Asada con epazote y tomate —y le ofreció el gesto de deglutir un manjar.

—*Sí, claro. Como en el Paleolítico* —pero el muchacho no entendió.

3

Hubo un segundo destello, aunque así es la luz en el trópico. Insectos, pájaros de plumaje como azabache, arroyos sorpresivos manando entre las peñas. Richard Burton miró a Liz junto a la piscina. Estaba desnuda. Permanecía tendida, bajo el sol de mediodía, sobre una toalla azul celeste. Se encontraban en lo alto del Gringo Gulch, dominando la vista de la bahía, a tres semanas de concluir el rodaje. El alquiler de la residencia fue una ganga, cien dólares por semana, y ella había sugerido que si todo marchaba como lo habían previsto, podrían adquirirla a la brevedad. *Casa Kimberly*, la llamaban, porque su primer dueño había hecho fortuna con la prodigiosa mina de diamantes sudafricana. Era una leyenda. La terraza estaba protegida por un conveniente pretil que impedía ver nada de lo que ocurría allá en lo alto.

El actor terminó de servirse el bourbon, un vaso colmado de hielos, y no pudo recordar. ¿Era el cuarto o el quinto de esa tarde castigada por el sol? Y Liz, tendida en aquella toalla de tonos pastel, yacía igual que un lagarto ahíto. ¿Qué comen, por cierto, las iguanas?, pensó Burton al probar aquel oro en fundición. Old Turkey, leyó en el marbete, y estuvo a punto de soltar la botella. No sería la primera ocasión que ocurriera ese accidente doméstico. De inmediato acudiría la cocinera con la escoba y el recogedor de hojalata. Pero ahora Guadalupe permanecía en la cocina, a resguardo, lejos de sus miradas. Seguramente estaba preparando esos deliciosos bocadillos que jamás imaginó él bajo los cielos encapotados de Gales. Guacamole, totopos, frijoles refritos, chicharrón, jícama *con chile piquín*. Una lagartija, eso era, y soltó la carcajada.

—¿Cuál es el chiste, Richard? —preguntó Liz, inmutable, desde el piso enladrillado.

Estaba tendida boca abajo, los brazos entreverados sobre los que descansaba la cabeza. Un recurso para no sofocarse si se quedaba dormida. ¿Se estaría riendo de sus nalgas, su incipiente celulitis, esa vena torcida en la cara interna del muslo?

Liz Lizzard. Ése era el chiste. Elizabeth Lagartija.

—Por Dios, Liz. Nadie podrá mofarse nunca de tu cuerpo bronceado.

De modo que iba a cambiar todo por una lagartija. Dejaría a Sybil, dejaría su casa en Grosvenor Square, dejaría la taberna Old Drake, donde había llorado esa tarde de febrero recordando a la reina faraónica. Sus labios, su nariz como cimitarra, sus ojos inescrutables. ¿Azules, violáceos?

—Es que he perdido la cuenta, Liz.

Ah, entonces no eran sus nalgas.

—¿La cuenta de qué? —los hombres siempre están contando boberías. Después de todo, ella también había nacido en la isla donde siempre se cuentan los días con sol. Tres en octubre, dos en noviembre.

A lo lejos, al otro lado de la cañada, hubo otro destello. Le dio mala espina. Por allá, bajando impetuoso desde la sierra, escurría el río Cuale. Aquel no había sido un destello vibrátil, obnubilado, del follaje mecido por la brisa, sino un destello puro, de cristal, como señal de vigía. Y afloraba por encima del antepecho circundando la azotea, de modo que...

—Los tragos, querida. La cuenta de los tragos. ¿Hasta cuántos tengo permiso?

Liz suspiró en silencio. No, no era eso. Seguramente su vena semejando una "R" en el muslo izquierdo. Por eso le complacía tanto broncearse a la intemperie. Los morenos no envejecen tan pronto; eso lo sabe cualquiera.

—Uno antes de la "hora de cristal" —respondió ella inmutable. Apenas parpadeó—. Después no más de tres. Resulta que luego haces cosas inapropiadas.

—Mi nombre es Richard Burton, señora. No me confunda con ese tal Lawrence Shannon, pecador, fornicador, mortificador de las buenas conciencias. Además de que hoy es domingo y no hay rodaje. Podemos hacer lo que nos venga en gana.

Liz escuchaba dormitando. Debía volverse, recostarse del lado izquierdo. Aquello ardía.

—Mientras no trastabillemos con las líneas del libreto, podemos hacer con el maldito domingo cualquier cosa... siempre y cuando mañana estemos puntuales, a las diez, en las jodidas peñas de Mismaloya. ¡Siete, Liz! ¡He bebido siete bourbons al hilo!... y *con hielo*.

Elizabeth permaneció impávida sobre la toalla como un parche caído del cielo. Eso resultaba posible sólo en ese país de sol irrestricto y sonrisas humildes. No pecaba por recostarse desnuda a la intemperie... después de todo, eso era un sueño de toda la vida. Un sueño de redención, una fantasía audaz, un capricho venéreo. Ella era Liz Taylor y cobraba quinientos mil dólares por aparecer en la pantalla. ¿Existe un mejor argumento?

—¡Lupe! ¡Lupe! —gritó Burton— ¡Qué pasó con mis *frijolitos charros*!

—¿Qué hora es, Richard?

—No lo sé, cariño. No uso reloj.

—Diablos, aquí siempre es *temprano*. En México el día tiene cuarenta horas —se irguió, alzó el rostro, buscó las gafas de sol—. ¿Me pasas la bata, cariño? La muchacha se mosquea al verme como Eva. ¿Siete, dijiste? ¿No son demasiados, Rick?

A lo mejor era eso. El destello aquél obraba como un asomo del *delirium*. ¿Al otro lado de la vaguada, o dentro de su cráneo bullendo de manía? Alucinación, decrepitud, un hígado enfermo contagiando los sentidos. Avanzó hasta el camastro y alzó la bata afelpada. Que aquella hermosa lagartija opacara, por un momento, su despampanante hermosura.

—Saldré un momento, cariño —anunció señalando aquel paisaje de árboles y nubes—. El sol me tiene un poco mareado... —y luego, engolando la voz—: "En mi vida he visto un día tan horrible y hermoso a la par... ¿A qué distancia dicen que queda Forres?".

—Anda, Macbeth, ve a refrescarte con tus brujas —rió ella, feliz de tener al rey de Escocia a su servicio.

Siete son los pecados capitales. Algunos atañen a la Divinidad y su veneración, otros al cuerpo y su gobierno, otros más a las cosas y su posesión. Gaspárico Martínez era consciente de haber faltado, por lo menos, a los últimos dos. No pudo evitarlo, era consecuencia de una fuerza superior; sí, tal vez el Maligno. Aprovechando la ausencia del padre Vicenteño había hurtado una vez más sus binoculares. Eran un aparato antiguo, de óptica alemana, pesado y eficaz. De noche aquello no tenía mayor sentido: nadie ve sin luz y nunca podremos equipararnos a los tecolotes. Así que por la tarde, apenas salir de misa donde se desempeñaba como monaguillo, el muchacho emprendía sus desvergonzadas correrías. Era un fisgón, simplemente eso. Desde lo alto de aquel pochote sacrificaba el almuerzo por el placer de la mirada. Enfocaba los binoculares y comenzaba a buscar presas de su indiscreción. Había descubierto a dos niñas peleando en una casa remota. Se jalaban los pelos, se pateaban, reñían revolcándose en el patio donde había dos hilos de ropa tendida y eso le ofuscaba la escena. ¿Por qué rivalizaban? ¿Era una discusión de juguetes, de celos, de envidia? Es lo que le había comentado alguna vez el padrecito Vicenteño al presumirlos, mira, muchacho, con este potente anteojo los soldados adivinaban en la distancia a quién matar y a quién no matar. "Lo mismo que Dios en las alturas mirándonos con su catalejo, adivinando si nos habrá de franquear o no las puertas de su Divino Reino". También había descubierto a un anciano tumbado sobre una mesa. El mueble había sido sacado de una casa con patio de tierra y gallinas; y el anciano permanecía en la mesa boca arriba, inmutable. Dormido o muerto. Nunca lo supo el muchacho. ¿Lo habrían sacado de su cama en lo que llegaba el servicio funerario, o el anciano simplemente dormía bajo la fresca sombra de aquel imponente almendro?

Los franceses lo llaman "vicio de voyeur" y no entraña, necesariamente, el veneno de un pecado. Mirar no mata, no quita nada, no daña. Y menos si el mirón permanece escondido. Así Gaspárico Martínez, que para trepar en el alto pochote se debía auxiliar con una escala hechiza que luego ocultaba entre la maleza. Mirar a los muchachos cazando langostinos en los bajos del río, a las mujeres haciendo fila en el molino de nixtamal, a los niños correteando perros a pedradas. Mirar el mundo, furtivamente, como nos miran ahora mismo los ángeles con sus pupilas de indolente presagio. Y así fue como una tarde, tres semanas atrás, había descubierto a la señora del collar de perlas.

Oteaba los tejados, la colina donde se aposentan los gringos, cuando descubrió a la mujer flexionando el tórax. Estaba desnuda, con la cabellera ceñida por una cinta y el collar aquel pendiendo entre sus senos. Hacía algo que parecía gimnasia, estaba mojada (fue cuando descubrió la piscina a sus pies), secaba su nuca con una toalla de tonos claros. No lo pudo evitar. En menos de un minuto, sacándose aquel rebato de la braraqueta, ya manipulaba hasta descargar aquellos flemazos del vientre.

Era de no creerse. La venus solar —llamémosla así— permanecía tumbada sobre el enladrillado de aquella azotea y rara vez se introducía en la piscina para refrescarse. Eso sí, mantenía la cabeza fuera del agua, como un perrito asustado, como una sirena aprendiendo las artes natatorias. El segundo domingo fue lo mismo. Gaspárico llegó desde temprano, apenas salir de la sacristía, ocultando bajo el traje de monaguillo los potentes gemelos. Se había entregado a Onán tres veces, a intervalos, acomodando los binoculares en una horqueta del fornido árbol. ¿Cuándo, en su efímera pubescencia, había soñado con esa escalofriante aparición? Bendito el cielo que le obsequiaba esa visión de imperdonable sensualidad, bendita la óptica Carl Zeiss, bendito el pochote que asomaba sobre la cota del Gringo Gulch.

Tarde o temprano iba a llegar el momento terrible del confesionario. El sacramento que nos reconcilia con el Espíritu Santo al ofrecer nuestros pecados como se ofrece un vaso de agua en mitad del desierto. *Padre Vicenteño, acúsome. He toma-*

do prestados sus gemelos para mirar un cuerpo mórbido. ¿Mórbido?, sí, porque me ha enfermado de deseo y placer, placer y arrobamiento. Creo estar enamorado, padre. ¿Enamorado de quién? De la gringa, padre. La hermosa, la del collar de perlas, temo matar si alguien me arrebata su presencia en lo alto de aquella piscina deslumbrante.

—Deja eso.

Y lo peor, que ella lo hace *por mí*, padre. Se desnuda para mí, se expone para mí, se revuelca para mí. No me mira nunca, es decir, mira hacia todas partes, menos adonde yo me encuentro poseyéndola, padre. ¿Se puede poseer a alguien sin tocar su cuerpo? Eso me libra de la gravedad mortal, ¿verdad? Ella es mía sin serlo, ¿cómo me explico? Entre nosotros sólo está el viento, y eso habla de un enlace de santidad compartiendo nuestros cuerpos, padre, no sé si me dé a entender. El suyo, desnudo, obviamente que se me ofrece, y el mío cubierto, trémulo, desparramándose a la distancia igual que dos aves que se aman con el simple canto de rama en rama. El día que me conozca, se lo aseguro, ella descubrirá todo eso. Su boca podrá ser mía y me nombrará hasta el último de mis días, porque eso sí, aunque ahora mi cuerpo peque enfebrecido desde lo alto del pochote... Deseándola, mirándola, deseándola, mirándola, deseándola, mirándola... ahhh.

Emilio Fernández reconoció aquello. Una suerte de escupitajo entre la hojarasca. El olor del semen es inconfundible, y al volverse hacia lo alto del frondoso árbol descubrió la silueta del muchacho terminando con aquello. Le hizo un gesto afirmativo a Richard, sí, ¿ya viste? Allá arriba.

Tenía razón.

—Deja eso —volvió a decir—. Chamaco hijo de la chingada, ¿quieres bajar de una buena vez?

Richard Burton sonrió satisfecho al ver al niño encaramado en el tronco. Había sido cierto, lo del destello. Aquellos cristales tocados por un rayo de sol. Vámonos, pues, estuvo a punto de decirle al actor mexicano. Tenía razón, no eran alucinaciones, bebamos en paz; sólo que el Indio Fernández ya había sacado la pistola que llevaba al cinto. Y amenazábalo:

—Baja, chamaco. No me obligues a probar puntería.

Fue algo abrupto, como un relámpago sin lluvia. Gaspárico Martínez lo supo con algo próximo al terror. Ahí comenzaba el infierno y aquellos dos, al pie del árbol, eran los diablos que se encargarían de conducirlo. Dos demonios borrachos. Se guardó el miembro, aún erecto, en la braqueta. Limpió la mano embadurnada.

—Estaba viendo unas iguanas —dijo; es decir: mintió.

—*¿Qué decir un muchacho?* —indagó Richard Burton en su ríspido español.

—Pendejadas. Míralo, se le apareció el chamuco. Si hubiera sido mi mujer a la que inspeccionaba, ya le habría partido el alma —se guardó la pistola al cinto—. Ahora verás cuando baje.

Habían llegado en el jeep de la productora. Descender de la loma de los gringos, vadear el Cuale, retomar la senda que llevaba hacia el boscaje donde Burton aseguraba haber visto aquella fulguración. Una docena de jacarandas, flamboyanes y pochotes que se erguían en los humedales del río. "Alguien debe estar fisgoneando a Elizabeth", le dijo a Emilio Fernández en la vivienda contigua a la Casa Kimberly, donde el mexicano jugaba dominó con algunos técnicos del staff. "Emilio, ¿tú podrías conducir el jeep? Me temo que yo no estoy en mis mejores condiciones, y debemos encontrar al voyeur —empleó el galicismo—. Estoy seguro que alguien se está queriendo pasar de listo".

—En serio, señores. Sólo estaba viendo unas iguanas —se defendió el monaguillo, aunque la voz lo traicionaba.

—En serio, chamaco. Baja y ya, te dejamos en paz. No olvides tus gemelos —apremió Emilio Fernández—. Te deben estar esperando en casa.

"Iguana, lagartija, saurio, reptil, dragón. San Jorge venció al lagarto del mal", se dijo Burton y hacia lo alto, con gesto elocuente, pronunció mientras el muchacho ya descendía:

—"Siniestras, torvas, misteriosas brujas, negros fantasmas de la medianoche, ¿qué estáis haciendo?..." —Burton extrañó, de pronto, la ausencia de los reflectores en el escenario—. Aquí, San Jorge espera con el castigo de su alabarda.

Fernández lo ignoró, pues aquello iba siendo costumbre después del quinto bourbon. Un rapsoda que era vencido, hora tras hora, por el bufón que todos guardamos a la hora de la resaca.

El muchacho dio un salto, salvando el último peldaño de la escala. Ofreció los anteojos sujetos por la correa:

—Miren, si quieren ver. En aquellas piedras. Ahí estaban las iguanas.

Fernández aceptó el envite. Enfocó hacia aquel peñón al otro lado del río. Parecía buscar hasta que se detuvo en un punto.

—Ah, sí, ya veo. Las iguanas. Están *buenísimas* —pronunció en español.— Creo que yo también me voy a masturbar —y gesticuló como si hurgara desesperadamente en su bragueta.

—¿Verdad que, honestamente, yace como lagartija? —Burton lamentó no haber cargado con la botella de Old Turkey—. Pero no se lo digamos ni de broma; me abandonaría para regresar con Eddie Fisher, al que dejó por estar con el triunviro Marco Antonio... bueno, hoy olvidé la túnica.

Emilio Fernández prendió al chaval por el cinto. Le deleitaba esa prosodia majestuosa, esos ojos perdidos en la noche de Cardigan.

—Y volver con Eddie sería un error. Sus brazos, sus únicos brazos, son estos míos... "¡No me traigas más noticias! ¡Que deserten todos! ¡Hasta que el bosque de Birnam no se traslade a Dunsinane, no me contagiará el miedo! ¿Quién es ese mancebo, Malcolm?" —señaló a Gaspárico—. "¿No ha sido dado a luz por mujer?".

—¿Qué es lo que dice el señor? —preguntó asombrado el monaguillo. Obviamente que no hablaba inglés.

—*Para que no andes de caliente* —advirtió Fernández, y comenzó a golpearlo. Puñetazos al rostro, hasta tumbar al muchacho. Luego puntapiés en el tórax, la espalda, según iba rodando, con sus botas de coronel de caballería.

Richard Burton quedó pasmado. Hacía años que no presenciaba un acto de tan acendrada felonía. La legendaria violencia de ese pueblo indomable... ¿y a pesar de ello habían perdido tantas guerras? O sea que su amigo iba a inmolar a ese muchacho por ver desnuda a *Lizzard*.

—Lo vas a matar —trató de detenerlo—. Ya está bien.

Fernández se detuvo un momento, resollaba. Los tequilas de la partida de dominó le producían un mareo que trató de gobernar.

Gaspárico aprovechó el momento. Se dejó rodar por la cuesta, y levantándose como pudo echó a trotar por la pendiente del río.

—Yo qué —se justificó en su huida—. Si la señora es la que se encuera para mí...

—¡Te voy a matar, pendejo! —le gritó Fernández, resollando aún.

—Y yo a todos ustedes, locos borrachos, aunque ni Dios me lo perdone —lloriqueó el mozalbete perdiéndose luego entre los bejucos del río.

El zafarrancho había concluido. Una batida exitosa, pues el crimen había sido purgado con pundonor. El Indio Fernández levantó el anteojo, columpiándolo como un trofeo de batalla, sólo que Burton se lo arrebató con gesto ceremonioso.

—El ofendido soy yo, y ésta es la prueba del crimen —sopló sobre las ostentosas lentes cubiertas de polvo—. Que Liz pueda vivir su edén idílico en la azotea, y que los pecadores seamos castigados por nuestra absurda vanidad prescrita en el Eclesiastés. "¡Sin sentido! ¡Sin sentido!, como dice el Maestro. ¡Nada tiene sentido!".

En lo alto del pochote, entonces, hubo un rumor extraño. Un aleteo, un arrastre. Una sabandija escurriendo hacia la nada.

—¿Qué fue eso? —quiso indagar Burton. Después de todo, aquel era su anfitrión.

—No sé —Fernández alzó los hombros, resignado. Se chupó un nudillo que sangraba—. *Nada, hombre, no fue nada.*

Y se fueron.

El jeep de la productora los esperaba en la otra orilla del Cuale. Y la merienda de carnitas y pargo asado, pues era el cumpleaños de Doris, la *script girl* del equipo de filmación. La fiesta que estaba apenas por empezar.

4

"No lo soporto, John. Simplemente no lo soporto", susurró la muchacha. Estaba a punto de llorar, tenía diecisiete años y se limpiaba la cara con un pañuelo.

—Tienes que comportarte como una profesional —le advirtió el realizador a media voz, sin quitar la vista del libreto.

—Es que al abrazarlo... ¡Oh, John, huele a tequila! Está sudando todo el tiempo: almizcle y tequila. ¡Es asqueroso!

John Huston suspiró como si no hubiera oído nada. Le palmeó un hombro indicándole que retornara a su puesto. En unos instantes tendría llamado en el set.

—¡Otra vez, repetimos! —gritó ciñéndose el sombrero de paja—. ¡Escena treinta y dos, toma cuatro! ¡Concentrados, por favor! Recordemos que la pobrecita Charlotte está perdidamente enamorada del viejo clérigo pudriéndose de lascivia. Él quiere aventarse al mar para lavarse la culpa, y ella también pero para ver si ahí pueden fornicar lejos de nuestra mirada... Así que, ¿listos todos?

—Una toalla... —solicitó Gabriel Figueroa desde el sillín de su poderosa Arriflex—. Mister Burton tiene demasiado sudor. Le brilla demasiado la cara y me descompensa la toma anterior.

Se habían pasado la mañana filmando la secuencia de la ponchadura. El autobús donde viajaban las viejas cacatúas sufría ese desperfecto, y en lo que reparaban el neumático Lawrence Shannon se aislaba del grupo y aprovechaba para darse un chapuzón en la playa. Poco después de despojarse de la camisa era que lo alcanzaba la resbalosa Charlotte buscando pegársele al tórax. Ahora debían efectuar la quinta toma, esperanzados todos en que Sue Lyon abandonara esa cara de indisposición pues, ¿no deseaba su personaje al vicario por encima de todo escrúpulo?

—¡Silencio todo mundo! —gritó Ray Stark, obedeciendo el guiño de Huston.

—Corre cámara —indicó éste, y luego, suplicando con la mirada a la juvenil actriz—. ¡Acción!

En eso consistía el triángulo voluptuoso de la trama. Sue Lyon encarnaba a la jovencita que iba a ser desflorada por ese rancio pastor anglicano perdiéndose en los abismos de la apostasía; Deborah Kerr representaba a la musa idealista, sublimada, amante del arte y apegada irremisiblemente al abuelo con el que viajaba por medio mundo —así habían recalado en Puerto Vallarta—, ganándose unas monedas con sus excéntricas presentaciones. Ava Gardner, por su parte, hacía el papel de la experimentada Maxine, la madama que lo mismo abría pescados a cuchilladas que aceptaba amores más que estropeados.

Esta vez la toma fue intachable. Shannon abrazaba culposamente a Charlotte, pataleaba luego hasta desprenderse del pantalón desabrochado y huía en calzoncillos hacia las olas, arrojándose contra la rompiente en una zambullida más bien ridícula.

—¡Corte! —gritó Huston, feliz por el registro, y dirigió la mirada inquisitiva a Gabriel Figueroa.

El camarógrafo soltó el obturador de la máquina y le hizo una indicación con el pulgar y el índice enlazados; "todo perfecto".

Ahora venía la escena del primer reproche. La institutriz de Charlotte, una seca moralista que viajaba como chaperona de la imprudente jovencita, encaraba al reverendo Shannon mientras éste se secaba la cabellera luego de nadar en secreto con la muchacha. Le advertía que iba tomando nota de todas las irregularidades del viaje y que no dudaría en reportarlas a las oficinas de Blake's Tours, "con las consecuencias que ello supondría". La seca y machorrona Miss Judith Fellowes era representada magníficamente por Grayson Hall.

Y en lo que preparaban los reflectores para la escena, hubo un murmullo creciente desde el camino de Conchas Chinas. Allá venían los *paparazzi*, media docena de reporteros desvergonzados escoltando a esa oronda pareja.

—Aquí hay más periodistas que iguanas —gruñó Huston mientras se rascaba una pantorrilla. Llevaba bermudas color caqui y los mosquitos del verano aún conspiraban.

A sabiendas de que no debían interrumpir el rodaje, llegaban igual que un cortejo imperial. Liz Taylor con una blusa de gasa que permitía saber que no llevaba sostén, y Tennessee Williams que había volado con su inseparable Freddy (cinco lustros menor que él) desde Nueva Orleáns, vía Huston, en el vuelo recientemente inaugurado de Pan American.

—Ah, viejo rapsoda —lo saludó Huston alzando la mano desde su silla de lona—. ¿Vienes para ver los majestuosos atardeceres de Vallarta, o para constatar las tropelías que estamos atizándole a tu historia?

El dramaturgo llegó hasta la carpa donde se concentraba el equipo de filmación. Miró ceremoniosamente a Richard Burton, el tórax desnudo y remojándose para hacer la siguiente toma, y saludando en la distancia al resto del staff tomó asiento junto al realizador:

—Viejo zorro, ofréceme una *cerveza*. He tenido un viaje insoportable, discutiendo todo el tiempo con el estúpido Freddy. ¿Me fusilará la policía mexicana si lo mato esta noche?

Mientras tanto Liz, arrastrando todas las miradas, llegó hasta donde Burton se abanicaba con un sombrero. Lo prendió de las manos, lo besó mordiendo.

—En este país eso de fusilar ya no opera —el realizador indicó la tinaja repleta de hielos donde nadaban los botellines de cerveza Sol—. Lo que sí, viejo rapsoda, te echarán veinte años de cárcel... como en los mejores tiempos del Viejo Oeste, aunque aquí es fácil que la autoridad no se entere del crimen. Llegas tarde para el reparto.

—¿El reparto de qué?

Huston buscó el rostro de Stark, ¿falta algo? Apuntó hacia un recodo del sendero, sugiriéndole a Gabriel Figueroa el emplazamiento de la Arriflex para la siguiente toma. ¿Todo bien?

—El reparto de las *pistolitas*. Unas Derringer preciosas que mandé chapar en oro. No sé si te enteraste.

—Sí. Me lo venía diciendo Liz en el auto. Qué, ¿piensas terminar la filmación con una balacera?

Era cierto. Cuatro semanas atrás, al convocar al elenco principal en la terraza de Mismaloya, John Huston los había reunido en torno a la mesa del "hotel de Maxine" y, un poco en broma, un poco en serio, les había mostrado una caja de nogal que abrió frente a todos para mostrar su contenido: cinco pistolas Derringer, que cabían en la palma de una mano, y con cuatro balas cada una grabadas con el nombre de los demás. Balas de plata que decían: *Richard, Ava, Deborah, Liz* y, desde luego, *John*. De modo que, les anunció, perfectamente se podían matar unos a otros; pero eso sí, después del último día de rodaje. Y es que Deborah Kerr viajaba con su esposo Peter Viertel, que había sido amante de Ava Gardner, que había sido amante de John Huston en 1956, que había cortejado a Liz Taylor, que era amante de Richard Burton, que era representado por Michael Wilding, ex marido de Liz, que no soltaba a Burton, que era pareja fílmica y de parrandas de Ava Gardner, que había sido amante de Howard Hughes, del torero Luis Miguel Domínguín, de Clark Gable, y ex esposa de Mickey Rooney y Frank Sinatra, quien ahora salía con Laureen Bacall, que había enviudado de Humphrey Bogart, quien fuera el mejor amigo de Huston. El mismo infierno, desde dentro. "Se trata de que usen esas pistolas sólo en caso necesario", bromeó Huston ante los fotógrafos de prensa, y nadie la regresó.

—Aquí no se mata a balazos, Tennessee. Tendrás que ir a una *tlapalería* a comprarte un machete. Aquí los nativos se matan igual que los troyanos. Es más viril, dicen.

El bardo le ofreció una mirada de horror. Prefirió darle un trago a la cerveza de nombre definitivo. Volvió a llevar la vista hacia Richard Burton, que lo miraba con envidia, sosteniendo un vaso de agua y la mano de Liz soltándose y descendiendo imperceptible, disimulada por su blusa de gasa, hasta llegar a la bragueta y apretar enérgicamente mientras buscaba su rostro para susurrarle:

—Cinco veces abrazaste a la maldita mocosa hija de perra, ¿verdad? ¿Qué, dulce Richard; no puedes hacerlo bien a la primera? ¿Tanto te gusta esa niña que todavía moja la cama? Anoche la mía, por cierto, estuvo otra vez vacante. No te arriesgues, Richard. No te arriesgues...

—Suéltame, cariño. Me lastimas.

—Pues tú a mí no —lo indultó por fin, y propinándole un beso breve, amenazó en corto—: No llegaste a mi cama, querido, y espero que no hayas compartido las sábanas de esa mugrosa campesina sin zapatos, porque entonces sí, óyeme bien, entonces sí usaré la maldita pistola dorada. Te llaman.

En efecto, con el magnavoz en alto, Ray Stark ya anunciaba la inminente toma:

—Señoras, señores, preparándose. Dos minutos para la escena treinta y nueve, al pie del autobús. El reverendo Shannon es increpado por la señorita Fellowes. Mujeres del tour, chofer, todos al set. La señorita Doris hará las últimas indicaciones. ¡Dos minutos, dos minutos!

—Esta noche cruza el puente —lo despidió Liz, ofreciéndole su bonita sonrisa—. Pero antes rocíate con Old Spice. Hueles a jovencita histérica en su primera menstruación.

5

Alguna vez lo escuchó en Italia, eso de ser un bueno para nada. *Dolce fare niente*, no hacer nada o, precisamente "hacer la nada", aunque eso implicaba una retorcida cháchara epicúrea. Los beatniks ya habían pasado de moda, lo mismo que el nihilismo sartreano. Ahora todo rondaba alrededor del holocausto nuclear, la crisis de los misiles —un año atrás— que estuvo a punto de aniquilar el planeta. De hecho esa era una de las razones, si no la principal, de habitar en aquel rincón del paraíso. Y los cheques enviados por la abuela Rosemary.

Desde el día del incidente Greg Maxwell despertaba temprano y, lo primero, salía de casa para revisar su alberca. Todo por culpa de Tippi. ¿Puede un perro terminar con la más complaciente de las amistades? Y es que el perro de su vecino Zacarías, de seguro, poseía genes de ardilla. Era un perro mestizo, callejero, ciertamente vivaracho, aunque ello no le daba derecho a hacer lo que hacía. Lo peor del mundo es hallar un excremento de perro frente a tu puerta... *no, lo peor es pisarlo*. Y eso era lo que le había advertido al buen Zac: "Tu perro fue a expeler sus desechos en mi propiedad, querido. ¿No habría modo de retenerlo?". El otro gruñó con fastidio. No podemos interferir en las funciones naturales del cuerpo, que son parte de la vida misma. "Podrías al menos elevar tu barda para que el maldito Tippi no la burle. Recuerda que somos buenos amigos y buenos vecinos, y a ratos, cuando te ganan los suspiros, hasta otra cosa que no deseas nombrar. Querido Greg, simplemente te estoy pidiendo que controles a tu perro, por el bien de los dos".

Se lo había dicho y se lo había escrito, aunque Zacarías, obsesionado como estaba por los asuntos del dinero, nunca contestaba sus recados. ¡Ah, todo fuera como tener una abuela Rosemary! Ese día se acabarían los conflictos de la humanidad. Que todos en el mundo, De Gaulle, Nikita, Kennedy, Lumumba y Fidel Castro, todos tuvieran su cheque de dos mil dólares, puntual, en la oficina de correos. Zac Hill, por lo pronto, carecía de ese apoyo. Tenía algunas acciones petroleras en Texas, pero aquello era incierto... de pronto le llegaba un fardo de billetes, pero generalmente pasaban meses sin una sola remesa. Y la heroína costaba. ¡Claro que costaba!

Caca de perro. Ése era el precio de su amistad, o de su... ¿cómo llamar aquel sentimiento que lo mezclaba todo en un coctel sin pudor? Una combinación que incluía dosis similares de ajenjo, baba, ginebra, lágrimas, semen, sangre (a veces), agua de colonia y tepache. A Zac le encantaba el tepache, ¡uy! Lupe, la cocinera de los Burton, se lo preparaba sin tacha. Después de todo Liz era vecina de ambos. De hecho las tres casas coronaban los altos del Gringo Gulch y ahora habían sido conectadas, mediante el "puente de Liz", con la residencia de los *borrachos* que quedaba al otro lado de la calle. Era un puente colgante, construido a marchas forzadas, apenas se ausentó Eddie, el cornudo. Los borrachos eran John, Richard y Ray, a veces también el odioso mexicano Fernández. Cada uno su habitación, con sofá y cocineta y vista a la piscina.

La casa de Zac Hill carecía de *alberca*, aunque tenía la mejor vista sobre la bahía. La residencia de Liz, la famosa Casa Kimberly, era soberbia en sus tres niveles con balcones, bares, hamacas y desayunador al descubierto. Además estaba la piscina de la azotea donde ella se exponía al sol como una trucha recién pescada. "¿Por qué no nos desnudamos junto a ella un día, Zac?", le había preguntado el vecino de los rizos rubios. Después de todo, no era complicado burlar la barda de Liz.

"Yo, querido, Greg, porque tendría una erección. Esa mujer cura a cualquier mariquita... aunque tú, la verdad, podrías posar junto a ella sin ningún peligro. Sirve que le devuelves sus bikinis".

Greg Maxwell había sido el insidioso. Sí, una noche, luego de asegurarse de que no estaban en casa, saltaron la tapia y llegaron al vestidor junto a la piscina. Iban intoxicados, nerviosos, riendo a todo momento. *La marihuana es la marihuana*, recitaba Zac bajo el amparo de la luna. Bailoteaban alrededor de la piscina celebrando que Richard y Liz se hubieran escapado hacia una de las repugnantes *cantinas* de la avenida costera. El Punto Negro, o El Perico, ¡que olían a meados! ¿Cómo pueden los mexicanos beber venteando los orines del prójimo? Y entonces se apareció Greg luciendo aquel bikini de pinceladas coloridas, como si flores de la Polinesia. "¿Soy la más hermosa, espejito, espejito?", bromeaba girando como bailarina suplente en la terraza enladrillada. "¿Sabes cuántos bikinis tiene guardados ahí la maldita?", y como Zac no supo la respuesta, el vecino gritó al mostrar el otro bikini robado: "¡Treinta y seis! Los conté todos. Por eso hay guerra en África, Zac. ¿Te lo quieres probar?".

Después de la fechoría la noche continuó su paso imperturbable. Zac se supo comportar como hombre, un hombre cariñoso, aunque abandonó el lecho demasiado temprano. Saltar el muro, regresar con Tippi, que nadie lo viera bajo el primer asomo de la alborada. ¿Se había llevado algunos billetes de la cartera de Greg? No importaba. La generosidad de Rosemary Maxwell alcanzaba para eso y más. *La marihuana es la marihuana* y dos mil dólares son dos mil dólares; Patricio Lumumba, si hubieras tenido una abuela como el rubiecito, no habrías iniciado la revolución africana. Y eso fue lo que le costó la vida. Estamos hablando de Tippi, no de Lumumba.

Esa misma noche, la noche del alba sin nombre, Zacarías Hill (heredero de Isaac Hill, el fundador de la Waco Petroleum Co.), se había fugado a la costera. Ahí conoció a Barbara, una divorciada cuarentona que le recordaba un poco a su madre, y se fue con ella a la cama en el hotel Paraíso. Le pidió prestados cincuenta dólares, aunque la viajera le entregó solamente veinte; no llevaba más. Lo despidió con un beso y una patada, no tan entrañable, en el trasero. Greg se enteró del asunto, nada en Vallarta es secreto, y por eso mató a Tippi. No por su mierda.

El incidente ocurrió una semana después, aunque el perro-ardilla no burlaba la barda todas las noches. Greg preparó una trampa rudimentaria: la caja enorme, alzada con una estaca, y dentro un retazo de carne de caballo. El perro cayó en el engaño y con el primer ladrido de terror acudió Greg, pisando una caca del intruso. Cuando Tippi lo reconoció terminaron los gemidos. "Fue tu última mierda", le anunció con la sonrisa de Caín y empuñando la estaca del tinglado. Apenas alzar la caja le propinó un golpe en la cabeza y ahí quedó el intruso. El rubio de peróxido cargó entonces aquel fardo sin vida hasta el fondo del jardín, más allá de la caldera, porque la piscina de Greg era la única climatizada en todo Puerto Vallarta. Ahí fue donde asó a Tippi sobre varios troncos y la hojarasca juntada por el jardinero en una semana. Perrito asado, hot dog, chucho gratinado. Aún humeante, y escudándose en las sombras, lo llevó a la puerta de Zac como una merced anónima. No iba a cometer la imprudencia de arrojarlo sobre la tapia a medio jardín.

No perro y no amistad. Zac dejó de visitar a Greg durante varias semanas, hasta el día del sapo. Fue cuando se le ocurrió reconsiderarlo. Sí, tal vez lo más conveniente habría sido quitarle el collar a Tippi, ¿pero cómo se manipula un amasijo chamuscado como aquél?

Lo del sapo. Greg Maxwell gustaba de nadar todas las mañanas. Media hora, solamente, antes que la resolana se apoderase del día. Nadando se olvidaba, un poco, de lo demás. Nunca usó los bikinis robados (no solamente los de Liz) y siempre usaba toallas blancas, impolutas. Una mañana halló un sapo muerto en la piscina. No era cosa del otro mundo. Había días que amanecía flotando una tarántula horripilante, un pequeño murciélago, una mariposa nocturna. Son los gajes del trópico y en cosa de minutos la redecilla metálica resolvía el infortunio, además de esparcir una dosis extra de cloro al anochecer. La purificación del agua, como un rito vestal, conjurando toda suerte de nigromancias.

Un sapo es un bicho de agua y tierra, como las ranas o las salamandras. Pero dos sapos es otra cosa. El día anterior habían amanecido dos en su alberca. Dos sapos ahogados, prietos, hinchados. Greg se había arropado con su bata de seda amarilla, una adquisición en el barrio chino de San Francisco (viaje al que

Zacarías, de último momento, desistió de acompañarlo) y que no le serviría de mucho a la hora de desatarse la guerra nuclear. Al principio fue un capricho y luego un razonamiento más o menos racional. Abuela, si estalla la guerra de los botones rojos, ¿no sería sensato que un representante de los Maxwell salvase el pellejo? "Así nuestra estirpe quedará preservada", y la abuela Maxwell soltó la carcajada. ¿Contigo? Pero no hubo problema y así, lejos de Boston, se apaciguarían las maledicencias. Comenzó el envío de los cheques. El trópico salvaje es más permisivo, indulgente, su Dios más tolerante. Sí, tal vez allá, pensó la abuela Rosemary al remitir el primer cheque. La razón era que Gregory fue siempre el mimado y nunca de los nuncas olvidaría aquella mañana en que llegó a casa con el labio roto y la nariz sangrando. Lo habían tundido por ser como era, y se lo dijeron letra por letra. Lloró desconsolado entre los pechos marchitos de la abuela. "No te preocupes, mi cielo. Si Eva no hubiera existido, Adán habría sido como tú. Siempre me tendrás para apoyarte".

Así llegó Greg a la piscina. Era una mañana fresca, de noviembre, saludada desde temprano por el garrir de los tordos infestando las frondas. Arrastraba sus *huaraches* salpicando las baldosas dispersas del jardín, porque había llovido durante la noche. Así llegó a la alberca y se alegró, en un primer momento, de no encontrar el cuerpo flotante de un tercer sapo. Todos los batracios, después de todo, han de morir por alguna causa. Se despojó de la bata, depositó la toalla en la banca de hierro, imaginó la malteada de plátano y avena que desayunaría minutos después. Y entonces, a punto de zambullirse en el depósito azul cobalto, se contuvo. Sintió un golpe mudo dentro del pecho. ¿Qué era aquello?

No flotaba, no había llegado del cielo, iba a ser necesario cambiar toda el agua de la alberca. Eso que permanecía al fondo, no había duda, era un cacho de mierda. Alguien se había cagado ahí durante la noche. Ni más, ni menos. Apenas tuvo tiempo de apartarse dos pasos. Y lo peor, ¿qué seguiría después? Vomitó junto a la toalla blanca temiendo que esa guerra inopinada resultase mucho peor que la tampoco declarada por Kennedy y Krushev.

6

Era un caftán hermoso que había adquirido en el barrio de Cuchilleros de Madrid. Rojo granate con un holán de seda que llevaba calados pequeños espejos circulares. Después de todo él era *El Realizador* y cada noche la exhibición se asemejaba a un desfile de modas. La cita era a las nueve en punto, en el cine Munguía, de ciento setenta butacas *de palo*. Un año atrás el lugar había servido como fábrica de hielo, pero al ser acondicionado con mobiliario de remate, el cine operaba como el foro local de la fantasmagoría. Normalmente las funciones eran los días jueves, viernes y sábados, con doble programa por dos pesos. La sala carecía de techo. Anteriormente había estado cubierta por un cobertizo de lámina acanalada, pero como se había picado con el salitre decidieron prescindir de él. Así la sala era más fresca, sólo que era necesario el abanico para ahuyentar a los mosquitos. Además de que en los momentos de empalago se podían mirar las estrellas, aunque apenas reventar el chubasco la proyección era suspendida. Ninguna película era de estreno, pero de esa manera los vallartenses se iban familiarizando con los rostros de la farándula... Grace Kelly, Tin-Tán, Rock Hudson, Audrey Hepburn, Robert Mitchum, María Félix, Gary Cooper, Ninón Sevilla.

Con la irrupción de *los gringos de la película* todo se trastocó. El cine Munguía fue rentado por la productora a fin de que el staff examinase los *rushes* de la filmación cada tercer día. De ese modo, según arribaba el avión con el envío de los laboratorios, podían celebrar el trabajo del día anterior y cotejar la marcha del rodaje. Toma uno, toma dos... y la complicada iluminación de Gabriel Figueroa buscando efectos en escorzo con los reflectores en el piso. Y como la proyección era silenciosa, los asistentes se permitían ciertos comentarios en voz alta. "Esta es la toma donde Cyril Delevanti resbala... Ahí está. No se ve tan mal, después de todo es un anciano gagá. Podríamos dejarla". El que nunca iba a las proyecciones, porque lo suyo fue siempre el teatro y odiaba mirarse en los espejos, era Burton. Prefería sumergirse en El Perico, bebiendo solo, aunque una noche fue sacado a empellones luego de iniciar la bronca.

El avión que traía los materiales era un Cessna 310 de la productora Seven Arts. Un día sí y un día no. De retorno a Los Ángeles, a la mañana siguiente, el bimotor transportaba los rollos filmados en la víspera. Normalmente siete latas selladas de película Eastman, y de eso habían discutido largamente Ray Stark y John Huston. ¿Color o blanco y negro?

"El problema del color es que distrae mucho al espectador, y más si el ambiente está lleno de flores y escenarios desconcertantes. Entiéndelo, Ray: si se tratase de un filme promocional, no habría cuidado. Pongámonos entonces a retratar todas las palmeras, todos los cielos chillando de azul, todas esas frutas de nombres imposibles, *chicozapote*, y todas esas preciosas guacamayas que se pasean por la tarde sobre Mismaloya. ¿No lo crees?". "Es un punto de vista, John. El problema con el blanco y negro es que estamos en 1963 y ya sólo una de cada diez películas se filma sin emulsión Technicolor. La gente lo asocia un poco con el teatro, las revistas de hace diez años, lo arcaico. King Kong y Tom Mix". "¿Lo antiguo? ¿Y qué me dices de la televisión? El arte de la fotogenia será siempre en blanco y negro. El color es un deleite excesivo, Dios nos castigó al empalagar nuestro sentido de la vista. Dicen que los perros ven todo en blanco y negro; por eso son tan astutos, tan concentrados. El color te hace perder el meollo dramático de la historia. La Biblia fue escrita en blanco y negro, lo mismo que El Quijote y todo Shakespeare. Imagínate *Ciudadano Kane* en color, Ray. ¡Qué horror! O *El Gran Dictador*, o *Casablanca*; hubieran sido un desastre". "Sí, claro, pero suponte *Cleopatra*, o suponte *Lawrence de Arabia* en blanco y negro, John. Glorificas tú la gran fotogenia, pero ten por seguro que tendrías diez millones menos de entradas". "¡Pero esas son películas de África, el sol inclemente del desierto, los camellos, los beduinos y los grandes palacios de Alejandría!". "Sí, claro, y como el río Cuale transcurre junto a la corte de *Perry Mason...*".

John Huston suspiró resignado. ¿Y si se habían equivocado? Destinó una mirada desdeñosa a su coproductor. Ya estaban con eso otra vez. "Tú sabes que fue cosa de Tennessee. El drama, el teatro, los diálogos filosos. Había que condescender y así se lo advirtió a Tony Veiller antes de iniciar el guión". "Te van a comer vivo en la academia, John. Nunca te perdonarán los carniceros de Hollywood". "Eso me temo, Ray. Ya los imagino declarando: 'En su última película, John Huston mató el color del país del color'. Esos hijos de puta pueden ir diciendo lo que les venga en gana". "Más que una decisión estética, John, lo tuyo ha sido un capricho hipnótico. Y yo te apoyo, no te preocupes". "Así es, Ray. Después de todo, el gran arte es capricho. Y no otra cosa".

Huston encendió un cigarro de hoja. Los vendían por haces en el mercado local. Tabaco amargo, crudo, resinoso. A medianoche, sin embargo, debía escupir un gargajo negro escociéndole el gaznate. Miró su reloj y creyó prudente comentar:

—Ya se tarda.

Ray Stark lanzó una mirada hacia poniente. Aquella que llamaban Punta Mita cerraba la bahía, y más allá se anunciaba el crepúsculo.

—Quince minutos —dijo—. El sábado llegó igual.

Estaban en la terminal de Palo Seco y el DC-3 de las Aerolíneas Fierro, con destino a Guadalajara, había despegado una hora atrás. Ahora sólo estaban ellos dos en el pastizal, junto a la capitanía del aeródromo, esperando.

—Llevaré esta tarde mi caftán turco. ¿No lo has visto?

—¿Tu caftán? ¿De qué se trata? ¿De un coctel de accionistas de Wallstreet en el medio rural mexicano?

—¿Viste ayer a Liz, su collar de esmeraldas?

—¿Qué se proponen? ¿Incitar a estos pobres campesinos para que reinicien otra revolución? Con ese collar se podrían construir veinte escuelas, te lo aseguro.

—Tu caftán, ¿cómo de jeque árabe?

—Turco —lo corrigió Huston—. Lo compré en Madrid en mayo. ¿Recuerdas?

—Ava... —pronunció Ray, y de inmediato dramatizó como si buscando un muro para vomitar—. Después de esas noches estoy vivo sólo porque Dios quiere.

—Tienes la ambición de Atila, Ray... pero el estómago de Blanca Nieves. ¿Qué bebimos esas dos noches?

—Tres, John. Fueron tres noches, no lo olvides. Ha sido la contratación más desproporcionada de mi vida. Créemelo.

Era verdad. Hacia enero el elenco estuvo completo, pero faltaba convencer a Ava, la envanecida Ava después de su espléndida participación en *Una condesa descalza*. Vivía en Madrid, distanciada de Frankie, purgando el divorcio. Su tercer divorcio y un matador, *el matador de turno*, cortejándola. Luis Miguel Dominguín, que la abandonaría por aquella hermosa actriz italiana de apellido Bosé. Huston debió telefonearle cuatro veces para explicar el proyecto. "John querido", protestó en la primera ocasión. "No sé qué hora sea donde me estás llamando... ¡pero, por Dios! Aquí son las diez de la mañana y me estás despertando. ¿No podrías tener un poco más de consideración?". "Muy bien, hermosa. ¿A qué hora quieres que te llame?". "A las siete, John. A la hora del desayuno". "Pero si me has dicho...". "¡Las siete de la tarde, obviamente! Hace dos semanas que no veo el sol... Adiós". El problema no era el dinero, ¿Cuatrocientos, quinientos mil dólares?, sino la cicatriz. En el otoño anterior, al completar sus clases de *bailaora*, había decidido inaugurarse en el oficio de la tauromaquia. Fue invitada por Dominguín a un encierro en el rancho El Carrascal, que pertenecía al afamado ganadero Ángel Peralta, donde se dieron a practicar la rejonería. Un torete negro, precioso, que no merecería el tercio del estoque. El primero en mostrar la maña de ese arte fue Peralta. El rejón era simulado, en lugar del hierro la pica llevaba una punta de goma, de modo que al golpear la cruz del astado se presumía cumplido el aire. Ava, que había celebrado toda la noche y llevaba media botella de Penedés en el estómago, subió la segunda al caballo para probarse. Todo era cosa de incitar al bruto, y ésa era precisamente su especialidad. Plantarle la cara pero enseguida recular, eludir, injuriarlo con esa puya inofensiva. Retornar al redondel y rematar la otra mitad del Penedés. Así montó, espoleó al caballo, enfrentó al bicho de once meses. Hubo un primer acercamiento, muy osado, pero pudo contener la brida y el alazán burló al novillo. Era un caballo experto, nunca tocado, así que de nueva cuenta Ava fue a su encuentro. Esta vez su mano resbaló del arnés, rodó bajo la montura y cayó en la arena. Fue arrastrada unos metros por su bota atorada en el estribo. Por fin quedó suelta, aunque atolondrada, ante el alarmado rumor en la tribuna. Y es que se había olvidado del novillo, que no desperdició la oportunidad. El torete arremetió contra la provocadora maja, y la foto llegó a la mesa de Associated Press.

La herida no pasó a mayores, pero Ava Gardner debió consultar a tres especialistas, dermatólogos, médicos deportivos, el doctor que mandaron llamar aquella tarde de Badajoz. Todos recomendaban no operar. Dejarla tal cual. Que los desinflamatorios y el tiempo se encargasen de remediar la contusión. El golpe del pitón había sido en la mejilla izquierda, cerca del ojo, y esa tarde su cara fue como un ladrillo morado. "Lo he perdido todo", se quejó ante el espejo durante varias semanas en las que no se dejó retratar. No salía de su habitación en el hotel Palace y sus ojeras, antes festivas, se hicieron lúgubres y permanentes. "He quedado igual que una esposa golpeada por su marido borracho en Jacksonville". Por eso rehuía de la luz, por eso dormía once horas, por eso increpaba a todo mundo. Fue la razón por la que Bappie, su hermana y asistente de toda la vida, la abandonara durante esos días de ofuscación.

"¿Estás seguro de que será en blanco y negro, John querido?", preguntó ella esa primera noche en que por fin accedió a salir con ellos. Irían al mesón Siete Gatos, su favorito, en el barrio de Cuchilleros. Ellos eran Huston y Stark, que bebían en las sombras del *tablao* para convencerla. Y sí, Ava bebía y celebraba por el hecho de ser considerada nuevamente, a los 41 años, para desempeñar un papel estelar en la pantalla. "Esa tal Maxine, me decías, John, ¿es una simple alcahueta o una arpía?". Y así esa noche, y la siguiente, y la siguiente de la siguiente, que fue la que terminó de destrozar el aplomo de Ray Stark. "John, no se lo cuentes a nadie, pero contratar a la Gardner me ha costado una espantosa hemorroide". "Ya hice cuentas, Ray. ¿Sabes cuántas botellas apuramos en ese madito *tablao*? ¡Veintidós de Rioja y brandy Torres! Antes seguimos vivos luego de esas noches de aquelarre... pero ella, Ray. ¡Cómo demonios le hace ella para amanecer tan resplandeciente!". "Muy fácil, John. Despertando a las siete de la tarde luego de haber almorzado una tortilla de patatas en la cama de su *matador*, el tal Dominguín".

—Ya se tarda demasiado, Ray, ¿no crees?

—Por lo menos debían encender las luces, John. En un momento será de noche.

—¿Puedes ir y averiguar? Yo permaneceré aquí haciendo mis conjuros de duende irlandés —Huston observó a su productor adelantándose hacia la barraca donde se erigía la rústica torre de control.

El bimotor traía los *rushes* de tres días de rodaje. Entre otros, las escenas de Burton y Sue Lyon en la alcoba. La famosa secuencia de Charlotte intentando seducir al reverendo Shannon, quien ha tirado accidentalmente un frasco y camina descalzo sobre los vidrios rotos susurrando "Oh, Lord, be my redeemer". Se habían repetido siete tomas porque la juvenil actriz olvidaba concluir la escena al buscarle "desesperadamente" un beso de perversión. Iba a ser imposible filmar eso de nueva cuenta; el novio de la muchacha (recién cumplidos los diecisiete) había amenazado a Burton en corto: "He notado que alargas tu actuación a fin de tener pegado tu ombligo con el de ella. No te arriesgues a despertar un día asfixiado", le dijo. "En este país se muere muy fácilmente". El novio era un famoso jugador de hockey en Filadelfia; pesaba 240 libras.

—Que no hay servicio. Tampoco funciona el aparato de radio —anunció Stark al retornar—. Es lo que dice el encargado. "Que no pidieron el servicio a la Compañía de Luz. Que el trámite es hasta mañana".

—¿Y el generador?

—Cuál, por Dios —el productor le dirigió una mirada de capitulación—. Recuerda que tú elegiste este escenario por ser lo más próximo al Paraíso. Árbol del Mal sí tenemos cada noche, pero energía eléctrica para tus desvaríos, John, no la habrá. Por lo menos hoy no.

—¿Y entonces? —Huston buscó la hora en su reloj. Le costó reconocer las manecillas.

—Qué, ¿te gustan diez minutos?

—A lo más.

—Y el maldito avioncito que no asoma en el horizonte. ¿Traes el radiotransmisor?

—En el auto —hubo entonces un rumor en la distancia.

Los productores alzaron la vista y buscaron, pero a poco el murmullo cesó. Tal vez alguien poniendo en marcha una bomba de agua ahí cerca. Stark vio entonces, con horror, que en los matorrales las luciérnagas iniciaban su fiesta de cortejo. Imaginó la visión desde lo alto. Un manto azul plomizo junto al manto azul violáceo de la tierra firme, además de la parca luminaria del pueblo a tres kilómetros de ahí.

—Ése es.

En efecto, el ronroneo mecánico retornaba del cielo. También descubrieron al encargado del aeródromo quien, alarmado por el susurro de aquellos motores, se acercaba con dos poderosas linternas de baterías.

—No va a poder, con tan poca luz —los saludó buscando en el firmamento la silueta del avión.

—¡Cómo es eso de que no tienen planta de luz! —rugió Huston sin preguntar.

—Yo sólo soy *el intendente*, patrón —se defendió el recién llegado en idioma español—. El mero jefe trabaja hasta las seis, cuando hay vuelo de la aerolínea Fierro... que ése sí despegó puntual. En la tardecita.

En ese momento ya resultaba difícil escrutarse los rostros. No lejos de ahí comenzaron a croar las ranas.

—Ahí viene —dijo Huston, y apenas nombrarlo observaron las luces de navegación y la picada rasante del DC-3. El bimotor pasó con estrépito sobre sus cabezas.

—Parece que el piloto conoce la pista, pero está pidiendo que lo alineemos. Que alguien encienda las balizas...

—No. Imposible —dijo el intendente—. No tenemos luz... No se hizo el trámite.

En eso Huston le arrebató una linterna y enseguida la encendió. Arrastró al encargado hacia la pista...

—¡Ve al auto, Ray! ¡Llama a la comandancia de policía, al hotel Paraíso, a los muchachos que deben estar cenando en Los Pelícanos! —el bimotor volvió a cernirse sobre aquel terreno, esta vez a mayor altura—. Se debe estar quedando sin combustible... ¡Que traigan todos los coches! ¡Todos los taxis! ¡No te tardes, luego te lo explico!

Huston condujo al intendente a la cabeza del aeródromo. Le indicó separarse de él cuarenta pasos. Que encendiera la otra linterna y apuntara hacia el avión, haciéndola girar a lo que daba el brazo. Él hizo lo mismo con la otra. En su tercera picada el bimotor volvió a pasar rasante, encendía y apagaba los faros frontales. Sí, ya los reconocía, ¿pero dónde iniciaba la pista?

Así se repitió la maniobra varias veces más, el Cessna 310 pidiendo pista y quemando combustible. Ya no podría enfilar hacia los aeropuertos de Guadalajara o de Mazatlán, al norte. No le quedaba suficiente gas. Cuando se encendiera la señal de reserva intentaría aterrizar alineándose con aquel par de linternitas rotando en la distancia. No sería la primera vez. Descender buscando firme, y cuando el pastizal surgiera como un manto gris forzar los alerones y sentar el fuselaje. Lo peor sería terminar todo en una maroma de horror... una fractura de hombros, posiblemente, pero sin gasolina la nave no se incendiaría.

Hubo en la distancia un ladrido. Tal vez un perro cruzando la pista de polvo y que había olisqueado un rastro adverso. De repente Huston soltó la carcajada. *Perros y actores.* Había recordado a su padre, el actor Walter Huston, sin cuyo ejemplo él no estaría ahí haciendo girar esa linterna con una y otra mano. Su padre que en la juventud viajaba con una compañía de comediantes y malabaristas ofreciendo sketches en carpas y graneros a todo lo ancho de la nación. Cobraban diez centavos la entrada y en los hoteles debían sufrir la severidad de los conserjes al señalar el letrero sobre la entrada *no se aceptan perros ni actores.* Así que debían registrarse como "vendedores". Ese mismo padre que John inmortalizó en su otra película mexicana, *El tesoro de la Sierra Madre*, por cuya actuación obtuvo por fin el Óscar en 1948. Ese mismo padre con el que jugaba a hacerse reír. Un reto entrañable. Se hacían muecas, se estiraban las orejas, hablaban el idioma impenetrable de los marcianos bizcos, "¿Dizti akram juscre diliz bugataré, sujum órtakis?". Y ni con eso. Entonces, la última vez, Walter pareció desertar. Se disculpó y dejó la estancia rumbo al cuarto de baño. ¿Se daba por vencido?, el que riera primero debía pagar al otro diez dólares. De pronto retornó a la sala de estar donde su hijo John le acababa de anunciar que ya no boxearía más en aquellos cuadriláteros olorosos a sudor marchito. Walter iba desnudo aunque vestido con tres corbatas, dos iban ceñidas a sus orejas y la otra en el pito. Perdió John, y pagó.

Entre las sombras, de pronto, hubo una vaga silueta. El bimotor ya no aventuraba más aquellas picadas en la penumbra. La siguiente, aterrizando como Dios lo permitiera, sería la definitiva. De seguro que aquel fantasma había sido Walter que llegaba para devolver la carcajada de la última ocasión. ¿Qué hacía su hijo con aquella linterna girando alrededor del cuerpo, más que fatigado y apuntando hacia la nada? ¿Había cambiado de religión, se había transformado en una marioneta estúpida, jugaba al fuego fatuo de sus brujas irlandesas? El espectro, sin embargo, no rió. Conforme se fue materializando entre las sombras, preguntó por fin:

—¿Perdone, es usted míster Huston? Ya llegamos.

—Sí, yo soy —estuvo a punto de concluir aquel señalamiento absurdo. Eso de girar la linterna para ser reconocido a mil pies de altura, como había aprendido en las Aleutianas durante la guerra—. ¿Ya llegamos quiénes?

—Estamos allá, pero no sabemos para qué. Nos mandó la señorita Gladis.

Su inapreciable asistente, Gladis Hill. Los había enviado como ángeles de salvación.

—¿Es algo medio secreto? —se atrevió a indagar el espectro—. Somos de la central libre.

—*¿La central libre?*

—Carlos Fregoso —se identificó apenas extenderle la mano—. Allá están los carros.

Al volverse hacia la costa, Huston descubrió una hilera de autos que habían llegado en absoluto sigilo, como dispuestos a un contrabando. Eran los taxis *libres* de la central Puerto Vallarta. No menos de quince.

—¡Hay que alinearlos, uno frente a otro, en las orillas de la pista! —ordenó John Huston abandonando por un momento el vaivén de la linterna— ¡Y con los faros encendidos a todo! Cada cien metros...

Lo interrumpió el escándalo de bocinas. Por allá mismo, tundiendo la noche de polvo y claxonazos, llegaba Ray Stark con los autos de la productora. Quizá nueve.

En cosa de minutos organizaron el operativo. En el extremo de la pista estacionaron cinco autos apuntando hacia el confín del terreno, con las luces altas, que debían prender y apagar cada dos segundos. Los demás... taxis, camionetas y hasta un carro funerario, alinearon sus fanales, de tramo en tramo, en los linderos del aeródromo.

—Todo por salvar a Sue de los besos alcoholizados de Burton —comentó Stark una vez que logró apaciguarse al lado de Huston.

—O al revés —dijo éste cuando en la distancia, más allá del polvo, reconocieron al bimotor posicionándose para alcanzar aquella pista de improvisados candiles.

El aterrizaje fue silencioso, inigualable para las condiciones del mismo. Ray Stark soltó una docena de aplausos pero Huston aguantó el impulso al recordar la imagen de Walter deambulando en aquella lobreguez descompuesta. Algunos autos ya se aproximaban para indagar.

—Ya ve que no era tan difícil —comentó a su lado el *intendente*—. Después de todo, fue buena idea.

El piloto era nuevo. Desconocía la ruta y, disculpándose, explicó que hubo un retraso en la entrega de los rollos recién revelados. Había navegado sin copiloto luego de aquel confuso despegue. "¿Se puede saber por qué no encendieron las balizas del aeródromo?". Entonces Huston y Stark desviaron la vista hacia el responsable.

—Yo qué —se disculpaba éste en español—. Ustedes no hicieron el trámite. La luz llega cuando se solicita.

Luego de agradecer aquella anónima proeza, Huston indicó que llevaran pronto esas latas al cine Munguía. La función debía continuar, y como los choferes permanecían estupefactos y sin comprender el salvamento que habían protagonizado, el realizador los convocó junto al jeep de la productora. Vociferó en su español sin escuela:

—*Muchas gracias todos... Ahora, vamos a cine gratis. ¡Cine gratis todos! Nos vemos en sala...*

El piloto del Cessna 310, sin embargo, aguantó en silencio. Ya había asegurado las calzas del tren de aterrizaje y los tensores del fuselaje. Dejó aquello y aprovechando una rendija de luz se aproximó al intendente, que miraba el desalojo con ojos aún de asombro.

—¿O sea que un trámite estuvo a punto de causarme la muerte? —le preguntó. Había encendido un cigarrillo, fumaba nerviosamente—. ¿O sea que un jodido trámite estuvo a punto de llevarse al infierno mis quince mil horas de vuelo? ¿O sea que tú, miserable burócrata, ibas a segar la carrera del capitán Clive, al que ningún Mig pudo derribar en Corea?

El intendente se disculpó. No hablaba inglés, sólo había percibido un barrunto de aquella velada amenaza... ¿*hell, burocrat, Korea*? Sonrió y le dijo que lo sentía.

—Ni modo, señor. Las normas son las normas —pero el otro ya se retiraba apuntándole con un revólver inexistente.

A las nueve estaba citada la proyección de los *rushes*. Deborah Kerr había llegado, puntual como siempre, ataviada con un *muumuu* hawaiano, pues las noches de octubre siempre refrescan en el vértice de la bahía. Liz Taylor no llevaba su collar de esmeraldas sino otro de perlas que le había obsequiado Richard apenas concluir el rodaje de *Cleopatra*. Siete hilos que matizaban, un poco, las pecas de su escote incitadas por el sol del trópico. Ava Gardner llegó con el Guango, su lanchero favorito, al que zahería por cualquier pretexto. El nativo no podía conducirse decentemente porque rengueaba con aquel par de zapatos recién estrenados... después de todo era la primera vez que no calzaba huaraches. Burton no había ido; permanecía en El Perico bebiendo mezcal con cerveza. Huston llegó con su hermoso caftán, rojo granate, y apenas ingresar a la sala fue recibido con una salva de aplausos. El cine Murguía estaba a reventar; la voz había corrido y los gorrones no se hicieron esperar. Eran los choferes del *rescate*, con sus madres, sus novias, sus esposas y niños peinados con vaselina.

El silencio se hizo cuando el proyeccionista asomó desde la cabina del entrepiso:

—¡Ey, mister Huston! *Los rollos...*

—¿Qué pasa con los rollos? —contestó el realizador, y como el murmullo recomenzaba, ordenó en ocurrente español—. *¡Échalos, échalos, que de seguramente están mucho buenos!*

El técnico quiso objetar algo, pero como la rechifla ya iniciaba, se encogió de hombros y metiéndose en el compartimiento apagó las luces y encendió el proyector. Luego de rebobinar el material de las siete latas había armado un solo carrete, suficiente para cuarenta minutos de *función*.

En la pantalla aparecieron los tradicionales números del conteo regresivo, ocho, siete... y luego, impactante, el rostro de Rock Hudson a todo color implorando ayuda. La toma se repite. Rock Hudson manipula una caña de pescar, está parado en una frágil barca y al jalar el carrete la línea se convierte en una madeja imposible. La toma se repite, y entonces alguien en su butaca grita:

—¡A eso se le llama arte! —es Gabriel Figueroa, antes de soltar la carcajada, y el auditorio lo secunda pues en la pantalla Rock Hudson ha caído de la lancha y se está ahogando con todo y sombrerito de explorador. Resulta evidente que no sabe nadar.

—Qué demonios... —gruñe John Huston en su butaca, pero junto a él ya está el proyeccionista mostrándole una de las latas vacías y el marbete donde se puede leer: MAN'S FAVORITE SPORT? / DIR. HOWARD HAWKS / MGM / OCTOBER 24, 1963 / SCENES 22-26.

Algunos de los asistentes abandonan la sala murmurando su desconcierto. La mayoría, sin embargo, permanece disfrutando esas tomas donde el frívolo Roger Willoughby ha sido salvado por su compañera de oficina, Abigail Page, y el romance está más que anunciado.

Al concluir se hace el silencio. Luego los asistentes aplauden; cine gratis, aunque mudo, no cualquier día. Alguien grita por ahí, "¡Viva mister John Huston!", y aquello se vuelve una verbena de júbilo y agradecimiento. Deborah Kerr sale de la sala sonriendo, feliz de haber visto y reencontrarse con ese otro mundo, *el verdadero*, que la espera más allá de la frontera luego que terminen esas jornadas de pesadilla y calor y barcas peligrosas y mareo y mosquitos y diarrea y esas miradas que parecen desnudarla apenas el mar moja su ropa (nadie olvida aquella escena de furor adúltero, ella entre los brazos y el torso desnudo de Burt Lancaster; la escena culminante en *De aquí a la eternidad*). *El mundo*, allá.

En la última fila de butacas, sin embargo, alguien permanece inmóvil. Pareciera que ha quedado dormido. Es el piloto Robert Clive, veterano de Corea, fulminado por un infarto al miocardio. Lo último que miró fue la sonrisa vivaz de Paula Prentiss ofreciendo la mano al buenote de Hudson en el lago Tahoe. Después el ahogo, la butaca insuficiente y lo negro de la noche entre las carcajadas de los gorrones.

7

—Odio los domingos, gitana. ¿A ti no te ocurre lo mismo?

Ava Gardner hubiera querido no oír el comentario. Los domingos en Boon Hill eran igualmente insoportables. Aquellos campos de tabaco hasta el confín del horizonte y su aroma resinoso impregnando aquellas tardes de verano aturdidas por las cigarras.

—John, querido, ¿no has escuchado esa especie que están difundiendo nuestros enemigos? ¿Que el tabaco produce cáncer; que cada cigarrillo te quita dos minutos de vida?

John Huston sostuvo el cigarro ante sus ojos. Lo aquilató como si una daga de doble filo.

—Por mí no hay problema. He fumado tanto que a estas alturas ya no importa. Son rumores de los mismos prohibicionistas de antaño. Decían que el licor enloquecía y exacerbaba la lujuria. Luego dirán que el café también es asesino. ¿"Nuestros enemigos", has dicho?

—No olvides que soy una campesina de Carolina del Norte. Este cuerpo voluptuoso fue lo que me salvó de terminar mis días pudriéndome con un aburrido agricultor que ya me habría llenado de hijos. Además que el fastidio me tendría sumida en los agobios de la infidelidad —la actriz manoteó para alejar un mosquito—. Hay mañanas en que despierto y aún estoy respirando el perfume dulce y enervante de los tabacales. Teníamos diez acres. ¿Tú crees eso, John querido, que yo sea "el animal más hermoso del mundo"?

John Huston ocupó un banquito junto a la hamaca. En lo alto giraban las aspas de un abanico eléctrico. Le cogió un pie descalzo y se lo llevó al rostro. Cuando intentaba besarlo ella lo retiró con presteza.

—No atentes contra mi doncellez.

—Sí, claro... ¿Y tus lancheros? ¿Manuel, Roberto? ¿Hoy no habrá servicio nocturno?

—Es domingo, John; y la caballería inglesa ha iniciado el ataque. Mis *cogedores* deben estar con sus mujeres. Sus *esposas*. ¿Has notado qué unidas son las familias en México?

—Sobre todo las de ellos... —intentó capturar de nueva cuenta aquel pie de planta callosa—. ¿Sabes cómo te dicen los lugareños, Ava querida?

—*Mamacita, piruja, gringa cachonda...* No sé. Dime tú.

John Huston sostuvo aquel pie ante su rostro. Había siete millones de hombres que, en ese momento, darían cualquier cosa por estar en su lugar.

—Estoy nervioso, gitana. No creo poder conciliar el sueño a menos que... Tienen perdidos los *rushes* de tres días de filmación.

—Y tú quieres lanzarte de cabeza al pozo.

—Eso me ocurre por haber resuelto que *La iguana* fuera en blanco y negro, y ahora los laboratorios Eastman lo han enredado todo. Ahí está la secuencia completa de Burton amarrado en la hamaca, cuando enloquece...

Entonces Huston se abalanzó sobre la actriz, ciñó los ribetes de la hamaca y aprisionando a la actriz como un capullo, comenzó a sacudirla con falsa vehemencia.

—No me vendría nada mal dormir entre tus muslos.

—John querido —respondió ella con voz divertida—. Te lo acabo de explicar. Estoy bajo el asalto de la caballería roja. Dame una tregua.

—¿Recuerdas la última vez? —el realizador soltó la hamaca, retornó a su escabel de caoba.

—Trato de no recordar, John. Mi vida ha sido todo menos espiritualidad. A los treinta y un años ya era divorciada tres veces, y en los intermedios, sí, hubo algunos episodios simpáticos.

John Huston alzó la mano, como si reportándose a una lista escolar, pero Ava Gardner lo ignoró. Se reacomodó en la hamaca, que era de seda color naranja.

—*Daba Carne* —Huston empujó cariñosamente el chinchorro. Un gesto paternal, igual que el columpio con su hija Anjelica—. Así te llaman los peones en Mismaloya. *Daba Carne*.

—¿Y eso qué significa? ¿Es un piropo?

—No precisamente... —hubo un ruido ahí cerca. Alguien que trastabillaba. Era domingo, después de todo.

—¿Y sí? ¿Es muy vigoroso el ataque de la caballería...?

—Ay, John. Qué falta de refinamiento. He oído que en el pueblo, por *cincuenta pesos*, hay muy lindas muchachas dispuestas, y con menos que la mitad de mis años. Mejor bébete un bourbon con hielo y telefonea nuevamente al laboratorio en Hollywood.

—¡Ah, sabia la palabra que ha sido pronunciada en este aposento! "Bourbon".

Era la voz ronca de Richard Burton, anunciando su ingreso por la puerta entornada. Pareció asombrarse al descubrir la figura lánguida del realizador.

—¿Interrumpo algún negocio confidencial?

—No, ninguno Ric. Estábamos recordando los campos de tabaco donde corría la pequeña Ava. Antes de ser... Ava.

—Ya no soy Ava, por cierto... ¡Ja! —y luego de la carcajada, formuló: —Ahora soy *Daba*.

Burton les brindó una mirada socarrona, como preguntando.

—Vienes ligeramente solo —comentó Huston con la vista detenida en la puerta.

—Completamente solo —Ava Gardner lo secundó contoneándose en la hamaca—. Huérfano y desamparado. Qué, ¿regresó con Eddie?

—Ni que lo digas, *Contessa*. Ni que lo digas.

El actor llegaba seguramente expulsado de la cantina El Perico. La única en Vallarta que ofrecía whisky de Kentucky.

—Me sospecho que este vínculo —Burton suspiró, forzó la sonrisa— ...será de proporciones bíblicas. Y no me ha puesto collar de perro porque mi cuello es el de un minero galés y ninguno me queda. Pero si por ella fuera, *wow wow, wow!*

Celebraron el ladrido y Burton hurgó en su pantalón bombacho. Por fin dio con la pequeña cantimplora y la ofreció sin preguntar. Todos le dieron un trago a pico.

—*Rumboiling*, es lo que todos necesitamos para terminar esta película tan... *divertida* —subrayó Burton en español—. El reverendo Lawrence Shannon no tiene ningunas ganas de abandonar el trópico. "Dios es nuestro guía y nuestra salvación", y véanlo ustedes. Hemos retornado al Paraíso del Génesis cuando los cocos y las iguanas. ¡Además aquí no se conoce la nieve! ¡No existe el castigo del invierno y podemos vivir desnudos y en gracia del Señor! La compasión, la compasión divina emancipará a este pueblo de absoluta inocencia... ¿No crees, John?

Huston soltó un bufido. Ahora eran tres y demasiados, sin contar la luna en lo alto de la medianoche. Contra la elocuencia de Burton no había argumento que valiera, y no cabía duda; era el mejor del elenco.

—¿Qué reparo tienes contra la nieve, Ric? Después de todo, el frío boreal invita al recogimiento, a la reflexión, al ahorro.

—¿Ahorro? ¡Ja! —luego de la carcajada la actriz volvió a menearse en su capullo color naranja—. A eso le llaman hibernación, como los osos, John, no lo olvides. Pero la nieve también implica neumonía, depresión, claustrofobia. ¡Cuatro horas de sol, John! Cuatro horas es lo que dura el día en Londres, durante enero. Por eso, en la lóbrega soledad bajo las mantas, conversamos con los ángeles...

—Aquí no hacen falta —la interrumpió Huston—. Están todos los días bañándose en *el río*.

—"El largo nado hacia China"... —recitó Burton antes de apurar un trago de su botellín—. ¡No!... a Mismaloya. "El largo nado hacia Mismaloya". ¿Por eso preguntaste en febrero pasado si sabía nadar, John? ¿Por lo de la escena con la... chica?

—Tennessee está trabajando en otra secuencia. La del final, y no nos ponemos de acuerdo. Ustedes dos se entienden al concluir la historia —y Huston creyó prudente aclarar—. Maxine y Shannon, sólo que él insiste en que el buen pastor termine dominado por los hilos de esa telaraña. Que doblegue su voluntad ante la ambición sexual de esa alegre viuda. Que sucumba.

—Bueno, Shannon ha sido expulsado del rebaño —Richard Burton protagonizó una falsa bendición desde el altar—. Su herejía fornicadora lo ha precipitado en la proscripción, acuérdense. Y Tennessee quiere que Maxine se convierta en el Diablo para el resto de sus días. La princesa del Mal en el infierno de Mismaloya.

—Oh, querido John —Ava asomó entre los pliegues de la hamaca, apretaba los labios buscando las palabras—. Tú lo sabes; el problema de Tennessee son las mujeres. En su visión ninguna mujer puede ser buena. *Buena* en el sentido sensual porque, según él, todas somos como puertas de la perdición, la codicia ¡y la castración! ¿O no, John querido?

—Por eso estamos atareados en la *secuencia secreta*. Que el reverendo Shannon, despedido de la agencia Blake e imposibilitado de retornar a su parroquia de Saint James, deje todo y se lance al océano en mitad de la noche. Que la película termine mientras él nada buscando el derrotero de China.

—¿Suicidio? —rezongó Ava entre los plisados de la hamaca—. No me gusta. Parece absurdo. Absurdo para Shannon...

—¡La salvación con el camarada Mao!... o si no, con los camaradas tiburones —Burton simulaba un trance de desesperada natación—. Pobre de mí, pobre de Shannon, ¡pobre del hombre castigado por la herejía de sus testículos!

Huston se lo quedó mirando con gravedad. Balanceó la cabeza y trató de recuperar el pie de Ava, pero antes ella lo escondió dentro del capullo.

—¿Y Liz?

Era la pregunta.

—"Qué débil es el hombre..." —recitó Burton convidando su cantimplora a la *Contessa*—. "¡Oh, Señor!, sé mi poderío y mi salvación".

—Bueno, amigos. Esta charla se ha puesto un poco filosófica y un mucho estúpida. Me iré a la cama, y ustedes, por favor, no escandalicen —John Huston se enderezó aguantando el suspiro.

—Papito está cansado —deletreó Ava Gardner, pero no fue escuchada.

—Recuerden que mañana tenemos llamado a las diez en punto —insistió el realizador—. La secuencia donde al abuelo Nonno le da el patatús. Nada de sobreactuación, se los suplico, y espero que aconsejen lo mismo a la divina Kerr. Así que me voy, amigos, repudiado por la caballería; al fin que manco no soy.

Richard Burton le dispensó un gesto de extrañeza. Salía del aposento perseguido por el humo del cigarro. Un viejo en retirada. Hermoso, desgarbado, aunque no *viejo*. Demonios, tenía 57 años de edad y 200 más de preocupaciones.

—¿Y Liz? —insistió Ava Gardner.

—"Los días felices han vuelto..." —canturreó Burton, recordando la melodía insulsa que coreaban las turistas en la primera secuencia.

—No quieres hablar de ella, supongo.

—Se ha puesto mal. Ha recordado a sus criaturas y les ha llamado, pero como el servicio telefónico es un desastre se cortó la comunicación. Está echada sobre la cama con sus retratos y sollozando. Puso el cerrojo a la puerta —hipó—. Así que su hombre se ha escapado y ahora está con la mujer más hermosa de la *Tierra Caliente*. Conversando. Simplemente conversando.

—Me parece perfecto, Ric, aunque... ¡Ja! —Ava Gardner se irguió en la hamaca—. Aunque si ahora entrase a esta alcoba, tenlo por seguro: nos daría un balazo. Uno a cada quién.

—¿Solamente uno?

—Probablemente dos, dos a cada quien. ¡Bang, bang!

Burton ocupó el taburete al pie de la hamaca. Descansó los codos sobre los muslos:

—¿A quién dispararía primero, *Contessa*?

—Buena pregunta. Aunque llegaríamos simultáneos al cielo.

—"Oh, Señor" —comenzó a dramatizar—. "Venimos hasta ti para redimir nuestras almas, aunque no hemos hecho nada infame. No hemos pecado. Nuestros cuerpos no se tocaron... No todavía, y estamos ante ti, Padre Celestial, porque una celosa lagartija nos ha apedreado con su resortera mientras simplemente conversábamos. ¿No conferiste al género, Señor, el don de la palabra para dispersar la verdad de tu Evangelio? Además que necesito orinar... ¡Demonios! ¿Dónde se orina en el cielo?".

Ava Gardner soltó la carcajada, incontenible, mientras Burton se asustaba un poco ante aquel regocijo. Llevó la vista más allá de la ventana, donde un triste foco iluminaba la calle del Barrio Gringo.

—¿Y tus amigos pescadores, Roberto y Manuel? —Richard Burton se llevó las manos al rostro, introspectivo.

—Deben estar fornicando... *cogiendo* con sus señoras esposas. Supongo. No se me da la envidia.

—Fornicación. Ava. El verdadero evangelio.

—Exageré, ¿verdad Ric? En el tálamo matrimonial no se fornica, que yo recuerde.

—No.

Burton volvió a hipar. Necesitaba beber agua, que su esófago se serenase de nueva cuenta. El rodaje de la fecha había resultado magnífico, tres tomas cumplidas al primer intento. El reverendo Shannon discutiendo con la artista Hanna Jelkes sobre los grandes momentos sentimentales en su vida de honestidad y escarmiento. Deborah Kerr también estuvo soberbia.

—Habrá un sanitario de humo, una jofaina de agua bendita. Ningún bidé.

—¿Perdón?

—¿No preguntabas por el cuarto de baño en el cielo?

—Ah, sí. Y la verdad sea dicha, me estoy orinando.

—Ric, por favor. No pierdas la integridad.

Burton se enderezó, aguantó la cantimplora en el bolsillo. Hizo un gesto marcial, como de ujier anunciando la presencia de sus majestades.

—Te voy a hacer una confesión, Ava. Nunca se lo he contado a nadie.

—Pobrecito niño. Es la fama negra de todos esos colegios irlandeses. Un trauma guardado con pundonor. Cerdos curas católicos. No te avergüences, qué, ¿tenías siete años?

Burton aguantó en silencio. Lo traicionó una mueca impertinente. Se llevó una mano al pecho:

—Señora *Contessa*, yo soy galés, no de la isla católica. Hijo de Richard Jenkins, minero, y Edith Maud Thomas, una mujer abnegada que no vivió lo suficiente. Mi trauma no es el que usted ha imaginado, aunque sí, hubo sus peligros. El problema son los dos cielos.

Ava Gardner extendió una mano, entre abochornada y solícita. ¿Le podría convidar un trago de bourbon?

—Los dos cielos —repitió.

—Mi infancia fue una condena. No sé si sabrás... Fuimos trece los hermanos procreados por Richard y Edith Jenkins. Cuando nació mi hermano menor, Graham, hubo una complicación. Mi madre Edith falleció al tercer día víctima de una sepsis puerperal, y cuentan que esa noche dormimos, Graham y yo, en el mismo cuarto donde estaba el ataúd de mamá. Hasta donde recuerdo Port Talbot, donde crecí, era un sitio sombrío. Colinas sin árboles, calles de fango, trece chimeneas arrojando columnas de humo color violeta, zapatos de tercera generación y merienda de pan de centeno... el que dejaste en el desayuno. Jugábamos a las trincheras, porque Port Talbot dio un regimiento entero que se ofrendó en Verdún. Por cierto que así se llama un hermano mío.

—¿Verdún?

—No soy enemigo de la miseria. Es la mejor escuela. Un amigo era un tesoro imposible; hablo de un *amigo verdadero*. Cada año abandonaban el aula dos o tres compañeros arrastrados por la parca. Neumonía. Se les llamaba "deserciones de Pascua"... la temporada de la gripe. En el catecismo los libros de doctrina ofrecían aquellas ilustraciones hermosas que tú debes recordar. Algunas a todo color donde aparece el cielo poblado de querubes y niños como yo, que siempre fui guapo. Fue cuando comprendí lo de los dos cielos y el engaño al que nadie aludía. Cuando yo muriese iba a ir al segundo. Al otro cielo. El cielo de los mineros, de las mujerzuelas de barro y dientes enfermos que pululaban al atardecer, el cielo de mi madre Edith. Ese iba a ser mi cielo. No el cielo de la doctrina, donde los niños rubiecitos cantan a coro alabanzas. Los niños de pudín de limón y pijama de franela —Burton volvió a hipar. Conservaba las manos detrás la espalda, deambulaba con parsimonia—. No, señora *Contessa*. Aquel segundo cielo nunca tuvo un artista que le diera forma. Mi cielo, de fango y gas grisú, tendría por lo menos repleta la alacena de pan de centeno. Esa era mi preocupación.

Burton se detuvo junto a la ventana y asomó buscando el perfil de la luna. Al día siguiente no había llamado para él, pero de cualquier modo acudiría al infierno de Mismaloya. Disciplina de un egresado de la Academia Real de Arte Dramático, la mítica RADA.

—¿Graham, se llamaba tu hermano menor?

—Se llama. Sobrevivió.

—La mía se llama Lavinia. Y también mató a mi madre, Mary Baker. De eso mismo, "naciendo". Nosotros fuimos diecisiete.

—Mientes, *Contessa*. Me quieres impresionar.

—Diecisiete hijos y yo que no he podido arrojar más que...

Richard Burton señaló a través de la ventana. Afuera se balanceaban las frondas de las *higueras* y los *flamboyanes*. Una alta palmera en mitad de la calle.

—Alguien ha dejado una bicicleta abandonada —dijo.

—Es el sereno. Debe ser... Desde el lío de los vecinos, Zac, Greg, la policía ronda para que no corra más sangre.

—Necesito orinar, *Contessa*. ¿Tú crees que si abriera mi bragueta alcanzaría el chorro a esa bicicleta?

—No sé. Me gustaría ver.

Burton se lo pensó. Palpó la cantimplora en su bolsillo y desistió.

—Créeme, *Contessa*; si Liz no hubiera venido a Vallarta para husmear mis calzones...

—Pero vino. Y tú no eres, precisamente, el hombre más desdichado del mundo. Por lo que se ve.

—Siempre tuve fama de indiferente. Y eso enloquece a las mujeres. He recibido cartas enamoradas de niñas de catorce, ¡de once años!... y no pocas de venerables viudas de ochenta ofreciéndose para todo. Soy pura virilidad, una voz inexcusable y dos ojos para cuidarles la noche.

—Vanidad, vanidad, lo nuestro es simple presunción, mister Indiferente.

—Así me bautizó la prensa en aquellas primeras actuaciones de cuarenta libras por semana. "Indiferente, y con el rostro de un ángel vengador".

—Hoy es la noche de los ángeles, por lo que veo. ¿Te gusta bailar, Richard?

El actor seguía observando la noche del trópico. Serena, llena de murmullos, tibia. De pronto dejó aquello y dio algunos lances confusos. Un zapateo que no era ni *jota* ni *cha-cha-chá*.

—Lo mío es el Príncipe de Dinamarca. No otra cosa, *señorita*.

Ava Gardner dejó lentamente la hamaca. Estaba fatigada, aunque no se iría a la cama antes de las tres de la madrugada. Su costumbre. Imaginó algo insólito aunque no imposible: Liz matándola con aquella pistolita dorada...

—Necesito orinar, *Contessa* —el actor había retornado a la ventana—. ¿Sabes lo más divertido del asunto?

—¿Lo más divertido?

—En Port Talbot había un tren que iba a Swansea, donde quedaba el bachillerato. Teníamos catorce años y de retorno, luego de haber bebido un par de cervezas... que estaba prohibido a nuestra edad, asomábamos el implemento por la ventana y orinábamos al pasar por el puente de Briton Ferry. Abajo estaban los obreros, los mineros, los pescadores en espera del transbordador. Aquello era divertidísimo y, por un momento, me sentía dueño de algo. De la tarde, del mundo, de la furia de aquellos proletarios maldiciéndonos en la distancia.

—Como perros.

—¿Cómo perros?

—Marcando su territorio como los malditos perros en los muros y los postes de todas las ciudades. Impregnando su orina y siendo felices. Una noche Frankie, en un arrebato de celos, meó la sala que me había regalado Howard Hughes

—frunció la nariz en un puchero de asco—. Sandeces de los hombres.

—Saldré a orinar esa bicicleta, Ava. ¿Puedo?

—Te acompaño.

La calle era de tierra y todavía conservaba algunos charcos después del chaparrón vespertino. Dos faroles, instalados recientemente por el ayuntamiento, contagiaban su luz mortecina. Ava se colgó del brazo de Richard, no sin antes coger un par de cervezas de la nevera.

—Comete tu crimen, irlandés. Luego tendrás mi opinión.

Richard Burton fue hasta la bicicleta abandonada junto a una reja de jardinería. Se abrió la braqueta y soltó el primer chorro.

—"Oh, Señor, sin tu amparo somos como ciudades sin muros. Acógenos contra Satán y sus tentaciones..." —luego dejó eso y siguió meando sobre la puerta de Zac Hill, arrastrando el chorro hasta un bote abandonado de *tamales* y sobre una maceta enorme donde florecía una bugambilia.

Ava no dejaba de carcajearse detrás de él; estuvo a punto de soltar las cervezas. Era lo más impropio, lo más indigno, lo más execrable. Luego compartieron las botellas. Las alzaron apuntando hacia la luna y bebieron entre risas hasta que el líquido escurrió por sus cuellos. De repente ella sufrió un deseo similar. Un capricho, ¿por qué no? Dejó la botella a un lado de la maceta y ya procedía cuando creyó percibir un rumor. Burton también se volvió hacia aquel ajetreo mecánico y al reconocer el retumbo de los faros fue presa del pánico. Era el buggy, su buggy... Se arrojó hacia la cañada en tinieblas.

Medio minuto después, frenando el híbrido descapotable, Liz Taylor descubrió a Ava Gardner agazapada en aquel recoveco de la calle. Estaba descalza y con la falda remangada.

—¿Se puede saber qué haces? —reclamó Liz, acomodando en el asiento contiguo el cuchillo de cocina que había hurtado.

Ava señaló su botella tirada entre las piedras, la bicicleta fantasmal, aquella hermosa bugambilia nocturna.

—Estoy orinando —dijo.

Liz estuvo a punto de hacer otra pregunta, pero se excusó. Forcejeó la palanca de velocidades, arrancó y se alejó soltando rezongos. La *Contessa* permaneció sonriendo. Jugueteaba con los pies en aquel charco obsequiado por la lluvia. El fango y la noche, el rumor de la brisa y la tibieza, igual que *en el principio*.

8

Guillermo Wulff se encargó de organizarlo todo. Había ocurrido un leve accidente en la víspera y los carpinteros aseguraron que lo tendrían resuelto en veinticuatro horas. Un fugaz incendio en la terraza de Mismaloya que obligaba a conceder ese día como *libre*. El rodaje, de cualquier manera, avanzaba a buen ritmo y era de presumir que la filmación concluiría en la fecha estipulada. La primera semana de diciembre.

Ava Gardner desistió de último momento. Al ver aquellas armas reunidas en el vestíbulo del hotel Playa de Oro, lo pensó dos veces. Recordó su propio accidente en España, aquel novillo embistiéndola y que la obligó a depender del espejo a todas horas y en todas partes durante sus buenos seis meses. Ahora retornaría a Londres, su nuevo domicilio, con una bala en el hígado y un zarpazo de tigre en mitad del rostro. Por eso, observando los cuatro fusiles que Wulff limpiaba una y otra vez en la salita del lobby, decidió mejor no ir. Se pasaría la mañana esquiando, iría por la tarde al bar El Punto Negro, donde recalaban los marinos.

Recién había amanecido y fuera del hotel ya los esperaba *el camión*. Eran dos escopetas y dos rifles Remington calibre 375, suficientes para detener una estampida de elefantes. El último en bajar fue Freddy, porque había decidido que ese paseo le vendría bien a Marilyn.

Tennessee y él atesoraban en casa cinco french-poodles como ése; los otros cuatro habían quedado encargados con Teresa, la sirvienta. Todos los perritos tenían nombres de farándula: Rita, Marlon, Olivia, Tyrone y Marilyn, obviamente para despistar, porque era macho "alfa dominante". Tenía complejo de rottweiler, gruñía ante todo extraño y una vez debieron suspender la filmación cuando el poodle se puso a ladrar al técnico que alzaba el *boom* del micrófono en mitad de una escena. Pobre perro, no iba a permanecer todo el tiempo encerrado en el hotel mientras Tennessee recomponía el guión bebiendo un té helado tras otro en la terraza de la habitación. John Huston seguía disconforme con el final previsto. El problema era *salvar*, o no, a la mujer.

Además de Freddy y Tennessee, a la caza del jaguar se apuntaron Huston y Wulff, los actores Skip Ward y Emilio el Indio Fernández, además de Roberto el Guango, que fungiría como guía de la batida pues, explicó, durante años fue "montero". Así llegaron —luego de una hora de camino malo y vados en los que todos debían descender del vehículo— a Caimanero. Aquélla era una ciénega reticular donde los canales no llevaban a ninguna parte. Alguien había reportado, una semana atrás, la presencia de dos jaguares en el pantano que hostigaban en pareja.

Una vez en el estero abordaron una lancha techada y con motor fuera de borda. La piloteaba un viejo marinero, chimuelo y mustio, que no hablaba una sola palabra en inglés. La embarcación abandonó el muelle enfilando hacia la boca del mar.

—¿Vamos por el tigre o por el tiburón? —preguntó Skip Ward, quien se desempeñaba en la película como chofer y asistente del guía Lawrence Shannon.

—A mí me da lo mismo —dijo Huston—. Con tal de descansar un día de esas mujeres tan demandantes. Ayer Deborah se quejaba de que hacía un mes que no probaba una fresa. "¿No se habrán terminado en el mundo y nosotros aquí tan aislados?".

—Las mujeres son el diablo, decimos en México. *Son el diablo* —insistió el Indio Fernández.

—No lo creo —comentó Tennessee mientras acariciaba al pooddle sobre sus muslos—. Las mujeres son ángeles, son rosas, son la gloria misma de un sábado al despertar... lástima que practiquen el canibalismo.

—Grrrrr —rugió Freddy con falsa fiereza y enseguida Marilyn comenzó a ladrar como enloquecido. ¿De qué se trataba aquello?

—Ese perro nos va a espantar al tigre —dijo el Guango sin mirarlo y señalando hacia el frente. La embarcación ya enfilaba hacia un ancho canal flanqueado por espesos manglares. Habían rodeado por mar aquella albufera de verde gris que los recibía con el murmullo enervante de las cigarras.

—Son dos. Macho y hembra, supongo —dijo el piloto en español—. Hay que mirar las entradas, donde buscan al pato.

Era verdad. Como el invierno ya se aproximaba, la migración de las aves había iniciado hacía poco y entre las raíces del manglar asomaban ya algunas bandadas de patos peregrinos.

Freddy no lo pensó dos veces. Se irguió, quitó la tapa al telefoto de su Yashica y enfocó hacia la ribera donde los ánades alzaban el vuelo huyendo de aquellos intrusos.

—Es mucha la tentación —decía Roberto al apuntarles con una de las escopetas, cuando hubo un ruidoso chapuzón.

Freddy se había precipitado al agua con todo y cámara y ya manoteaba tras la popa.

—Mira qué estúpido es papi —le secreteó Tennessee a Marilyn—. Siempre queriéndonos impresionar.

—*Ah, muchacho pendejo...* —gruñó el Indio Fernández—. Se lo van a comer las pirañas.

—¿Hay pirañas en este pantano? —ahora sí Tennessee pareció alarmarse. Observó que Freddy parecía no tocar fondo.

—Qué, ¿no sabe nadar? —indagó Guillermo Wulff al depositar el fusil en el fondo de la barca.

—No sé —respondió Tennessee.

El dramaturgo había abandonado los arrumacos al perro y ahora se acicalaba la barba en candado.

Giraron en redondo y cuando lo alcanzaron, Freddy ya no asomaba en la superficie. Skip se lanzó al agua, era el más atlético, y rescató al joven de 33 años. Lo subieron con cautela porque la embarcación estaba a punto de zozobrar. Freddy apenas respiraba, parecía desvanecerse; fue cuando Tennessee dejó el poodle y se lanzó a darle respiración artificial. Boca a boca.

—Yo preferiría morirme —rezongó el Indio Fernández. Por fin confirmaba algo muy anunciado pero no tan obviado.

El actor mexicano encendió un cigarro, se trasladó hacia la proa y rebuscó en su morral hasta dar con la botellita de un cuarto. Tequila San Matías. Atrás, mientras tanto, Freddy retornaba al mundo entre lamentos:

—Tenny, Tenny, perdí tu cámara. Oh, lo siento...

La expedición continuó en silencio. El silencio de los presagios y el rumor del motorcito pujando. El cauce del manglar se iba estrechando y muy pronto sufrieron el ataque de los jejenes. La plaga era diminuta pero mordía en vez de picar.

—Cigarro y resignación —dijo el piloto chimuelo poco antes de encender un cigarro de hoja. Sólo así era posible contener al feroz enjambre: el humo azul contagiando su rostro, su cuello, sus brazos.

En un minuto todos fueron conspicuos fumadores llenando el ambiente con aquel tufo, y Marilyn, que no entendía el apresto, estornudaba continuamente.

—¿Qué harás con el tigre? —preguntó Skip a Huston. Era verdad no escrita que el primer disparo le correspondería al realizador.

—Orear su piel y preparar una alfombra para Anjelica. Mi hija se ha acostumbrado a ese tipo de regalos. Una vez le llevé una mangosta. Una mangosta viva cuando estuvimos a punto de morir de disentería en Bumba. *La reina africana*, hace doce años, no sé si la habrás visto.

—Sí —mintió el actor rubio—. ¿Olivia de Havilland?

—No. Katharine Hepburn, una monja viajando por el alto río Congo y que, para variar, cede a las hormonas. Allá también intentamos matar al leopardo, pero nada. Sólo cazamos una cebra que cojeaba.

—Matar y vivir —recitó Guillermo Wulff—. Desde las cavernas que no hacemos otra cosa. Hace poco leí un reportaje donde se afirmaba que a diario sacrificamos y merendamos doscientos cincuenta millones de gallinas. La humanidad entera degollando pollos. De eso nadie habla.

—Ya lo estás mencionando, Will. Es lo que dice... lo que decía Papa antes del cartucho calibre 12.

—Qué cartucho, qué Papa...

—El viejo —agitó el cigarro como sugiriéndole, "¿no es una obviedad?"—. Papa Hemingway. Es lo que decía cuando iba de caza o de pesca. "Matando evito pensar en mi muerte". Es una manera de sobrevivir bastante salvaje...

—Jamás dijo eso. Y perdona, John, pero lo he leído —Tennessee consolaba a Freddy tratando de secarle los pantalones empapados.

—Qué importa quién sí dijo qué, y quién no dijo cuál, Tenny. Digo, con los años, nada importa. No somos un evangelio.

—Del pobre Hemingway se han dicho tres verdades y un millón de chismes. Lo que sí, sabía escurrir la tinta.

—Por eso mismo, Tennessee, y con todo respeto: la vida no es una entrevista; el arte no es un reportaje. La verdad es aburrida —Huston quebró el gozne de su escopeta, comprobó que ahí estuvieran los dos cartuchos, cerró el arma y apuntó hacia lo alto, como buscando centrar un ángel distraído—. Lo que necesitamos son historias que se escabullan de los sueños; mentiras que se parezcan a nuestros deseos. ¿Jesucristo se tiraba pedos?

—Supongo que sí —Tennessee notó que Freddy se había molestado por el comentario.

—¿Quién te lo dijo? Es más, ¿importa eso? —Huston se pasó el pañuelo apelotonado por el rostro, había comenzado a sudar—. Lo cierto es que Hemingway mataba para no morir, como los *matadores* en el ruedo a las cuatro de la tarde. Y cuando dejó de matar... siguió matando. Una preciosa Benelli de cañones paralelos. Tenía 61 años. Dicen que nadie oyó el tiro.

—¿Tú has matado, John?

—En Irlanda fuimos tras del zorro. Y sí, recuerdo que una vez. No es lo más hermoso del mundo dispararle a un zorro escondido en el seto. En la India fuimos por el tigre. En Cuba una vez con Papa matábamos iguanas desde su yate *Pilar*. Navegábamos cerca de la costa, con un riflecito del calibre 22...

—¡Matar iguanas! ¡Vaya coincidencia! —gritó el Indio Fernández desde la proa. Seguía bebiendo en secreto.

—Ahí está.

Callaron obedeciendo al guía. El piloto había apagado el motor y halaba suavemente con un remo intentando aproximarse al nudo de mangles que acababa de señalar. Se llevó una mano a los labios y arqueó las cejas. Miró al frente con imperiosa intensidad.

Ward y Huston alzaron los cañones de las escopetas. Roberto, en la proa, también buscaba con la mira del fusil, aunque en esa maraña era imposible reconocer la presa. Huston pensó en la piel del jaguar. ¿Y si mejor se la obsequiaba a la *Contessa*? Un jaguar para una tigresa.

Una sombra, un cuerpo rayado y dos disparos casi simultáneos. Marilyn escapó del regazo de Tennessee y comenzó a aullar enloquecido. No era su culpa; nunca en su vida había escuchado un arma de fuego y ahora correteaba a lo largo de la barca, ida y vuelta, deslizándose entre las piernas de los cazadores.

—De seguro que le dimos —dijo Skip al bajar el cañón de la escopeta. Esforzaba su mirada en el follaje.

—Yo disparé primero —advirtió Huston, ¿y quién lo iba a contradecir, si ya habían dilapidado millón y medio de dólares en la película y faltaban dos semanas de rodaje?

—¿Eso es un jaguar?

La pregunta de Freddy era del todo pertinente. La presa estaba a punto de sucumbir. La mitad del cuerpo reposaba en tierra y las patas permanecían sumergidas en la ciénaga. Una veintena de perdigones se habían llevado la vida del tapir —pesaría sus buenos cincuenta kilogramos—, que aún conservaba la piel listada de los ejemplares juveniles.

—Un anta —reconoció Roberto el Guango, que no había disparado—. Un *antita*.

Desembarcaron en aquel islote de carrizales y espeso chechenal. En efecto, el tapir era un trofeo apreciable, aunque con aquel estrépito de seguro que los jaguares se estarían ocultando en lo más profundo del manglar. Skip Ward, que llevaba otra cámara, los citó para patentizar la proeza. Uno alzaba la breve trompa de la presa que recordaba un poco a los elefantes. Todos sonreían satisfechos ante el flash de la instamátic.

—Cuídame a Marilyn —suplicó Tennessee a Freddy al depositar al perrito en sus brazos—. Está muy nervioso.

Tennessee Williams, con 53 años a cuestas y 40 libras de más, imaginaba ya el drama que se podría construir en torno a un grupo de cazadores como aquellos. Una tragedia, tal vez, en la que uno de los monteros regresa herido de bala. ¿Un accidente o un tiro alevoso? Una historia secreta de celos, la herencia atollada de dos hermanos, la disputada designación electoral de un viejo militante republicano. Uno de los personajes, desde luego, hablaría de Hemingway y toda esa cháchara de la sobrevivencia en el límite. "Vivir matando y matar viviendo...".

—A ver, sonriendo los tiradores; Roberto, mister John... —el piloto del cayuco se improvisaba como retratista con esa cámara de juguete—. ¿Ya está lista?

—Sí, claro. Nomás dispare y salimos todos muy guapotes —sonrió el Guango, frustrado por su fallida misión. No servía como montero, estaba más que visto. Habían matado un marrano que parecía rocín pero el tigre seguía acechando, tan campante, en aquella espesura inextricable... igual que Ava Gardner. Todas las noches Roberto suspiraba pensando en Ava —que lo había repudiado empuñando un machete— y los cincuenta pesos que le pagaba *por cogida*.

—Ahora una todos juntos —invitó John Huston acomodándose el sombrero vaquero. Se acuclilló junto al tapir y apoyó la culata del arma en su rodilla. Que los demás se aproximaran, como el séquito de Atila. Qué maravilla aquel incendio vulgar en Mismaloya y los carpinteros afanándose. Qué maravilla esas horas de solaz para no pensar en aquel caos de imperativos e imposibles. Richard bebiendo, Liz celando, Sue exigiendo, Gabriel desesperando, Ava enronqueciendo, Deborah trastabillando...

Freddy odió el momento. Iba a salir horrible en esa foto para el recuerdo. "Matamos un elefante pigmeo mexicano". ¿Eso era todo? ¿Para eso había acompañado a su...? Tenía que peinarse, por lo menos, pues su camisola tenía mil arrugas luego de aquella agua fangosa. Iba a parecer un *marine*, de esos que comenzaban a ser enviados como asesores militares a Vietnam.

Además el poodle estaba demasiado inquieto, así que lo soltó para que hiciera sus necesidades en aquel islote de quietud. Por fin halló su estuche en el bolsillo: un peine de carey y un espejito como broquel. Peinarse, sobre todo, el copete. Alguien le había dicho (a espaldas de Tennessee) que de perfil recordaba un poco al fanfarrón Elvis.

—*Ándenle*, todos aquí para la foto —insistió Huston aguantando el arma sobre su rodilla. Aquellos eran sus compañeros. Sus cómplices como en las cantinas mexicanas celebrando *"no se admiten mujeres"*.

Y sí, el perrito aprovechó la oportunidad. Un minuto de libertad luego de todas esas horas de brazos y mimos, como el hijo que nunca tendrían. Marilyn olfateó un árbol cerca del pantano mientras más allá, en el carrizal, los hombres reían ante la torpeza del viejo piloto inaugurándose como retratista. El poodle alzó una pata y marcó el territorio. Fue su última meada, porque de pronto asomó un caimán, lo prendió entre sus fauces y lo llevó consigo al fondo del estero.

—¡Marilyn! —gritó Tennessee Williams, pero ya era inútil. Regresaría a Nueva Orleáns con doce libras menos de equipaje.

Ya no hubo foto del recuerdo. Todos acudieron a ese recodo del manglar donde sólo quedaba un rastro de burbujas verdes.

—¡Imbécil! ¡Hoyo del culo! ¡Pendejo y mil veces pendejo! —Tennessee Williams estaba incontenible— ¡¿No te dije que me lo cuidaras, hijo de puta?! Freddy... ¡Te odio, te odio, te odio, te odio, te odio, te odio, te odio...! —siete veces lo dijo, como juramento de muerte.

Emilio Fernández hizo una mueca incómoda, avanzó hasta la orilla y miró la huella del cocodrilo en el fango. Lo que hacía falta era acción, no tanta palabrería. Sacó la automática que llevaba al cinto y disparó cinco veces hacia aquella agua cenagosa. Luego nada.

—Mejor enfunda tu pistola —lo aconsejó Skip Ward—. El cocodrilo no va a regresar, por más arrepentido que esté, para devolver al gozque. Esto fue como uno de tus rituales aztecas: tomamos de premio un cerdo pero ofrecimos en sacrificio un perro. Nada más.

Minutos después, guardando luto y guardando el anta en la proa del cayuco, emprendieron el retorno hacia el muelle de Caimanero.

—Lo siento, Tenny —se disculpó hasta entonces Freddy, pero el dramaturgo no contestó nada. No iba a perdonárselo nunca.

El Indio Fernández no había dejado de beber, furtivamente, de su botella de tequila. Él tampoco perdonaba. Minutos después, en la distancia, descubrieron la proximidad del embarcadero. Un anuncio oxidado de Pepsi-Cola destacaba en el techo de palma como si representara un baluarte de la cultura occidental en las entrañas del trópico. Sacó nuevamente su pistola y apuntó hacia aquel muelle de carrizos y maderos.

—Me queda la sexta, güerito —enfrentó repentinamente a Skip Ward—. Nunca sueltes la sexta bala, güerito. La sexta es la que decide todo.

Skip y él nunca se cayeron bien. Menos desde la escena de la playa donde el rubio se lía a golpes con los lancheros —"Manuel" y "Pancho"— al servicio de la hospedera Maxine Faulk. Siempre tuvo fama de violentarse ante los hombres que *le caían mal.* Cuatro años atrás había matado a uno, por un jaleo de tránsito, y la invitación de Huston para intervenir en *La noche de la iguana* había facilitado su pronta excarcelación. El Indio había hecho una promesa de mansedumbre, pero no iba a desperdiciar la oportunidad. El tequila es el diablo *y la culpa es del tequila.* Ahí estaba, además, Huston de testigo.

—A ver güero, cáchala... —provocó a Skip Ward, que en el aire reconoció la pistola que el mexicano le acababa de lanzar.

El rubio empalideció en el trance. Era una automática enorme, calibre 45, girando ante sus ojos. La atrapó muerto del susto, como un *fielder* en su juego de despedida.

—Muy bien, güerito —lo desafió—. Ahora échamela de regreso. Al fin qué...

Con tal de salir del trance, el rubio fortachón obedeció. Arrojó aquella arma de retorno y en el aire fue describiendo giros de macabro malabarismo. ¡Que ya terminara eso!

El Indio Fernández atrapó el arma con una sola mano, la derecha, y enseguida se la reviró en la misma parábola mientras celebraba:

—Ahí va, ahí va... *calientita*, güero.

Skip Ward supo que lo siguiente sería la diarrea. O la muerte. Calculó pero cerró los ojos. La atrapó limpiamente y, lleno de furia, la arrojó de retorno mientras los demás observaban mudos y desencajados. Aquello atentaba contra toda cordura. Esta vez la pistola, apenas colisionar contra las manos del Indio, se disparó.

Los exploradores soltaron un grito aferrándose a los postes del cayuco. El actor mexicano se tocaba la hombrera rasgada por la bala. Se guardó el arma en el cinto mientras cuchicheaba con divertida beodez:

—Qué pedo, qué pedo, güerito... Aquí nomás, *vacilando*.

9

Manuel tenía sus detalles. Navegaban en una canoa de *guanacaxtle*, el enorme tronco labrado con profusión y él remando bajo la luna. Se habían entregado al arrullo de la marea. Manuel no fornicaba, Manuel *hacía el amor* de una manera tan dulce que a ratos la trastornaba. Ava Gardner había bebido un par de rones con agua de coco, él apenas si probó.

—¿Y el Guango? —preguntó ella—. *Hace días que no veo Roberto.*

Manuel siguió remando. Debían ser las nueve de la noche, tal vez un poco más. En la distancia, destellando, había una constelación de farolas. Eran los pescadores fondeados en la boca de la ensenada. Manuel añoraba esas horas de nada y silencio a la espera del pargo. Pescó desde la infancia, hasta el día en que se improvisó como requinto de aquel dueto animando turistas en Acapulco. "De cualquier modo, es trabajo nocturno", se justificó ante su mujer.

Abordaban la barca al atardecer, cargaban un frasco de café colado, varios tamales, guayabas, carretes de sedal, una buena plomada y anzuelos. El bote anclaba cerca de los arrecifes y encendían el fanal. Cada cual arrojaba el engaño por pares. Así permanecían la noche entera, sentados en los travesaños, pulsando la línea de nylon tensada hasta el fondo. De repente sentían un leve tirón, la emoción de saber que el pargo había mordido la carnada y ya emprendía el arrebato predador... uno, dos tirones. Había que aguantar hasta el tercero, que era cuando el bicho tragaba la carnada; entonces sí dar un tirón recio, prenderlo con el anzuelo, iniciar la lucha contra el pez, adivinar si era de tres o de cinco kilogramos, aflojar cuando la presa iniciaba el súbito repliegue que podría reventar la línea. Y así, tirando y aflojando, jalando poco a poco hasta descubrir el reflejo de sus escamas a dos metros de la embarcación. Treparlo entonces y ultimarlo con el golpe de una barra metálica.

—Quién sabe —se excusó—. Como ya nos abonaron, fuimos despachados. Se acabó, pues, mi señora.

Ava Gardner se derretía con esa voz que nadie, nadie de los nadies le había dicho nunca *Mi señora*. Las manos de Manuel, su mirada mustia, aquellos susurros en quién sabe qué idioma que soltaba al acariciarle los senos. Ella se enfadaba consigo misma. ¡No!, de ningún modo se iba a enamorar de un *lanchero* indígena sólo porque sus brazos la hacían ingresar en ese prolongado éxtasis...

—*¿Despacharon bien?* —Ava hacía esfuerzos por darse a entender en ese idioma sinuoso—. *¿Pesos o dólares, pagaron?*

—Es lo mismo, mi señora. Y ya pues, vamos acabando. Nos regresamos a Acapulco si no hay más. Ella se lo explicará.

La actriz había accedido. Sí, le gustaría conocer a su familia. A su mujer, su casa, su cocina. El rodaje estaba próximo a concluir y los ayudantes de Maxine, Roberto y Manuel, ya no serían requeridos en la locación de Mismaloya.

—Nunca me gustó lo que decía de usted.

Manuel dejó de remar. No dijo más. Parecía adivinar en la distancia aquella franja de plomo bajo el estribo de la montaña. Localizar la boca del río Ameca, donde había levantado su casa.

—Lo que decía quién. ¿De qué hablas, Manuel?

—Del Guango, señora. De él.

Recuperó el remo, cambió de borda y siguió bogando en silencio. Ava percibió entonces un olor peculiar. El semen de aquel hombre operaba como un extraño bálsamo en su ser. Un aroma que, muy pronto, dejaría de pertenecerle. ¿Y si la acompañaba de retorno a Londres? Podría comprarle dos trajes, presentarlo como su chofer, enviarlo a la escuela de inglés en el barrio de Regents Park. No, imposible. Y aquel néctar escurriendo entre sus muslos, del que ya debía despedirse. Lo que más le deleitaba de ese muchacho moreno era su suavidad; se lo había dicho. Sobre todo que no la obligaba a situaciones de perversidad. Todos los hombres, sus hombres, habían abusado de ella. Y en más de un sentido. Por eso ya no podía confiar en ninguno. Lo suyo era desquitarse de todos, desquitarse con el primero que apareciese ante sus ojos. Era el verbo.

—Qué hay con Roberto. ¿Sabes algo?

—Lo que decía de usted, mi señora. No me gustaba. Y se lo dije al Guango.

—Qué le dijiste.

—Que se callara. Que ya no repitiera esas... vulgaridades. Que no se lo iba a permitir.

—¿Ah, no?

Manuel le devolvió una mueca lastimada. Para qué seguir hablando de eso. Buscó en su bolsillo y dio con los fósforos. Encendió la tea que se erguía en la proa y siguió remando. Con aquel fulgor podría reconocer la barra del río. La actriz de ojos como avellanas se reclinó sobre la borda. Extendió una mano y palpó aquel nombre labrado en el flanco del enorme cayuco: *Ava*. Una semana atrás no estaba. Manuel tenía sus detalles.

Había sido de madrugada, tres días atrás. Roberto bebiendo se convertía en un monstruo. Celebraban la conclusión del rodaje, su despido, aquellos quinientos dólares hinchándoles los bolsillos. El abono final. Cuando fue contratado, Roberto había dejado a su familia en Acapulco. Manuel, por el contrario, la había traído en camión a Puerto Vallarta. "Es trabajo de compañía con una artista americana", le explicó a Catalina, su mujer, y fue suficiente. Aquella madrugada, al salir de la cantina Quinto Sol, fue cuando Roberto comenzó a escarnecerla. Injuriaba a la actriz, decía cosas horribles de su conducta, de su aliento, de su cuerpo. "O te callas o te mato", gruñó Manuel. No puedes decir esas cosas de la señora que nos vino a aliviar la vida. Eso dijo, *aliviar la vida*. Ah, ¿no? Y siguió con aquella necedad, que si sus nalgas, que si sus chiches, que si... No eres hombre, le dijo el Seco. Te espero en una hora, aquí mismo, con tu machete. "Eres hombre rajado". Cuando Manuel llegó a casa no comentó nada. Bebió un pocillo de café y buscó su arma bajo los petates. Su mujer lo vio hacer y siguió dándole el pecho al menor de sus hijos. Aquella era rivalidad de hombres, estaba más que visto; no intervendría. "Que salgas bien", le dijo al despedirlo. Manuel llevaba un sarape enrollado en el antebrazo derecho; era zurdo. Posiblemente fue su ventaja.

Regresó poco antes del alba con un rasguño en el cuello. No dijo nada. Se acostó y durmió hasta media mañana, cuando uno de los niños gritaba celebrando. Había cazado una iguana viva.

—¿*Cómo dijiste se llama tu mujer, Manuel?*

—Catalina, mi señora. Quiere agradecerle lo mucho que nos ha ayudado. Es una mujer sencilla... Mire, allá.

El cayuco batía el flujo de la barra. La tea en la proa alumbraba el entorno con golpes de arrebol. Manuel remó un minuto más hasta dar con aquella choza en la margen izquierda. Una barraca con piso de cemento (era su lujo) y techo de palma. Ava Gardner descubrió entonces a Catalina. La mujer de Manuel estaba esperándolos al amparo de un enorme quinqué de petróleo. Cargaba a la criatura de brazos y el otro niño se aferraba a su falda con timidez. Sonrió al mirarlos acercándose con la tea encendida sobre sus cabezas. Ava sacudió la arena de los pies, ¿debía continuar?

—Miren, niños, es la señora americana —dijo la mujer de Manuel esbozando una hermosa sonrisa—. Salúdenla, denle las muchas gracias.

Ava extendió su mano sin saber qué decir. Descubrió que la mujer del Seco se había calzado un par de zapatos de charol. Eran un tanto ridículos para el sitio; los estaba estrenando, seguramente. Quiso contener aquella lágrima traidora. Soltó una carcajada, se volvió hacia Manuel, que ya los alcanzaba cargando el remo.

—Nos empapó una ola —comentó Ava Gardner, y luego en español—. *El mar siempre furiosa.*

Llevó la mirada hacia el horizonte marino. Un animal sin vida respirando aún bajo las estrellas. Y debajo los fanales de las barcas cintilando azarosamente. Hombres que soñaban con retornar a tierra.

10

La fiesta había terminado pero no había terminado. Greg Maxwell despertó con el relámpago a media mañana y sintió que algo le escocía en la axila. ¿Cómo pudo dormir con eso? Debían ser las doce del día, tal vez la una. "¿Y Zac?". Llovía a cántaros en noviembre, de seguro que el clima se había trastornado y eso no era más que el anuncio de la quinta glaciación. ¿Estaba en su propia casa o en la de él?

—¡¿Zac?! —llamó, sin levantarse del sofá.

De pronto le llegó un olor insufrible. Hizo un esfuerzo y se arrastró hasta el borde del lecho. No era su vomitona. ¿Entonces?... sí, la pestilencia procedía de la cañada por donde escurría el Cuale. En ocasiones el río empujaba desechos inconcebibles; costales cuajados de limas en putrefacción, la techumbre de una barraca, un novillo ahogado. Luego descendían los buitres y se encargaban de señalar el foco del hedor. Con aquel chubasco era seguro que el río estaría transformándose en un torrente incontenible. Sonó el teléfono. Reconoció la mesita de la estancia bajo aquel cuadro escalofriante. La pintura era enorme y mostraba a dos negros que peleaban a mordidas. Zac lo llamaba "tus caníbales montaraces". Los hombres eran posiblemente norteamericanos, mulatos de la costa, porque llevaban sombreros de paja. Tal vez un suceso en la época de la esclavitud. Estaban semidesnudos y uno intentaba alcanzar un puñal tirado mientras el otro le mordía el cuello.

—¿Aló? —contestó Greg, y el aparato estuvo a punto de resbalar de su mano—. Residencia Maxwell después de *la pachanga*.

Le gustaba esa palabra mexicana que podía significar cualquier clase de desorden. Notó el chasquido en la línea: alguien había alzado el auricular en su alcoba.

—¿Greg? Esto se ha puesto muy aburrido. ¿Podríamos tener la "hora de cristal" en tu casa?

—Sí, claro. Gomorra a domicilio... —y aunque pareciera una descortesía, debió preguntar—. ¿Quién habla?

—Cómo *quién*... —y la voz femenina añadió con sorna—. Soy la estrella de *Fuego de juventud*, y *La gata sobre el tejado caliente*. La viuda de Mike Todd y la mujer que decidió abandonar a Eddie Fisher. La que anoche bailaba rumba con Richard Burton en la terraza del hotel Paraíso. No sé si me recuerdes, Greg Maxwell. Soy Elizabeth Taylor.

—...lo sabía, lo sabía. Estaba probando tu modestia, preciosa. ¿Por qué se ha puesto aburrido aquello?

—¿No has percibido la lluvia? Intentaron la primera toma cubriendo el set con una carpa, pero hubo un terrible corto circuito. Parece que el Señor no permitirá que se termine de filmar esta maldita película. John suspendió el rodaje y aquí todos se han puesto a beber. Ya sabes; tequila y póker y los demás retozando con juegos *mucho macho*. No me gusta la violencia de esta gente, Greg. ¿Podemos ir a tu casa?

—Desde luego, princesa —Greg escurrió una de sus medias enrollándola a lo largo de su pierna.

—Falta poco para la "hora de cristal"... ¿Qué quieres que llevemos?

Greg Maxwell no soportó más. Se desprendió del sostén que ya le calaba la axila y sonrió al reconocer el par de condones llenos de agua que habían llenado las copas de su brasier.

—Traigan alegría y paraguas... —maniobraba sosteniendo el auricular con la barbilla—. Y un frasco de aspirinas, por favor princesa.

—Muy bien. Adiós.

Greg recapacitó. Aquel bikini, por cierto, era propiedad de Liz, de modo que debía cambiarse, despintarse la boca y los ojos. Se arrancó la peluca pelirroja y volvió a ser el mismo calvo de siempre.

—...o sea que tendremos fiesta.

En la estancia, con la desfachatez de un heredero codicioso, se presentó Zacarías Hill. Portaba una bata de seda negra y nada más. Greg trató de no mirar aquel sugerente atuendo.

—"La fiesta del Diluvio"; no estará nada mal —el visitante alzó el cigarrillo inserto en un largo filtro de carey—. ¿Quiénes vienen?

—No me dijo. Supongo que ella con Richard. Tal vez Ava, seguramente que Deborah no. Y el anciano Cyril Delevanti —Greg jugueteaba con la ridícula peluca entre sus manos—. Dijiste que era guapo.

—Sí, seguramente *lo fue* cuando Abraham Lincoln abolió la esclavitud. Sería conveniente que llamases a Casa Kimberly. Que vengan María y Guadalupe y que traigan una cubeta con hielos. Vas a necesitar mucha ayuda.

—Pensaba ir al mercado, Zac. Ya sabes: *chicharrón*, frijoles, *quesadillas, tostadas* y *jícama*. Que cada quien coja lo que quiera.

—Ambigú de amebas. No suena mal.

—Zac, querido, ¿por qué odias este país?

—Porque tú habitas en él —Hill lanzó una desafiante bocanada de humo—. Además tu cama rechina. Debe tener piojos. Bien podrías comprar un colchón nuevo.

—Anoche no te quejaste...

—¿Cómo iba a quejarme, miserable judío? —extendió los brazos a todo, como un Cristo de redención—. ¡Soy rico!

—Es lo que celebrábamos anoche. ¿Tus regalías de...?

—De la Waco Petroleum Company. Ya se tardaban en repartir los dividendos. Me hubieras visto el jueves pasado con el tío Maurice. Iba yo muy encorbatado y luciendo esos sacos de tweed que ahora llevan todos los jóvenes en Texas. Una asamblea de accionistas, los planes de expansión hacia la costa de Luisiana, millones y millones de barriles de una industria de la que no entiendo nada. Al final, eso sí, pedí que fuera en efectivo.

—¿O sea que ayer, en el vuelo de Panamerican...? —alzó una mano, como cargando algo.

—Con ese maletín sobreviviré otro año. ¿Sabes qué es lo que me gustaría hacer ahora, Greg?

—Ni idea. El año pasado fue practicar el golf. Pero aquí, ¿dónde? No hay hoyos dignos para tu *wedge*.

—Muy gracioso. Algunas mujeres aseguran que no practico tan mal con el *putter* —le devolvió un meneo equívoco, entre deportivo y voluptuoso.

Gregory Maxwell apelotonó el bikini para limpiar el carmín de sus labios. Fingió no haberlo escuchado.

—¿Entonces, qué te gustaría hacer?

—Yoga. Está de moda, Greg. Lo practica mi santa madre en Dallas y asegura que ha logrado, incluso, levitar. El espíritu lo es todo. Invitaré a un doctor japonés que conocí allá, en el viaje. El doctor Sin Kanata, que aún no cumple los treinta. Muy delgado, muy elevado, muy... oriental. Debe comer solamente flores de loto. Hasta sospecho que es célibe.

—¡Jaa! —el anfitrión no pudo reprimir la carcajada—. De modo que un ángel japonés será tu próxima víctima.

—Podría alojarse en tu casa, Greg —zafó el cigarrillo del filtro y lo arrojó hacia la lluvia inacabable—. Es más amplia.

—O sea que yo lo sostengo mientras tú...

—El yoga es pura espiritualidad, Greg. No exhibas tu ignorancia. Recuerda a Confucio, a Buda, a las geishas tan volátiles. Algo debemos hacer para superar este ambiente ruidoso de *mariachis* y cohetones al amanecer.

—Es verdad, ¿por qué los mexicanos lanzan petardos ante cualquier pretexto? —Greg Maxwell escurrió la mirada más allá de la ventana.

—Tienen demasiados santos, supongo. Además que es una manera de perpetuar sus revoluciones. Echar tiros y echar *cuetes*, como Pancho Villa, como Speedy González ...*¡Ándale, ándale! ¡Arriba!* —luego del bailoteo, Zac ciñó el cinto de su bata—. ¿No has visto el júbilo cuando *truenan* en Pascua al artero Judas? Es más fácil dinamitar un palacio que construir una casa.

—Si ese maldito japonés llega a pisar esta posada, Zacarías Hill... se arrepentirá —Greg acompañó sus palabras con un gesto siniestro—. Te juro que lo mato de una puñalada.

Nada más eso me faltaba... ¡Yoga espiritual para el haragán que repudia a su mejor amigo!

Llegaron Liz y Richard, jubilosos y empapados. También Deborah Kerr y su marido Peter Viertel. Grayson Hall y Skip Ward, muy circunspectos, además de Gabriel Figueroa, que había logrado zafarse de los espeluznantes escarceos del Indio Fernández... eso de aventar al aire su pistola en una especie de "ruleta rusa" a la mexicana. Nadie, por cierto, había vuelto a ver a Ava. Ni esquiando en la bahía ni montando a caballo para internarse en la montaña. Tampoco habían localizado a Roberto, el Guango, después de aquel pleito de madrugada que nadie atestiguó.

La lluvia menguaba pero su rumor siseante era un bálsamo para aquella gente contagiada de ansiedad y envidia. Liz buscó la primera butaca a la mano, junto a la terraza. De ese modo mitigaba su lumbago, que disimulaba con una sonrisa. Al sacudirse el agua de los brazos, Richard Burton descubrió el rincón donde Zac despachaba la cantina. El actor llevaba una camisola *kurta* adquirida en Bombay. Zac manoteó con el entusiasmo de dos bencedrinas en ayunas, *ven amigo*. A Burton le brillaron los ojos, azules como el cielo que les hurtaba esa tarde nublosa.

—"Pero, ¿a qué viene el miedo? Mi vida no vale para mí un solo alfiler. Y en cuanto a mi alma, ¡qué puede el espectro hacerle si es tan inmortal como él mismo?... Mirad, me vuelve a llamar" —recitó el *Hamlet de Cardiff* y fue hasta la mesilla donde lo esperaban la cubeta de hielo, la botella de tequila y varias naranjas rebanadas. Se sirvió un vaso y prosiguió con su elocuente dramatización: —"Mirad, me vuelve a llamar. Voy tras él, lo sigo..." —dio varios pasos, como buscando a alguien en medio de la piscina, y derramó parte del tequila—. "¡Ah, legiones celestiales! ¡Ah, tierra! ¿Qué más? ¿Afiliado el infierno? ¡No! ¡No! Resiste, corazón, y vosotras mis fibras, no envejezcáis y mantenedme firme. Mantenedme firme" —bebió de un tirón ese buen trago—. "Mantenedme firme...".

Algunos aplaudieron, pero los más lo dejaron continuar en aquel soliloquio demencial porque Hamlet lo mismo, chifladura y manía, venganza, hastío y desolación. Una semana atrás Richard Burton había cortado a machetazos los tirantes del puente colgante en Casa Kimberly, donde residía Liz. Ahora los carpinteros reparaban el estropicio con un puente nuevo, más firme, como el segundo de los tres cerditos.

Zacarías Hill se había arreglado a todo vapor. En lugar de la pringosa bata negra ahora lucía un conjunto de lino, una camiseta rojo púrpura y un sombrero algo estropeado. Había desplazado desde su casa el carrito de las bebidas, tintineando por la banqueta quebrada, hasta el domicilio de Greg. En el carrito había de todo: ginebra, ron, whisky, vodka, vermouth, anís, rodajas de limón y naranjas, además del tequila Cuervo. Zacarías Hill aún conservaba húmeda la cabellera platinada. Erigido como el barman de la recepción, se distraía para no pensar en la aguja, la liga y el polvo hervido que lo esperaban en su aposento.

Además de los miembros del staff llegaron otros gringos del rumbo. La "hora de cristal" iniciaba rigurosamente a mediodía. Un almuerzo acompañado con diversos cocteles, y ahora tenían la oportunidad de compartir con aquellas luminarias de Hollywood. A veces duraban hasta la "hora de obsidiana", con el crepúsculo, pero normalmente en ese punto la mitad de los convidados dormían tumbados bajo los sofás... o nadaban desnudos en la piscina. Otros vomitaban al fondo del jardín o reñían a bofetadas en la terraza. Eventualmente alguna pareja fornicaba en el baño del segundo piso, al que llamaban *Mary's whim*.

Deborah Kerr pidió un *screwdriver*, Greg Maxwell un *bloodymary*, Peter Viertel un *daiquiri*, *Gaby* Figueroa un *tomcollins* y Grayson Ward un *manhattan*. Bebían y celebraban la lluvia más allá del amplio tejado y alguien contó el cuento de los dos tejanos que orinan sobre un río en invierno. Guillermo Wulff llegó de último momento y se emparejó con Richard Burton porque lo de ellos era el tequila con naranja, o sin naranja, o con sal en el dorso de la mano, "cuando acabe la filmación, mi buen Richard, las cabañas de Mismaloya serán un delicioso hotelito que administraré en mi vejez". Burton lo miró de frente, "Escena cuarta, mi querido Guillermo". En eso llegó Liz Taylor regañándolo, "¿Ya vas a comenzar? Te lo tengo prohibido... es tan aburrido", luego le preguntó si no cargaba sus barbitúricos. "Necesito el seconal como Richard precisa del Johnnie Walker". "Le platicaba de Mismaloya, Liz. ¿No es el Paraíso antes de Adán y Eva?". Liz apuró el resto de su margarita, "Antes de Eva esto era el aburrimiento absoluto, ¿no te imaginas?". Burton avanzó hasta la baranda que circundaba la galería, ofreció la mano al cielo permitiendo que la lluvia la mojara nuevamente. "Es imposible, Guillermo. Esta lluvia jamás terminará y la película jamás concluirá. De modo que aquí permaneceremos por siempre. Llegará el Arca de Noé y nadie cabrá en ella... Bueno, quizás la señora Kerr". "¿Por qué ella, Richard? ¿Por qué *ella*?". Richard Burton pareció no escucharla. Volvió a llenar su vaso de tequila y lo situó bajo un chorro que salpicaba en el alero; que la lluvia lo bautizara. "Nunca terminará John su película y aquí envejeceremos para no morir nunca. ¡Nadie de nosotros morirá!... ésa es la verdad". Liz los abandonó en silencio, rengueando y fastidiada. Aventó su copa lejos del balcón, pero no hubo el estrépito de la fractura. "Quiero otra *margarita fría. Fría, fría, fría*". En eso el teléfono comenzó a timbrar, insistente, más allá de la terraza. Nadie acudió. "Soy Orrin Parker", dijo Orrin Parker, "he venido, si me lo permiten, para decirles que la iguana es un talismán demoníaco. Los quiero prevenir, ¿no han leído el nuevo libro de Jaques Bergier?". "La iguana envenenó a mi padre", lo atajó Richard Burton, "Morir es dormir... y tal vez soñar". "¿Cuál es el problema con las iguanas?" "¿Qué está bebiendo usted, lord Orrin Parker?". "Me tomé dos cervezas, antes de venir, pero por prescripción médica". "¡Un doctor, un doctor!", gritaba Burton aferrándose al soporte de la baranda. "¡Mi reino por un doctor!". "¿Cuál es su problema?", Wulff volvió a servirse tequila. Mordió una media naranja. "Prescripción médica... ¿por qué?", sonó a regaño. Orrin Parker tardó en responder. "Lo de las iguanas y el demonio, les decía... ¡La iguana es un emisario del dragón de

Belcebú! Están a tiempo de corregir... Estreñimiento". "¿Estreñimiento de las iguanas?", gruñó Guillermo Wulff bebiendo su
tequila. "Aquí nadie puede hablar mal de las iguanas", lo interrumpió Greg Maxwell, "han sido la bendición de este pueblo
pintoresco". "Anoche forniqué con una", dijo Burton y se corrigió. "Ella. Ella fornicó conmigo. Una iguana es una iguana
es una iguana...". Greg ofreció la bandeja con aquellos vasos
servidos a tope. "Cuba-libre *cargadas*", dijo. "Mi doctor recomienda tequila para el estreñimiento", los previno Gabriel Figueroa apoderándose de la botella. "¿Amibas?, tequila. ¿Pulmonía?, tequila. ¿Neurosis?, tequila...". "¡Neurosis! ¡Neurosis! ¡Has
oído, Reina de Egipto?", pero Liz Taylor había retornado a su
butaca, junto al mirador, donde Deborah Kerr y Peter Viertel
compartían un platillo de chicharrón con tortillas. "¿Has oído
a Richard?". "Es lo que él pregunta, Liz. Que si lo has escuchado a él...", Deborah Kerr probó su *screwdriver* y le ofreció un
guiño cómplice a su marido Peter Viertel, quien en ese momento observaba a un par de cuervos paseándose junto a la piscina.
Eran dos pequeños y remotos dinosaurios negros. Señaló hacia
el patio con gesto de alborozo. "Querida Deborah", susurró Liz
Taylor acercándose al oído de la otra actriz. "¿Verdad que nunca te fuiste a la cama con Richard?". Deborah Kerr le devolvió
una mirada sorprendida. "Ya sé que no, ¿pero verdad que nunca has pensado, imaginado, deseado...?". "Terminó", insistió
Peter Viertel, escritor y, por lo tanto, observador del mundo:
"Ha dejado de llover". Era cierto y los cuervos, en la terraza,
hacían algo por demás inaudito; bebían agua de lluvia. "¿Tequila, está usted seguro, señor?", indagaba Orrin Parker, que nadie
sabía de dónde había llegado ni quién era ni a qué se dedicaba.
Sólo que abominaba a las iguanas y padecía estreñimiento. "Estoy seguro, señor. Tequila y usted se destapará", bromeó el camarógrafo Figueroa, y sirviéndole medio vaso de tequila Cuervo (cuervos, cuervos, cuervos), demasiados cuervos para un
relato, lo alzó hasta emparejarlo con su exposímetro Lumix.
"Dos ocho", advirtió, "convendría una luz cenital". En eso volvió a sonar el teléfono. Cinco, siete, nueve llamadas y nadie
acudió a contestar. "Deben ser los gorrones de la otra vez",

comentó Zac Hill, y agitó su melena platinada sin ocultar una mueca de repugnancia. "Esta noche no, esta noche no", se dijo, porque la morfina en su habitación no daba más que para una dosis. De pronto hubo un grito: "¡El Sol!". No todos se volvieron hacia el gozoso Peter Viertel, que ya abandonaba el tejado de la terraza para alcanzar aquel rayo colado quién sabe cómo y que rozaba la alberca. "¡El Sol de nuevo!". Greg Maxwell saltó también hacia el embaldosado, remedando torpemente los pasos de Gene Kelly. Richard Burton no lo pudo resistir. Bebió aquella cuba-libre y se armó de valor. Sabía lo que luego vendría. Avanzó, tomó asiento en el pequeño trampolín escurriendo y que le empapó el trasero, alzó un visor de hule amarillo y enfrentándolo ante su rostro, "Escena cuarta, como se anunció", reemprendió: "Ser o no ser, esa es la cuestión: si es más noble para el alma soportar las flechas y las pedradas de la áspera Fortuna...". "¡Richard, no! ¡Te lo prohíbo!", ya gritaba Liz Taylor en su butaca, apenas escucharlo, con el par de seconales en la mano que le había conseguido Skip Ward, que también sufría ataques de ansiedad. "...o armarse contra un mar de adversidades y darles fin en el encuentro. Morir: dormir, nada más". Burton se detuvo, alzó el visor, en gesto desafiante, como si la calavera en juguete de Yorick, para continuar mirando, retadoramente, a Liz en la distancia: "Y si durmiendo terminaran las angustias y los mil ataques naturales herencia de la carne, sería una conclusión seriamente deseable... Morir, dormir: dormir, tal vez soñar...". En eso llegó Zac Hill, el efecto de la bencedrina resultaba incontrolable y su exaltación era el resarcimiento de todos esos meses de pobretear y merendar sobras. Cargaba el maletín del viaje a Dallas y zambulléndose en el rayo de sol y la piscina, lo abrió y comenzó a lanzar al agua puñados de dólares. Burton siguió recitando, en tono menor, ante aquel cretino. Billetes de cien y de cincuenta, y la advertencia, "vengan a nadar, sean felices conmigo". Gabriel Figueroa estuvo a punto de llorar. ¡Quién iba a retratar esa escena como de la Roma de Calígula? ¿Dónde había dejado su cámara Leica? Burton calló y miró aquello con desánimo. Sabía de sobra que esa noche iba a estar castigado en su lecho espartano, bebiendo agua soda y puñados de aspirinas. En la piscina ya estaban zambulléndose el ingeniero Wulff, Orrin Parker y Skip Ward. Alzaban los billetes y los dejaban escurrir. "¡Y les advierto! ¡Son diez mil pavos!", gritó Maxwell alzándose en el trampolín. "¡Y diez mil pavos debe haber esta noche, cuando acabe la fiesta!". Volvió a sonar el teléfono, largamente, pero esta vez fue Gabriel Figueroa quien lo atendió. En eso, subiendo las escaleras de la terraza a trompicones, llegó Sue Lyon bañada en lágrimas. Gritaba con sofoco: "¡Lo mataron!...". "Mataron a John..." Apenas podía sostenerse en pie.

Sí. Habían matado a John.

Así confirmaron el recado recibido por Gabriel Figueroa desde la Presidencia de la República. Sí, habían matado a John Kennedy esa tarde calurosa de noviembre, y allá, detrás de la ninfeta de diecisiete años, llegaba John Huston arrastrando su palidez cadavérica. Qué modo más crudo de suspender aquella *pachanga* en Mismaloya. Le había telefoneado David Selznick desde la oficina de la MGM en Los Ángeles. Miró a los asistentes, aún con las copas en la mano. "No es cierto", susurró Liz Taylor al abrazar por la espalda a Burton. "Dime que no es cierto...".

En la alberca, pasmados, los bañistas permanecían flotando en ese manto absurdo de dinero. Orrin Parker señaló entonces a dos cuervos en el otro extremo de la piscina. Los pajarracos disputaban ruidosamente un billete, seguramente lo requerían para confeccionar un nuevo nido. "¡Fua!", los ahuyentó.

11

Fue su sentencia de muerte. Eso dijo, pero con ustedes es distinto. Ya lo verán, estas fotos los harán... (pensó la palabra dos veces) *Sagrados*. Gjon Mili era el fotógrafo de *Life*. Llegó a Casa Kimberly para hacerles un reportaje gráfico ahora que habían anunciado, ya, su intención de casarse. "A mediados de marzo próximo", había anotado el fotógrafo nacido en Albania.

—Pobre Ava, después de todo no es una mala persona.

—No es persona —recalcó el periodista al guardar en el sobre Kodak las impresiones recién reveladas. Se remangó una pernera y mostró aquel par de moretones en su espinilla.

—Los otros puntapiés no pueden ser mostrados —insistió—. Ya les digo, nunca, pero nunca de los nuncas aparecerá Ava Gardner en las páginas de mi revista. No mientras yo viva.

Elizabeth Taylor imaginó la escena que ya comenzaba a ser leyenda. Ava sulfúrica en una mesa del Punto Negro, aventando botellas y patadas contra los *paparazzi* que se habían apoderado del puerto. La ruptura con Frankie y la cornada del novillo la habían trastornado definitivamente. Lo suyo era manía contra los hombres, vengarse de ellos jodiendo a su antojo. Liz suspiró. Pidió a Mili que le enviara un juego completo de aquellas fotos: Richard y ella en la terraza de Casa Kimberly, Richard de perfil con una camisa india que llamaban *guayabera*, ella muy bronceada en el nuevo malecón de Puerto Vallarta. Imágenes sobrias, con el encanto irrecusable de los enamorados y, hasta cierto punto, pudorosos retratos. Sí, lo suyo había sido "el adulterio más famoso del siglo", en palabras de la columnista Brenda Maddox, así que ahora instituirían un matrimonio ejemplar. Inquebrantable, sublime como el azul de aquel cielo dominándolos. Claro, faltaban sus respectivos divorcios, pero estaba ya la promesa. Que lo es todo.

—Adiós Liz —se despidió Mili al retornar al taxi que esperaba en la calle Zaragoza.

La actriz permaneció en silencio, con la mano en alto, apoyándose en el quicio oxidado de la reja. Una mascada le sujetaba la cabellera y así la fotografió Gjon, ante la fachada color de rosa que tenía inscrito el número 445. El retrato ilustraría la portada de *TV-Movie Screen* en la edición de diciembre. "El huracán de las infidelidades ha concluido".

Hubo entonces un grito destemplado. Alguien que llamaba desde el segundo piso, donde la terraza y la piscina.

—*Lupe, ¿qué pasó a mis chilaquiles?*

Era Richard Burton, luego de las dos botellas de ron Negrita compartidas durante la noche con Gaby Figueroa. Fue lo que dijo al llegar, antes de tumbarse y pasar la madrugada roncando y revolviéndose entre las sábanas. Liz Taylor se volvió hacia lo alto, donde la terraza, y ahí asomó Dick con su bata de leopardo. Semejaba un peso welter descendiendo del cuadrilátero. Un boxeador derrotado por puntuación.

—*Viejo borracho* —le gritó ella, en español, desde la reja de la casa. Era un alcohólico, era un hombre atormentado por el abandono de sus dos hijas, Ifor y Jessica, deprimido por aquel intento de suicidio de su ex mujer Sybil, un gruñón, un ogro cáustico, un avaro con cuentas secretas en el Swiss Bank, un roncador, un sibarita de Old Spice (se untaba media onza después de la ducha), un pendenciero y un enemigo de los periodistas. Pero era *su hombre*, el amor de su vida (aunque afirmarlo sonara cursi), y ella no podría vivir... no podría dormir sin aquel su olor de almizcle y ginebra entre los brazos.

Burton apoyó las manos en la barandilla y de ese modo el mareo se fue disipando. Su mirada renunció a aquel paisaje de palmeras y flamboyanes que lo deslumbraba para buscar, ahí abajo, la figura de Liz en la sombra. Apretó los labios y el gesto debió ser interpretado como un saludo. ¿Habían hecho el amor esa noche? Él no lo recordaba. Murmuró algo que ella no alcanzó a escuchar, "Buenos días, Señorita Tetas", porque así la había nombrado en diciembre pasado apenas enfrentarla como Marco Antonio en aquella primera escena de la película "Cleopatra". Gruñía con sus asistentes de Cinecittà al montarse el peto de cónsul romano en Siria y Egipto: "Me toca turno con Miss Tits". La gordita, el bizcocho francés. Ahora sería su mujer y ¡por Dios Santo!, que ya terminara aquel escándalo. El Vaticano había sugerido que no se asistiera a las películas que protagonizaran ambos y varios senadores norteamericanos aconsejaron retirar la visa a ese actor galés "enfermo de concupiscencia". Encima la columnista Helen Spear había develado que Richard Burton no era tan viril como se afirmaba. "Se sabe que prefiere pasar la noche acompañado por Johnnie en la cama, quien lo comprende mejor que su divina concubina... Estamos hablando, obviamente, ¡de mister Johnnie Walker!".

Burton experimentó entonces un hálito extraño. Algo así como un golpe de aire que no saldría jamás de su pecho. Aquel paisaje arrobador sobre la cañada del Cuale, aquel clima de seducción (¡podía dormir desnudo!), aquella mujer locuaz y un tanto posesiva que lo cuidaría por el resto de sus días... y sobre todo, sus *chilaquiles*. Además de los doscientos mil dólares del segundo pago que esa mañana habían ingresado en su cuenta una vez concluido el rodaje. Inflamó el tórax y comenzó a cantar con su enronquecida voz:

Black was the day, around Climeri
when the night mists failed.
Black the hour when cross the marsh,
came the killer of our last ruler,
Gruffudd ap Llywelyn...

Era una balada de tiempo antiguo, cantada aún en tabernas y estadios de futbol los sábados en que jugaba el vilipendiado Llangefni Town, un cántico patrio de cuando los ingleses avasallaron la resistencia del príncipe Gruffudd y llevaron su cabeza ante los pies de Guillermo de Normandía. Era la primavera de 1063, exactamente novecientos años atrás. Burton apretó los puños sobre aquel barandal a la intemperie. Volvió a celebrar:

Black was the day, around Climeri
when the night mists failed...

—Señor Richard, ¿verdes o rojos?

Era Guadalupe, asomando desde la cocina.

—¡*Verdes*, desde luego! Y mi jugo de lima —le ofreció un guiño cómplice—. *Jugo de lima...*

Sí, claro. ¿Pero dónde había dejado la botella de vodka? De no hallarla tendría que acudir a la tienda El Minuto, en la esquina, donde Alfredo les llevaba puntualmente la cuenta. Y que no se enterara la señora Liz, que le tenía prohibido beber antes del mediodía. "Eso es algo depravado", lo regañaba ella al vaciar el contenido de la botella sobre las macetas de bugambilia.

Luego de ducharse, Richard Burton llegó a la mesa. La cabellera húmeda, la guayabera color púrpura, las sandalias y el pantalón bombacho de lino.

—¿Y el periódico? —preguntó al enfrentar aquellas frituras de maíz nadando en la salsa picante.

—No ha llegado. Quién sabe si lo trajo el avión —el diario *Novedades* contenía un suplemento en inglés, cuatro planas con los chismes de Washington, el Medio Oriente, Londres, La Habana y Saigón. A veces una entrevista con Marlon Brando, con Shirley MacLaine a propósito de su aventurado papel en la cinta *Irma la dulce*.

—¿Y la señora?

—La señora Liz se fue en el buggy. Que iba a ayudar a la señora Kerr a hacer su equipaje. Que luego viene para la comida. Que no lo deje salir a usted.

Richard Burton no hablaba casi el español, pero entendía bastante. Como todos los días, *que no lo deje salir a usted*.

—¿Quiere un huevo?... ¿*Eggs, one*, con sus chilaquiles?

—No, gracias Lupe. *No huevo*, es malo para las arterias. Me da un infarto aquí y declaran luto por siete semanas en el

Old Vic. Tú sabes: Hamlet no puede morir dos veces, envenenado por la espada marrullera de Alertas, y por tu *salsa verde*, Lupe —dio una cucharada a los frijoles con epazote.

—"Fantástico" —pronunció.

—¿Están buenos?

—*Mucho, mucho buenos*. Como siempre. ¿Y mi jugo de lima?

La cocinera fingió no oír. Secó sus manos en el mandil, aunque no estaban mojadas.

—*Mi medicina*, Lupe. Hazme feliz esta mañana, por Dios.

—La señora la escondió.

—Ah, *la señora*... —Burton lanzó la mirada a lo alto de la alacena, hacia el horno de la estufa, dentro del bote de basura.

—Lupe, ¿quieres tú que yo muera? Mi medicina me da salud, entusiasmo, sentido de la existencia. "No le quites el sol a la rosa que florece en la más recóndita lobreguez" —¿de qué autor era la frase? De momento no lo pudo recordar.

Guadalupe fue al armario en la terraza. Ahí, detrás de la bolsa de detergente, estaba la botella. Retornó a la cocina y sin averiguar más puso tres hielos en un vaso largo, dos onzas de Smirnoff, el jugo de siete limas y una cucharadita de azúcar. Revolvió y lo colocó junto al mantelillo de su patrón.

—¿Con la señora Kerr? —indagó al empuñar el impávido coctel.

—Sí, con la señora y su marido. ¿Ya se regresan todos?

Burton probó el furtivo coctel. Por las tardes prefería beber vodka con perejil, dado que era imposible obtener agua tónica en Puerto Vallarta. Disfrutó el último bocado de los *chilaquiles* picantes. Le devolvió una mueca afirmativa y no desprovista de languidez, sí, la fiesta terminaba y nunca pudo acudir a la cita de *la Condesa Descalza* en la playa. Ava tenía fama de eso, lo previno aquella tarde a escondidas: "Como amiga tengo, sí, algunos defectos, pero como enemiga, créemelo Richard, soy perfecta".

Dio un buen trago a su *jugo de lima*. ¿Qué haría, luego, sin aquel par de hadas magníficas que lo resolvían todo?

—¿Y María? No la he visto.

La cocinera volvió a llenar el vaso con el resto del jugo de lima. Ojala esta vez no se pusiera *loco*, como aquella otra ocasión...

—María está enferma. Indispuesta.

—Ah —Burton creyó entender—. Eso.

¿No habían estipulado en el contrato de Liz que durante sus días de regla ella no se presentaría al rodaje de *Cleopatra*?

—Salió a comprar un té para el susto. Dice que vio fantasmas... —y como su patrón no entendía, le ofreció una mueca fea, de espectro agonizando.

—¿Tú y tu hermana tienen pasaporte? ¿Visa? ¿Les gustaría conocer Londres, Celigny...? Está junto al lago de Génova. Los hijos de Liz no son tan latosos, y mis hijas, la verdad, son encantadoras... Allá hace mucho frío. *Nieve*.

Guadalupe no comprendió gran cosa. Prefirió reconocer:

—María, la verdad, no es mi hermana. Es mi prima, señor, pero ahora está... asustada.

Richard Burton dio un trago definitivo al pintoresco coctel. El mundo recuperaba su gloria, todo volvía a ser blando, amable y asequible.

—Lupe, ¿podrías prepararme otro *jugo de lima*? Este fue magnífico. *Mi medicina, mi medicina*, ¿qué haría yo sin *mi medicina*?

En lo que la cocinera obedecía, no sin ocultar un puchero, Burton le preguntó al encender un cigarrillo:

—Entonces, ¿cuántos hermanos tienes, Lupe?

—Hermanos, *brothers*, dos —enseñó con los dedos—. Pero luego mi padre abandonó la casa. Se fue al norte, pues. Ya no volvió. *Return*, no.

El segundo, agotadas las limas, fue un vodka con perejil. A falta de nombre lo había bautizado "agua fresca", con mucho hielo, azúcar y un poco de limón.

—Yo tuve doce hermanos, Lupe, doce. *¿Comprende?* —mostró los dedos de la mano en dos pases—. Mi madre murió por eso, pariendo hijos. Yo fui el penúltimo, Richard Walter Jenkins. Al nacer el pequeño Graham mi madre no resistió más.

Cinco días después, a la edad de 43 años, murió de las fiebres del parto. Cuentan que los dos, Graham y yo, dormimos esa noche en el mismo cuarto donde reposaba el ataúd de nuestra pobre Edith Maud Thomas. Así que mi padre, Richard Jenkins, siguió haciendo lo único que sabía hacer, trabajar como esclavo en la mina de Pontrhydyfen y beber como pez en las tabernas. *Tuyos hermanos*, María, ¿cómo se llaman?

—Mis hermanos, Miguel y Silvano, que es tejedor de redes de pesca. *Fishing*.

Richard Burton bebió el vaso hasta la mitad. Ese manantial de sosiego, esa porción de paraíso a la mano. ¿Sería imprescindible retornar al infierno de Hollywood, donde los periodistas esperaban con sus alfanjes?

—Thomas Henry es el mayor de mis hermanos. Luego vino Cecilia, en 1905, e Ifor, un año después. Luego las gemelas Margaret y Hanna, que murieron a poco. William llegó en 1911 y David en 1914. Luego nació Verdún en 1916, y en 1918 Hilda. Catherine en 1921 y Edith en 1922. Yo nací en el 25, el año de la gran huelga general de los mineros, y luego Graham, que apenas probó el calostro de nuestra madre. Me llevo bien con ellos aunque Cisy, mi hermana mayor, fue mi segunda y verdadera madre. Viví con ella toda mi infancia, como si fuera un hijastro, y sus ojos azules y su bondad permanente acompañan mi corazón —Burton se tocó el tórax con el duro índice—. Yo creo que ella está conmigo nuevamente, ya no como hada freudiana, platónica, sino como mujer y madre sexual. Posesiva, exigente, entregada. ¿Sabes de quién estoy hablando?

—*Excuse me?* —la cocinera sonrió. No era su lengua, después de todo.

—Con un demonio, Lupe, no sabes. El *agua fresca*, por cierto, te quedó de maravilla. Es lo único que envidiaría el bardo. Un *agua fresca* como ésta y que lo dejaran trabajar en paz —volvió a probar su coctel de perejil—. ¿Sabes, Lupe? Yo soy la marioneta preferida de William Shakespeare. Soy su títere, su instrumento favorito para demostrar que este mundo no es más que decadencia y corrupción. "Decadencia y corrupción", que podría ser el lema de los galeses, mi querida Lupe —soltó el vaso, apoyó un pie sobre la silla, extendió la mano derecha como jalando una capa: —"Mientras tanto daremos voz a nuestro propósito secreto. ¡Dadme ese mapa! Sabed que hemos dividido en tres nuestro reino, y es nuestra decisión desprendernos de problemas y preocupaciones en nuestra vejez..." —retornó a la cocina, abandonó el trance—. ¡Lupe, tengo treinta y ocho años! ¡Los cumplo esta noche! ¡Soy un maldito viejo que no sirvo más que para hablar insensateces, fornicar a medias y, eso sí, ganar el cielo bendito del vodka!

—¿*Vodka*, señor Richard? ¿Otro?

—Sí, *otro*, por favor Lupe —bebió lo que quedaba de ése—. *Perejil* y Rey Lear. ¿Escuchaste, Lupe? Otro monarca enloquecido por los venablos del poder. ¿Vivir para qué, Lupe? ¿O morir estúpidamente como el buen Thomas? ¿Lupe, tú tienes abuelo? ¿Cómo se llama *tu abuelo*?

La cocinera preparaba nerviosamente aquella "agua fresca" en la cocina. A tres pasos de ella su patrón discurseaba imparable. La vez anterior, ¿el jueves?, había salido de casa a medianoche empuñando una botella de Jack Daniel's y recitando sus coplas enigmáticas. Abandonaba el Gringo Gulch tropezando cuesta abajo hasta dar con El Punto Negro, el único bar sin horario. Al despuntar el alba una patrulla de policía lo trajo de retorno. *Que si por favor...*

—Abuelo, Lupe. ¿Tienes tú? ¿*Abuelo*...?

—No, señor Richard —la aprensión comenzaba a fluir en sus venas—. A mi abuelo lo mataron. Le quitaron unas tierritas, pero como se defendió, pues lo mataron. Gente del gobierno.

Richard Burton probó aquel tercer coctel. ¿O era el cuarto? Algún día iba a estudiar el idioma español, tan abstruso. *Fuiste, voy, irás*... Demonios.

—Mi abuelo era minero, como mi padre. Carboneros del valle de Cwmavon. Yo soy simplemente un cobarde, Lupe. Me dan terror las minas, las noches sin luna, dormir sin una mujer al lado... Una mujer que sea tu amante, tu esposa, tu madre y tu hermana. ¿No es maravilloso?... ¿A qué hora dijo que regresaría? *La señora*.

Guadalupe Hernández sintió que la garganta se le agarrotaba. No podría emitir una palabra más. ¿Y si el señor Richard decidía abusar de ella? No que ya hubiera ocurrido, pero ella siempre lo imaginaba al escucharlo a todas horas. Cantando en la ducha, gritando en la cama, recitando disparates en la terraza al atardecer. Y las borracheras que trincaba con el señor Huston y el señor Stark en su casita de abajo, al otro lado del puente, que ya había destruido una vez a machetazos...

—Mi abuelo Thomas murió de un modo absurdo, María. Un accidente minero lo había dejado baldado, se movía en una silla de ruedas —Burton gesticuló como si desplazándose torpemente en aquel desayunador—. Una tarde, luego de visitar la taberna, fue a lo alto de la colina donde quedaba el túnel de acceso. La mina donde dejó buena parte de sus días. Y algo pasó; nunca se supo. El buen Thomas se dejó rodar cuesta abajo como si tripulara un carrito infantil. Iba gritando eufórico... "¡Arre, Black Sambo... arre!", porque era uno de sus favoritos en el hipódromo. La silla chocó en un poste de telégrafo y ahí quedó el buen Thomas Jenkins. La noche, luego del sepelio, mi padre se quejaba de que nadie ofrecía más de diez chelines por la arruinada silla ortopédica. ¿Tú crees, Lupe, que hubiera sido mejor que yo, Richard Walter Jenkins, permaneciera extrayendo carbón en la mina en Pontrhydyfen?

La cocinera había enmudecido. Permanecía con la mirada inmovilizada en el piso de losetas. Era imposible saber ahí la hora; el reloj cu-cú había perdido las manecillas luego de aquel pleito nocturno... Sus patrones arrojándose ollas y ceniceros.

—¿Qué piensas tú de que el bardo se quedase sin su marioneta? ¿Qué piensas de que *Miss Tits* continuase casada con ese marido empalagoso que dice cantar en el Coconut Grove? ¿Deben las mujeres pasar la vida sin amor pero con serenidad? ¿Se puede vivir sin sexo furibundo, Lupe? ¿Se puede vivir sin gritar, sin ser mirado y admirado, sin actuar bajo las rígidas pautas de la Academia Real de Arte Dramático?

Burton dio un nuevo sorbo al "agua fresca". Descubrió de pronto que ahí abajo, en la calle, dos niños retornaban de la escuela. Llevaban sus mochilas en la espalda y sendas resorteras con las que iban disparando piedras hacia la cañada.

—Ah... la niñez, Lupe. Toda infancia es un paraíso perdido. Con lo que me gustaba el rumor temprano del día al anunciarse. El silbato del primer turno en la mina; el humo envenenado de la siderúrgica, mi hermana Cisy revisando la tarea escolar, o aquella tarde soleada en que el profesor Phillip Burton, mi mentor, decidió sacarnos del aula y llevarnos de excursión al río Avon —se había sentado peligrosamente sobre el borde del pretil—. Era mayo y hacía viento, la nubes rodaban hacia el norte, donde las Montañas Cambrianas. Entonces vi una trucha. Estaba en el río, impasible. Un momento fugaz. La trucha me descubrió, o descubrió mi sombra, o la sombra del diablo que me posee... y se fue. No sé dónde esté ahora, Lupe, esa trucha tan asustada como tú. Se lo dije al profesor. "Señor Burton, he visto una trucha hermosa en un remanso del río. Pero se ha esfumado". Me dijo que parecía a Mercucio a punto de desenvainar en *Romeo y Julieta*. Que si me gustaría actuar. Dos años después me llevó a vivir con él para proyectar en mí su fallida vocación histriónica, "como un Pigmalión", celebraba él, "como Geppeto con Pinocho", me burlaba yo. Me consiguió una beca y adopté su apellido. El buen Phillip fue quien me salvó de morir como uno de tanto mineros cantando en los bares de Cardiff...

> *Black was the day, around Climeri*
> *when the night mists failed!*

—La señora... —pudo articular la cocinera apenas percibir el ronroneo del buggy. El vehículo arribaba como una intercesión del cielo.

—*La señora* —repitió el actor y enseguida bebió el resto de aquel vodka en que nadaban hielos disminuidos—. *La señora* salvó su vida conmigo, ¿sabes Lupe? Antes de conocerme... conocerme como hombre. En Londres, cuando filmaban la primera versión de *Cleopatra*, ella enfermó de neumonía. La verdad, estoy seguro que fue algo sicosomático por el aburrimiento de vivir junto a Eddie Fisher, a quien llevaba a todas partes como amuleto. Le debieron practicar una traqueotomía para salvar sus pulmones... por eso le ofrecieron la nominación al Óscar en abril pasado. ¿Lástima o compasión?, Lupe, ¿cuál es la diferencia?

La cocinera oía sin escuchar. Sonreía indiferente lanzando vistazos hacia la escalera que ascendía desde la calle.

—...luego un diestro cirujano le compuso ese agujero a la *Lagartija* —Burton se dio un piquete con el índice en la base del cuello—. Poco después nos reencontramos en Cinecittà. De la Villa Piatello, que era la mía, a la Villa Antica, que era la suya, había solamente una milla de distancia. ¿Has caminado Roma de madrugada, saltado una barda de nueve pies, fornicado en el balcón al amparo de las estrellas, regresado a la Villa Piatello saltando tu propia barda para eludir a los *paparazzi* y entrar a la cama donde tu mujer pregunta, "¿Qué hacías allá afuera, Richard?".

—¿Qué haces, Richard?

Era Liz Taylor, de retorno, luego de subir la penosa escalera de Casa Kimberly. Se cubría con un amplio sombrero de fibra y cargaba un pargo fresco, además del manojo de elotes y la ristra de ajos. Burton soltó el vaso, que cayó sobre su pie descalzo. No se quebró.

—¡Uuh! —gritó, y procedió a sobarse el empeine—. Lupe me ha preparado una fantástica *agua fresca*.

—¿*Cuántos*, Guadalupe? —indagó Liz al dejar todo aquello en la mesa de la cocina.

—Dos —mintió la sirvienta—. Es que hace mucho calor —lanzó una mueca imprecisa al actor.

—Sí, calor. Calor, calor, mucho calor —la actriz se arrebató el sombrero—. Richard... al agua. Te quiero en la piscina ahora mismo para curarte la tranca, y no trates de escapar *a tus cantinas*. Voy por mi bikini... Por cierto, Lupe, me faltan dos. ¿Los has visto?

La cocinera le devolvió una mueca negativa. Lo siento.

—Uno es el *amarillo*, con puntos —insistió Lis Taylor, pero enseguida se encaminó a su alcoba.

Minutos después ambos se refrescaban en la alberca. Ella había jurado que no volvería a intentar otro amago de suicidio. La prensa lo registró como un "envenenamiento por alimentos en mal estado", aunque la verdad era que había perdido el control, aquella noche, cuando Burton le soltó de sopetón. "Lo siento, amo a dos mujeres. Tú eres mi chica, pero Sybil es mi esposa". La depresión retrasó una semana el rodaje de *Cleopatra* —eran los días en que se filmaba la secuencia final del áspid letal en el palacio de los faraones— de modo que Mankiewicz debió rumiar aquella pérdida que el departamento de producción estimó en medio millón de dólares. "Uno de los berrinches más caros en la historia del cine mundial".

—Oye, Guadalupe, ¿tú eres de *Tierra Caliente*? —Liz se había ajustado un bonito gorro de natación—. Oí cosas feas de esa provincia.

—Sí, señora. De Tierra Caliente. Me trajeron de chica.

—¿Y María? —preguntó al aceptarle aquel vodka doble con limón—. ¿Dónde diablos está la muy haragana?

—Está ondeando la bandera canadiense —se burló Burton al intentar una maroma dentro del agua—. O la china. La bandera del camarada Mao.

—Ah, ya —comentó Liz—. Nuestro castigo tras el árbol del mal. ¿Sabes que oí, Dick?

—No, preciosa —fue en busca de sus labios—. ¿Qué oíste?

—Un muerto. Un muerto *a machetes*. Solamente encontraron sus dedos y orejas en una bolsa, cerca del malecón. Gente mala, *de Tierra Caliente*, eso sospechan. La policía fue con Huston a preguntar en Mismaloya.

—Lo que faltaba, demonios. Una película salada por el crimen... ¡y que a mí nunca me toque la jodida estatuilla!

—Richard. Te tengo una noticia.

Burton dejó de hacer aquellas cabriolas en la piscina. "Ahora, qué". "¿Son legales los legrados en México?". "¿Habría sido Ava Gardner la autora de ese crimen?".

—Dime, cariño.

—Voy a comprar Kimberly. La casa.

—¿Para qué?

—¿No es tu cumpleaños hoy?

—No lo merezco. Yo...

—Yo soy Eva, Richard. Tú bien sabes por qué estamos juntos.

Se miraron con cierta complicidad. Lo suyo era la locura, los excesos, el despilfarro. Richard Burton escupió un chorrito de agua clorinada contra el rostro de Liz. En eso descubrieron que Guadalupe ya se aproximaba. Entonces Liz sonrió maliciosamente y comenzó a canturrear *Nelly was a lady, last night she died...*

La cocinera llegó al borde de la piscina y se reclinó con la bandeja para ofrecerles dos vasos de fresca limonada. Los amantes se hicieron un guiño. Llegaron hasta ella y de repente tiraron de sus brazos. La criada se fue con todo al agua mientras ellos seguían canturreando:

Nelly was a lady,
last night she died;
toll the bell for lovely Nelly,
my sweat virginny bride...

En eso llegó María. Venía de la calle y estaba pálida, desencajada. Cargaba dos botellas de leche y un ramo de alcatraces. Había pasado la noche en vela, asediada por los fantasmas. Señaló a su prima en el agua. Fue cuando comprendieron que Guadalupe, la pobre, no sabía nadar.

12

Los chotacabras se habían adueñado de la noche. La proximidad del invierno los empujaba hacia la costa, abandonando los bosques serranos y apoderándose paulatinamente del soto ribereño. Emitían un gorjeo monótono en su avance entre las sombras, "ruii, ruii, ruii". El quiebro de los pájaros no era demasiado ostentoso, como para atraer al tigrillo, pero les permitía llamarse unos a otros, de matorral en matorral, mientras exploraban el terreno en busca de grillos y larvas. "Ruii, ruii, ruii".

La noche y sus ruidos. Había llovido por la tarde y ahora el humus del bosque contagiaba un efluvio viscoso. Vapor y transpiración. Bochorno y tedio. Las sábanas pegajosas y los ventiladores eléctricos a todo. Eran parte del susurro nocturno. A ratos, con esfuerzo, era posible oír la rompiente del mar. También algún ladrido perdiéndose en la distancia, perros enfurecidos por la luna asomando entre las nubes que evolucionaban en lo alto. Y el rumor del follaje de los almendros mecido por el viento, el reclamo esporádico de una cigarra, algún aparato de radio sintonizado en la emisora de Tepic.

No podía dormir. Ése era el problema. Había dejado su lecho y ahora, en la azotea, trataba de refrescarse. Llevaba el camisón de dormir, es decir, de no-dormir. Hubiera encendido un cigarro como sus patrones, que fumaban a todas horas, pero en su vida había probado el tabaco. Como que era cosa de hombres, lo mismo que pescar, que beber en las cantinas. Que matar. Pensó en Alfredo, pero muy pronto la imagen se le hizo polvo. Nunca fueron más que amigos, muy buenos amigos, pero él jamás hizo el intento de tomar su mano. Después migró hacia el norte, donde eran mejores los empleos, y alguien le comentó que trabajaba en una planta empacadora. ¿Atún o camarón? No se lo precisaron, aunque sí que se había amancebado y tenía una hija. Ahora no tenía en quién pensar.

Trató de concentrarse. ¿Qué era lo que la había despertado? ¿Un dolor, un ruido, un ahogo? El día que muriera (aunque para ello faltaba mucho) no iba a ser en la cama. Su familia era peculiar en cuanto al asunto. Un tío suyo, Ramiro, había muerto en el cine. Una hermana, Regina, había muerto bailando... es decir, tropezó y al caer su nuca golpeó una banca. Su abuelo también: había muerto electrocutado al intentar reparar un aparato de televisión. Concentrarse. Sí, ya recordaba, había sido una voz.

Un escalofrío le recorrió el cuerpo. No que la brisa nocturna refrescara demasiado —su camisón era escotado, no tenía mangas— ni que sufriera el acoso de la fiebre malaria. Ya no era temporada del paludismo. Una voz entre sueños, una voz demandante que luego le impidió dormir más. El problema era que no recordaba el mandato. Lo único cierto era aquello de "María, despierta, ¿qué no ves...?".

—Que no veo *qué* —repitió en voz alta y su propia voz la desconcertó en la soledad de la noche.

De niña le gustaba dormir. Luego, en la escuela, compartía los sueños con sus amigas, con su prima, con la maestra. "Soñé que perdía mis canicas", "soñé que me iba en un caballo hasta Quimixto", "soñé que me regalaban una caja llena de pollos". Hasta que afloró aquello. Un sueño que no compartiría con nadie aunque, ¿debería contárselo al padre Vicenteño, su confesor? Ahora ella dormía por causa de la fatiga y ya no le gustaba entregarse al sueño. Su camastro era rústico e impoluto... no como la enorme cama de sus patrones que amanecía con manchas de licor, chamuscos de cigarro, embarraduras de chocolate porque a la señora le traían unos americanos, de la marca Hersheys, a cada rato. Además de los vestigios del amor, que se iban fácil con la primera enjabonada.

Ahí estaban, nuevamente, los chotacabras. Coludidos con la noche despejaban el terreno, avanzaban invisibles entre las raíces de los zapotes... "ruii, ruii, ruii". Era cierto; nunca había visto uno. Decían que eran feos, grises, chaparros, con el pico largo y ganchudo. "Ruiii". De los animales nocturnos odiaba especialmente a los gatos. Sus maullidos son horribles, como de niños muriendo de cólico, aunque luego semejaban rugidos de viento. Una noche confundió un maullido con una borracha cantando en lo alto de la cañada. Su patrón también cantaba, pero cantaba cosas raras. Raras pero lindas.

Ahí estuvo, de pronto, el fantasma. Una sombra y un quejido por allá abajo. ¿Qué hora sería?

María sintió deseos de abandonarlo todo. Retornar a su camastro en el cuarto de criadas, sumergirse entre las sábanas, rezar "Señor mío Jesucristo Dios y Hombre verdadero Creador Padre y Redentor mío...". Ahogarse de calor, no pensar en nada, proscribir esa visión. Su prima sí había visto uno en el panteón varios años atrás. "Era como de humo, una sombra blanca yendo hacia la ermita, llevaba botas y sombrero".

No había prendido las luces de la escalera ni la de su cuarto. De ese modo no la regañarían luego sus patrones, "¿María, qué haces en la azotea a mitad de la noche?". Eran dos.

Estuvo a punto de gritar. Estremecerse. Regresar corriendo. Recordó la voz entre los sueños, la voz demandante, "María, despierta, ¿qué no ves...? ¿Qué no ves que el agua está escurriendo por todas las paredes?". Sí, por eso había subido a la azotea. "¿No cerraste la llave? ¡Ya se ahogó tu madre!". Había subido donde los tinacos, jadeando, para corroborar que la voz era eso. Un mal sueño. Pero aquellos estaban abajo, donde la alberca. Y eran dos.

Debían ser las tres de la madrugada y lo único viviente, en lo alto, eran las nubes. Se deslizaban como sabandijas huyendo hacia el océano. "Amárralo bien". Fue la única voz que le llegó con claridad. Una voz de hombre joven. María se apoyó en el pretil y asomó hacia abajo. Eran dos siluetas apenas iluminadas por la llama de un quinqué, en el extremo visible de la piscina. Esforzó la vista y descubrió que en el lugar había una fosa. Habían trabajado en absoluto silencio, o tal vez lo hicieron una hora atrás, cuando ella dormía. Los hombres arrastraron un bulto y lo colocaron junto a la zanja. Parecía un cuerpo envuelto en costales. Uno de los fantasmas se había encogido en el suelo y parecía anudar algo. Seguramente un cordel. Empujaron el cuerpo dentro de la excavación, que no era demasiado profunda, y comenzaron a echarle tierra. Uno empleaba una pala, el otro las manos. Parecían tener prisa.

Entonces la criada estuvo a punto sucumbir. Había contenido un estornudo y al hacerlo le tronó un oído. Esperó temblando. Luego de un lapso llegó un rebuzno remoto y le surgió la duda. Una de las sombras parecía una mujer, aunque a esa distancia todo era impreciso. Además habían apagado el farol y la luna, que asomaba intermitente, apenas permitía ver esa parte de la piscina. Ahora los fantasmas encimaban parches de pasto en la zanja recién rellenada. La criada permanecía agazapada detrás del pretil, asomando a intervalos, llenándose de miedo. No iba a poder dormir esa noche ni ninguna otra. El agua escurriendo por los muros, le advirtió la voz al despertarla en mitad del sofoco, y su madre ahogada. Había desertado del sueño para retornar a la realidad del calor, el zumbido de los mosquitos y ese aleteo doloroso, pero placentero, abajo del vientre. Las sombras ya se iban, una abrazaba a la otra, ¿saltaban la barda?

No pudo otear más. La fronda de una higuera le estorbaba la vista. ¿Pero, estaba segura? ¿Había sido aquello una inhumación clandestina? No iba a averiguarlo en ese momento. Ni en ningún otro.

Debía retornar a su camastro. Beber un té de hoja de zapote. Dormir tres días seguidos. No. Ella no había visto nada. El muerto nunca se quejó, ¿o debería decir *la muerta*? "Dios y Hombre verdadero Creador Padre y Redentor mío, por ser Vos quien sois Bondad infinita...".

Le dolían. María abandonó su escondrijo y buscó, casi a tientas, la escalera que descendía hacia los cuartos de servicio. Se tocó los pezones, erguidos y duros bajo el camisón de dormir, como dos cerezas de martirio. Nunca le había ocurrido. No se lo diría a Guadalupe, tampoco a sus patrones, *los señores americanos*, y estuvo a punto de sufrir un desmayo. Al pisar el tercer peldaño hubo una sacudida en el arbusto junto a ella. Un golpe de aire en la terraza y aquel sorpresivo aleteo entre las ramas. "Ruii, ruii". El chotacabras asomó en su avance nocturno. "Ruii". Era un pájaro nocturno cumpliendo su ronda predatoria. Un pájaro deslucido que a María, aquella noche, le pareció hermoso.

La Escalera de Jacob

¿Quién puede estar cómodo en este mundo...
a menos que esté dormido?
WILLIAM FAULKNER

"La brizna, eso era lo que más le fascinaba. Aquel rocío fresco, vertiginoso, refrescándole la cara. Y la velocidad...", así iniciaba *Iguanas de la noche*, la novela de Peter Cobb publicada en 1979 por Tandem Press, N.Y. Llevaba un prólogo de John Fante, su entusiasta promotor, del que prescindió a partir de la quinta edición. Eran dos páginas de elogios inmoderados. "Los buenos nadadores no necesitan de chalecos salvavidas", aseguró Cobb entonces, en una de sus exiguas entrevistas.

Sí, con velocidad iniciaba la novela de Peter Cobb porque el trote feroz era lo que había distinguido a esa pléyade habitando en el borde mismo del acantilado. Mismaloya como la boca del infierno. John Huston, Ray Stark, Tennessee Williams, Liz Taylor, Richard Burton, Sue Lyon, Ava Gardner, Deborah Kerr, el Indio Fernández. Una estirpe que no se privó de nada. Lo tuvieron todo y se desprendieron de todo, "como vagabundos de la vida arrancándose los ropajes de la mojigatería para adentrarse temerariamente en la noche del sexo y la perdición", rezaba la nota en la contratapa del libro, cuya portada mostraba un par de estatuas de mármol. Dos efigies en escorzo, abrazándose, y que parecerían de procedencia clásica salvo el detalle de que la mujer era estrechada por una iguana de asombrosas dimensiones. Un lagarto en celo, un cocodrilo casi.

Aquel primer capítulo sugería un crimen del que nunca, durante el rodaje de la película, se habló demasiado. La novela de Cobb, recreando la filmación de Huston en 1963, tornaba más en apuesta de *thriller* que en la crónica de chismes que muchos hubieran esperado. Un suspenso que se iba resolviendo demasiado libremente ("con irresponsabilidad literaria", lo habían acusado sus críticos más severos), pero cuyo detonador ocurrió cuando un representante legal del productor Stark se apersonó en las oficinas de Tandem Press para sugerir la posibilidad de una "compensación moral" por los excesos vertidos en el texto. Y como la amenaza de demanda saltó a la prensa, el libro tuvo una inmediata segunda, y tercera, y cuarta reediciones, de modo que en la quinta (con 120 mil copias en el mercado) Cobb decidió prescindir del prólogo de su mentor Fante, tan dañado por la vida. Mejor exhibieron un par de párrafos de aquella carta legal que nunca llegó a los tribunales.

Años después, en 1984, los editores de Tandem conversaron con Peter Jacob —así bautizado— sobre la posibilidad de "ampliar" en otro libro el relato contado en *Iguanas de la noche*. Tal vez titularlo *Dos iguanas, tres iguanas*, porque eso podría iniciar una saga, además que el primer volumen sumaba apenas 158 páginas. Ofrecieron sufragar los viáticos de Cobb en Puerto Vallarta durante nueve semanas, lapso que consideraron suficiente para que el autor indagara lo necesario de esa "segunda parte" que, necesariamente, incrementaría las dosis de suspenso y perversidad. Seguramente que habría más crímenes inconfesos, pronosticaron. Más lujuria explícita, más pecados de aquellos famosos en retiro —cuando viejos y feos— que habitaban ya una farándula en los albores de la decrepitud. "Es un libro necesario, Peter; sólo tú podrás emprenderlo".

Así, en la siguiente primavera Cobb viajó a Bahía de Banderas para reiniciar su relato de excesos y rivalidad. Nadie supo de su presencia en Puerto Vallarta, casi nadie, hasta la noche del 21 de mayo de 1985 en que un despacho de la Associated Press llegó a los medios difundiendo una extraña noticia: "PETER COBB, DESAPARECIDO EN PLAYAS MEXICANAS". La noticia refería que el joven escritor nacido en Oregon simplemente se había esfumado en el famoso balneario del Pacífico mexicano, y se temía por su vida.

Era la verdad. Una tarde Peter Cobb ya no retornó a su habitación en el hotel Westin Buganvillas, donde permanecían sus pertenencias. Se temía que hubiera sucumbido en la playa Conchas Chinas, donde habitualmente nadaba muy de mañana, aunque su cuerpo no había sido redimido por la marea. O lo peor, que el novelista hubiera sido secuestrado, sólo que nadie había pedido rescate a cambio de su liberación. El consulado de Estados Unidos había puesto ya una nota de reclamación ante el gobierno de la entidad (Jalisco) a fin de que se aclarase el caso, exigiendo que a la brevedad el escritor fuese presentado sano y salvo. Luego de esos considerandos el boletín anexaba una relación biográfica del autor en la que destacaban sus libros más conocidos: *Iguanas de la noche* y *We who didn't go*, que al español fue traducida como *Las viudas del Tet*.

Después nada. Se dijo que un par de agentes del FBI habían sido enviados para investigar su paradero, pero nunca se pudo confirmar la especie. Pasaron las semanas y el asunto fue olvidándose hasta que una mañana de agosto Fara Berruecos charló con el director del periódico donde laboraba. Le planteó su anhelo, su capricho. Quería realizar un reportaje del caso. "Han pasado cien días desde su desaparición", le recordó, "además que tengo una cierta amistad con él, don Fernando. No sé si recuerde; lo entrevisté en dos ocasiones años atrás".

Una cierta amistad. ¿Eso había sido? La primera entrevista se publicó cuando Fara se desempeñaba en la sección cultural del diario *unomásuno*. La nota se titulaba "Todos guardamos un cadáver en el clóset: Peter Cobb relata su meteórica vida como narrador". La nota fue a consecuencia del lanzamiento que la editorial Seix Barral hizo de la traducción de *Iguanas by night*. La segunda entrevista fue más larga y comentada. Había sido un par de años después, en Los Ángeles, adonde Fara viajó inaugurándose como la primera reportera "de asuntos especiales" en el periódico. Visitó Calexico, San Bernardino y obviamente Los Ángeles, indagando los derroteros del movimiento chicano en el sur de California. La estadía en suelo angelino le permitió telefonear a Peter Cobb. Su opinión aportaría un punto de vista alterno; tal vez podrían hablar de literatura y del movimiento anti-Reagan. Conservaba sus datos desde la cita anterior, y Peter contestó inmediatamente al aparato:

—No sé si me recuerdes. Soy la periodista mexicana que te entrevistó en el bar del hotel Camino Real... La que tiraba los tequilas sobre la mesa.

—¡Claro que te recuerdo! —soltó Cobb con una carcajada—. Cómo iba a olvidarte... ¿Qué se te ofrece?

Era cierto, "que te entrevistó en el bar del hotel Camino Real", aunque luego él urdió cualquier pretexto y la invitó a su habitación. Quería mostrarle unas fotografías de los años que pasó en Canadá huyendo del acoso del US Army. La verdad fue una velada intensa: Fara despertó a medianoche entre los brazos de Peter y comenzó a sollozar ridículamente. "Nunca me había ocurrido esto", se excusaba al buscar su falda bajo la cama. "Ya no pude ayudar a Margarita en su tarea escolar", se mortificaba. A punto de abandonar la habitación y negándose a mirar su reloj pulsera, Fara fue retenida por Peter Cobb, quien apenas lograba ceñirse los calzoncillos. "No llores, criatura mía, que me rompes el corazón", le dijo en español, "siempre vivirás aquí dentro", insistió antes del beso y señalándose el hueco del esternón.

Ambos tenían treinta y tres años ("la edad de Cristo", habían bromeado en la mesita del bar, al pedir el segundo tequila... que ella derrumbó en una risotada nerviosa) además de consorte, compromisos familiares y, lo que se dice, "una vida hecha". Lo peor de todo era que Fara había robado una de esas fotografías: Cobb posando como barman del Patty Boland's Irish Pub, de Ottawa, y la había conservado al fondo del cajón de sus chalinas luego de anotar en el reverso una encubridora señal de imprenta: "dos columnas x 7 cms, pag. 27". De ese modo cuando su marido la halló, rebuscando en una noche de celos, ella fingió alegrarse al recuperarla. "Me la estaban reclamando en el periódico, qué bueno que la encontraste. Es aquel escritor borracho que huyó del reclutamiento para no ir a Vietnam, ¿te acuerdas?".

Llegó sin muchas esperanzas. Peter se había esfumado, es lo que aseguraban los cables noticiosos, cada vez más escasos. "Luego de la desaparición nadie se aventura a conjeturar nada respecto a su misterioso paradero. Por lo tanto, han cesado las investigaciones".

Lo había conocido en la Biblioteca Benjamín Franklin, cinco años atrás, cuando su fama era aún cuestionada. Peter

Cobb había llegado para dictar una serie de conferencias en torno a sus libros y su generación, aunque en realidad aquello fue parte de la campaña de promoción de su libro recién aparecido en idioma español. Ciudad de México, San Juan de Puerto Rico, Buenos Aires y Madrid. "Escritor de obviedades mórbidas" lo tildaban unos, aunque sus entusiastas lo calificaban como "uno de los autores más deslumbrantes del abismo norteamericano". La primera entrevista fue al día siguiente, en el vestíbulo del Camino Real, donde se alojaba Cobb. La segunda en su estudio de Venice Rim, en Los Ángeles, dos años después. Por cierto que el reportaje aquél de los chicanos (lo que entonces era ese fenómeno) fue muy exitoso y le hizo merecer el Premio Nacional de Periodismo.

Fara Berruecos se hospedó en el Rosita Inn. Un hotel de tres estrellas, sin vista a la playa pero con una alberca mínima que tocaba el sol a mediodía. Para acceder al mar debía recorrer dos cuadras, bastante pintorescas, cruzando el puente del río Cuale. Esa noche, al organizar sus cosas en la habitación, Fara aprovechó para anotar algunos pensamientos sueltos en su agenda personal. "Aquí por fin, ansiosa por el tercer encuentro; ¿el definitivo? A lo largo de su vida Peter estuvo conmigo y sinmigo, como dice mi madre. —Aprende a vivir sinmigos, Fara, que así nacimos todos".

Se detuvo. Había anotado la frase "a lo largo de su vida" como si la desaparición de Cobb significase, necesariamente, su muerte. "No lo creo. No lo quiero creer", se dijo sin anotar nada. Había llegado a Puerto Vallarta para descubrir el paradero de Peter Cobb. Precisamente para eso, toda vez que las indagaciones policiales habían concluido sin mayor efecto.

"Posiblemente haya retornado a su país; sabemos que llevaba una vida bastante desordenada. Es un bohemio", aseguró el agente encargado de la averiguación en la última nota que se publicó sobre el caso. Eso había sido el 29 de mayo, hacía tres meses.

De aquellas sesiones en su estudio de Venice Rim resultó la entrevista que finalmente consintió en publicar Huberto Bátiz en el suplemento del diario. Veinte cuartillas en tres entregas que aparecieron bajo el encabezado "Nada tiene sentido sin la Guerra

Fría: Peter Cobb". Y luego el subtítulo desafiante: "¿Hay alguien a quien le interese la trastornada vida de un escritor cuya mayor proeza ha sido el salvarse de morir en Vietnam?". Es lo que el autor respondía siempre: dos de sus mejores amigos habían perdido la vida en el sudeste asiático. En 1968 Gordon, combatiendo en la batalla de Khe Sahn, y Alfred, que era negro, en un accidente a punto de ser repatriado cuando la desbandada de Saigón, en abril de 1975. "Fue un accidente estúpido en el momento en que desalojaban uno de los últimos cuarteles. Debido a la precipitación del momento un helicóptero maniobró mal y la cola del aparato rebanó a Freddy en cuatro rodajas".

El primer libro de Cobb trata sobre eso. Se titula justamente *Los que no fuimos* (*We who didn't go*), y no tuvo mayor éxito. Incluso fue calificado como una publicación "antipatriótica". La novela trata de un muchacho, desertor potencial, que pasa varios años viajando a fin de no ser reclutado por el ejército. De hecho Peter vivió en Canadá durante esos años cruciales, de 1968 a 1973, aunque nunca fue llamado a filas. La novela describe a ese joven taciturno (*Jimmy Glum*) que viaja por la costa del oeste consolando a las novias y las esposas de los soldados que fueron enviados a combatir al Vietcong. Una de esas viudas adolescentes de la realidad —Glenda Nelson— se convertiría al cabo del tiempo en su mujer.

"Peter Cobb no está. Eso es todo, y de eso tratará mi reportaje. Intentaré anotar en este cuaderno las reflexiones que surjan en lo que avanzo en la indagación. Afortunadamente don Fernando (si le quito el "don" buscará meter mano) me tiene cierta confianza, además de todas las deferencias... lo que ha ocasionado no pocas envidias y murmuraciones en la redacción. Supongo que estos apuntes me servirán para redactar *el gran reportaje* que prometí.

"¿Peter muerto? No, imposible. El autor de *Iguanas de la noche* no puede haber muerto. Por lo pronto, instalada en este hotelito de rigurosa sobriedad (sin paisaje con palmeras ni aire acondicionado), no queda más que completar mi convalecencia. Fueron dos kilos, es lo que dijo el doctor Retana. Bueno, más exactamente, 1.750 kilogramos. ¿Para qué pesarán eso los cirujanos? ¿Servirá de algo? ¿Y luego, qué hacen con esa *carne* que fue uno y ya no es nada? Supongo que la destinan al horno crematorio, de modo que, puedo presumir, ya estuve en Auschwitz, de pisa y corre, sobreviviendo.

"Eso sí, tengo un pequeño televisor con servicio de cable. Y un ventilador de techo que es como un compañero rumoroso (alguien que susurra un comadreo incomprensible) como los arrullos de la primera infancia. Dice papá que cuando era bebé me leía en voz alta *Los bandidos de Río Frío*. Habrá sido por eso. Que no se le ocurría decirme nada, nada más que el consabido "mi nenita linda, a la ru-ru-rú". Quería que amara el lenguaje, el idioma, y por eso enronquecía leyéndome uno y otro capítulo. Claro, él no pudo hacer de su vida lo que quiso. (¿Quién sí?) El negocio de los interfones fue siempre lo suyo, y mientras haya edificios de apartamentos y vendedores ambulantes, habrá la gran ciencia de los interfones. *¿Quién es? Soy yo. ¿Y quién es yo? Eso lo sabrá usted, ¿me va a abrir o no? Traigo la ropa de la lavandería.*

"Las aspas invisibles del abanico me recuerdan al helicóptero que mató a Freddy, el negro que acompañó a Peter al burdel donde tuvo a su primera mujer. Tenía catorce años. Es lo que me contó en aquella entrevista. Que lloró mientras eyaculaba. Eso jamás lo pude publicar".

Lo primero que hizo, apenas despertar, fue telefonear a casa de sus padres. Ahí estaba Margarita, según había convenido con su esposo, pero aquello fue como entrar al ojo de un huracán.

—Hola mami, ya me voy. Estoy bien, estoy bien, estoy bien —era su modo de afirmación—. ¿Y tú cómo sigues? ¿Ya sin molestias?

—Yo estoy bien, Mag. ¿Y tus abuelos?

—Muy bien, felices conmigo. Estuvimos jugando scrabble hasta las doce de la noche... ¡y les gané! Bueno, pero ya me voy, ya me voy. El abuelo está tocando el claxon. Chau, chau, chau...

Todo en orden y la tibieza húmeda colándose ya por la ventana. ¿Qué habría desayunado su hija? ¿Cereal con leche? ¿No iría a faltar a las clases de piano? Rogelio, su marido, fue quien solicitó la tregua, dijo. Que la niña fuera durante esos días con los abuelos, que él "necesitaba reflexionar" después de la sorpresa quirúrgica. Estaba profundamente afectado. Eso dijo. "Profundamente".

Lo que esperaban en el periódico era algo similar, un "reportaje de profundidad", es decir, unas cuarenta hojas en varias entregas. Para ello don Fernando le había concedido el intervalo que ella estimara conveniente, dos, tres semanas, lo que fuera necesario. Después de todo ella era Fara Berruecos, la columnista de *Y tiene la palabra*, donde semanalmente publicaba entrevistas sugestivas, originales, semblanzas de gente que tenía algo qué decir. La mayoría de sus retratos eran de mujeres y una vez que decidía el sujeto no había modo de parar la nota. La viuda del general Lázaro Cárdenas, por ejemplo, nunca daba entrevistas, pero ella se las ingenió para conversar con algunos vecinos, una sirvienta que salió a la compra, antiguas esposas de funcionarios de esa remota época, de modo que después de publicar el texto la propia Amalia Solórzano le llamó para felicitarla y preguntar, como de paso, "qué, ¿tiene poderes para meterse en el sueño de los demás?".

Estibado entre su ropa traía un ejemplar de *Señeros y señeras*. Se lo entregaría a Peter una vez que diera con su paradero. Nadie se esfuma en el aire así nomás. El volumen viajando en su maleta había sido publicado el año anterior y en él reunía cien entrevistas publicadas originalmente en el diario. Entre las semblanzas compendiadas estaba una de la actriz Silvia Pinal, otra de Guadalupe Hernández Parrondo, la mesera más antigua de la cadena Sanborns, otra de Guillermo Haro, el astrónomo y ex marido de Elena Poniatowska, otra de Salustia Alonso, "la primera bombera de México", otra de Pita Amor, la poetisa temeraria, otra de Joaquín Capilla, el clavadista olímpico y su lucha contra los espectros del brandy, otra de Ángela Alessio Robles, la primera ingeniera civil mexicana.

Al salir de la ducha volvió a asomar por la ventana. El Rosita Inn daba a una plaza arbolada, en uno de cuyos costados destacaba una cafetería de tipo italiano. Terraza con toldos extendidos, mesitas con manteles en cuadrícula y, posiblemente, floreros de barro con un único clavel, aunque a la distancia aquel detalle era una suposición. En ese momento Fara supo dónde iba a desayunar. Un problema menos. Observó a la clientela temprana del lugar. Turistas de gorra y mochila, en su mayoría, y uno que otro parroquiano local. Entonces descubrió a una pareja que revisaba la carta y hubo un gesto que le fascinó. El hombre, un fornido moreno en mangas arremangadas, le había tomado la mano a través de la mesa y la había arrastrado lentamente hasta llevársela a los labios sin que ella, aparentemente, se percatara. A Fara jamás le había ocurrido eso y experimentó algo que pudo ser envidia, o celos, o rabia. Mejor vestirse.

La comandancia de policía no quedaba lejos de su hotel. Llegó sin hacer cita previa y apenas mostrar su credencial de periodista se le abrieron todas las puertas. El jefe superior se llamaba Jorge Ayala, de rango capitán, y llevaba anillos en todos los dedos menos el pulgar.

Luego de presentarse, Fara debió aclarar, porque el oficial lo repetía:

—No soy señorita. Tengo marido desde hace trece años, así que entremos en materia.

—Aquí todo el tiempo. Es mi oficio. Entrar en materia, licenciada.

—En mi periódico existe mucho interés por el caso del escritor desaparecido. Usted sabe, queremos averiguar qué nuevas pistas hay del caso Peter Cobb, ¿recuerda? El que se evaporó hace tres meses.

—¿El gringo? ¿Otra vez? Pero si ya es caso cerrado, licenciada. ¿No leyó los periódicos? Hasta salió en la tele.

—Todo eso lo sabemos. Sí, hemos seguido el caso y tengo mis apuntes. Pero el hecho de que haya dejado sus pertenencias en la habitación del hotel, ¿no le hace suponer que podría regresar en cualquier momento?

El comandante Ayala era más bien chaparro, bigote hirsuto y maneras de falsa elegancia. De los que emplean las armas antes que los puños.

—Sí, a veces ocurre. Pervertidos que agarran jalón y se fugan a Guadalajara, una, dos semanas, usted sabe. Pero tres meses, señorita... perdón, licenciada. Es demasiado tiempo. Tenemos presunción de fallecimiento, por lo pronto. Ya resolverá el juez cuando regrese la esposa.

—¿Vino Glenda? —y Fara sintió ruborizarse. Era cierto, Peter *tenía* mujer.

—¿La conoce a la señora? Entonces ustedes...

—A ella no. A Peter lo entrevisté algunas veces.

—¿Conocía al occiso? Quiero decir, el señor Cobb.

—Es un escritor famoso en su país.

—¿Es cierto que estuvo perdido en la guerra? Digo, la de Vietnam.

—Eso también es caso cerrado, capitán Ayala. Cerrado para la historia. ¿Usted habló con la... señora Cobb?

—Dos veces. Ella muy tranquila, aunque no maneja el idioma. Traía un intérprete, muy servicial. Supongo que del hotel. Yo, igual que usted, me sorprendí al conocerla.

—¿Se sorprendió, capitán? ¿Y por qué? —Fara necesitaba un vaso de agua. Se lo había advertido el médico, los corticoesteroides iban a causarle más sed que la normal.

—Pues, por lo mismo. Digo, aquí no somos racistas. La señora es negra. Glenda Nelson —revisó el expediente que le acababa de entregar su secretaria—. Vino dos veces, ya le digo.

—¿Negra?

—Digo, no cambuja, pero sí de raza. Y guapa, eso sí. ¿No la conocía usted?

Habían hablado de libros, de viajes, Italia y Japón, ella que vivió tres meses en Florencia, al salir de la universidad, él que estuvo becado seis en Kyoto sin entender nada y comiendo tallarines y kamaboko todos los días. Hablaron apenas de sus consortes, por pudor y decoro, pero ella nunca le dijo "Rogelio es calvo y tiene los colmillos torcidos", ni preguntó "¿tu mujer tiene pecas en el pecho?". Incomodidades que se eluden en la cama ajena.

—No. Sabía que estaba casado, pero bueno, como acostumbran los gringos; medio distantes, medio estando y no estando.

—La primera vez que vino fue como a la semana de su desaparición. No parecía muy desesperada, como uno supondría. Preocupada sí, aunque casi no hacía preguntas. Como que estuvo muy conforme con nuestras diligencias. Al final comentó eso, lo del holandés errante, dijo.

—¿El holandés errante, capitán? ¿De qué está hablando?

El comandante Ayala frotó los anillos de su mano izquierda. Quería sopesar su respuesta. Cada año había dos o tres casos como ése, turistas que aparecían luego en la montaña, ahítos de peyote y sin recordar nada. Otros se ahogaban, ciertamente, en noches de *surfing* y mezcal. Pero eso ocurría más allá de Guayabitos, fuera de la bahía, que ya es jurisdicción de Nayarit.

—Es lo que nos explicó su mujer, la señora Nelson. Que no era la primera vez que le ocurría eso. Que ya otras veces se le había "perdido" el señor Cobb. Como él viaja mucho para preparar sus libros, eso dijo, se pierde una o dos semanas en lo que logra juntar sus... temas, inspiraciones. Yo no sé. Una vez se reportó desde Panamá, otra desde Canadá, a donde viaja muy seguido. Por ello le decía eso, lo del "holandés errante". Creo que era un barco antiguo, me dijo, medio fantasma... y es que el señor Cobb tiene sangre holandesa por parte de madre, dijo la señora. Sí, mire usted, de apellido Van Helsing —volvió a indicar el expediente—. "No me sorprendería que mañana se reporte desde Cancún", dijo al despedirse.

—¿Y sus cosas en el hotel?

—Otras veces también las dejó. Digo, no hallamos nada personal; cargaba el pasaporte, la *social security*, dinero... sólo hallamos unos cuantos dólares. Dejó, eso sí, sus llaves, la ropa, las maletas, algunos libros, un par de cuadernos y su máquina de escribir. El aparato de música y muchos casets. Su cámara tampoco la hallamos. ¿Cómo ve?

—¿Y durante todas estas semanas no han encontrado algún cuerpo, aunque sea irreconocible, que pudiera...?

—Sí, dos. Pero son paisanos. Gente de la droga, creemos. Venganzas de copreros. No el cuerpo del señor Peter. ¿Quiere ver las fotos del forense?

El capitán Ayala comenzó a rebuscar en el cajón de su escritorio.

—No. Déjelo; prescindamos del trámite. ¿Me podría ofrecer un vaso de agua?

—Será *con agua*, señorita. Los vasos son de vidrio, je je.

—¿Y los vasos de Tlaquepaque, no son de barro? ¿Y en las cafeterías, no son los vasos de unicel? En los aviones los vasos son de plástico y en el cine de papel encerado. En casa de mis padres, aunque no lo crea, se sirve la limonada en vasos de aluminio... Así que, si es tan amable, ofrézcame un vaso de agua. Aunque sea al tiempo.

El comandante de policía se encargó personalmente de la atención. Rengueaba un poco, pero el doble tacón de un zapato le permitía llevar la vida con pundonor.

—Dice que ella, la señora Nelson, se veía muy tranquila. ¿Eso percibió? —Fara sorbió medio vaso.

—Pues sí, eso fue lo que me pareció. Otras mujeres no dejan de gritar, de exigir, de golpear los anaqueles. Como si pudiésemos retornarles a sus maridos con una varita mágica, cuando que lo más conveniente, luego de cuatro días de ausencia, es ir buscando una fosa en el panteón. No tardará más de veinticuatro horas en aparecer en el monte, macheteado o con los perdigones de una retrocarga en el hígado. Generalmente lo delatan los perros montaraces que aúllan en la espesura o el revoloteo de los zopilotes al fondo de una cañada. Pero en el caso de esa negrita... digo, la señora Cobb, como que a ella no le preocupaba demasiado. Digo, no se puso a gritar ni escandalizar en la oficina. Como que estaba muy conforme con todo.

—Y usted, en lo personal, ¿qué cree que haya ocurrido? —Fara volvió a apurar el vaso de agua, distinguió un cierto gusto ferruginoso.

—¿Le puedo hablar como hombre?

—¿Usted o yo?

—¡Ah, qué señorita!... digo, licenciada tan inteligente. A leguas se nota que tuvo escuela. Pues yo, ahora que lo pregunta, le tengo tres hipótesis sobre su paradero. Las de costumbre, que son infalibles. La primera teoría, que no creo sea el caso, es de gente con problemas de deudas. Gente que debe mucho dinero al agiotista, al banco, al fisco. Personas que prefieren esfumarse para arreglar el apremio. Incluso que cambian de identidad. Otra hipótesis, que es bastante normal, es la que usted ya conoce. Hombres que desaparecen por haber hallado a la mujer de su vida, o la que creyeron era la mujer de su vida. Son los clásicos fugados de la canción aquella, "perdámonos, por los arroyos de la vida...". Aunque no creo, el señor Cobb tenía a su guapa señora. La tercera razón es la fea. Gente que en mitad de la vida descubre de pronto que lo suyo es lo *volteado*, como decíamos antes. Señores que dejan a la mujer, a los hijos, a la ciudad y los amigos por irse con otro hombre de su condición. Eso de sumergirnos para siempre *en un mundo raro*... Al señor Cobb, ¿le daba por eso? Luego ocurre.

—No creo.

—Pasa el tiempo y luego de tres o cuatro años se animan a enfrentar su vida pasada. Regresan a pagar sus obligaciones, a presumir su nueva familia, a mostrar orgullosamente su jotería. A lo mejor mister Cobb debía impuestos acumulados. Ya ve que allá el fisco no perdona.

Esta vez Fara ya no tuvo respuesta. A esa hora Margarita debía estar disfrutando del recreo escolar; le había dicho eso, que cuando fuera grande le gustaría ser como ella, "una fantaseadora".

—Quisiera que me apoyara... es decir. Que no me dificultara la indagación. Pienso entrevistarme con las personas que estuvieron cerca de él durante esos días.

—¿Usted nunca ha sentido deseos así, de abandonar violentamente su casa?

Y como Fara pareció ignorarlo, retornó al asunto:

—Sabemos que llegó el 13 de abril, y el último día que se le vio con vida fue el 19 de mayo pasado. Treinta y ocho días. Está en los registros del hotel.

—Eso me corresponderá cotejarlo.

—Adelante. Este es un país de libertades —sonrió con mueca mordaz—. ¿Viaja usted sola?

La reportera prefirió responder con otra pregunta:

—¿Me podría facilitar la lista de personas que testificaron en torno al caso?

—Fue lo primero que pidieron los de la agencia.

—¿Qué agencia?

—El FBI, señorita. Ellos no se andan con cuentos a la hora de defender a sus ciudadanos. Eran dos, estuvieron por acá unos días pero no hallaron mayor cosa que nosotros... modestamente —buscó en el cartapacio sobre el escritorio—. Aquí tiene, puede llevársela; es fotocopia. ¿Le entiende a mi letra?

—Sí, claro, somos la última generación palmer de caligrafía. Luego vinieron con eso de la letra script desligada y la extinción de la palabra. La lengua nacional al cesto de la basura.

El capitán Jorge Ayala sonrió con adhesión. Ahí estaban esos nombres y sus datos personales, amén de algunas señas a lápiz, incomprensibles. "La extinción de la palabra", se repitió. Hombre, nunca había pensado en ello.

—¿Viaja usted sola? —volvió a preguntar.

—No. Llegué con mi esposo y el fotógrafo del diario. ¿Quiere conocerlos? —lanzó un vistazo hacia el garrafón de agua corroída.

—No hace falta. Así estará más segura.

—Me voy, señor capitán. Ya le iré informando.

—A sus órdenes, aquí nos tiene —le entregó una tarjeta de presentación— ...y cuando llegue con la iguana, ya andará en la sustancia. De mí se acuerda.

—¿La iguana? ¿Qué, o quién...?

—Bueno, tampoco —el comandante saltó con gesto falsamente ofendido—. Acuérdese de la letra palmer en el colegio. "Mi mamá me mima". "Ese oso sí se asea". Haga un esfuerzo. Yo con la que tenía dificultad era con la "F" mayúscula. Me salía un garabato horrible, incomprensible... Pobres niños de ahora, ¿verdad?, escribiendo "letras" a como caen, en lugar de palabras.

—¿La iguana? —insistió Fara a punto de abandonar la oficina.

—La iguana —y le ofreció una guiño ambiguo, quizás de orden impúdico. Luego se puso a frotar los anillos de la otra mano contra sus bigotes. Anillos, todos, de oro.

El Westin Buganvillas fue erigido en un extremo de la playa Conchas Chinas. Ahí mismo, bajo la terraza del bar, iniciaban las peñas que iban ascendiendo hacia la península de Mismaloya. Seis pisos extendidos frente a la Bahía de Banderas, todas las habitaciones con vista al mar, un privilegio para turistas de clase VIP.

Fara Berruecos se arrellanó en la butaca de bambú, complaciéndose con el paso de la brisa. Hasta ahí la había encaminado el conserje de la recepción luego de aclarar el objetivo de su visita. Le llevaron, sin solicitarla, una limonada con la clásica sombrilla en miniatura. Tenía un ligero aroma de ginebra, lo que era de agradecer. No tardó mucho en presentarse el gerente del cinco estrellas:

—Juan Valdovinos, señorita. A sus órdenes. ¿La estamos tratando bien? —ocupó la butaca gemela.

—Perfectamente. Ya sabrá el motivo de nuestra visita.

Era un modo refinado de presionar. El "plural de modestia" como un quórum espectral. Ya llegamos, aquí estamos, queremos plantearle.

—Sí, me imagino. De tantas veces que me lo han preguntado hasta podría ofrecerle un caset grabado con mi declaración. Pero en fin, qué le cuento, la primera en darse cuenta fue la camarera. Dos noches después de no presentarse un huésped se prenden los focos de alarma...

Fara se volvió hacia la entrada del bar, que iniciaba en un falso puente con detalles polinésicos. Había un mesero de guardia y dos mujeres bebiendo cocteles de fantasía, pero ninguna lámpara especial.

—Es un decir —Valdovinos cruzó las manos sobre su filipina toda pulcritud—, congelamos el crédito de su tarjeta y dejamos una nota bajo la puerta suplicándole reportarse a la brevedad. Al tercer día ya damos aviso a la policía, al consulado americano, en fin. Comienzan las indagaciones. Fue como procedimos con mister Cobb que, eso sí, salió con zapatos.

—¿Con zapatos? —Fara volvió a sorber su limonada. Y su anfitrión qué, ¿no iba a pedir nada?

—Muchos... bueno, algunos huéspedes salen en chanclas a la playa y así se ahogan o se entrampan en un ligue. A ver si me explico —el gerente soltó las manos, se tendió al frente, acercó la poltrona para hablar con más familiaridad—. No lo podemos negar; algunos de nuestros clientes se han ahogado en esa playa que ahora mira usted tan tranquila. Todos de noche y muy alcoholizados. Lo único que encontramos son sus chanclas junto a la toalla. Luego son rescatados en aquellas rocas donde pega la marea, a pesar de las banderolas rojas que plantamos al atardecer. También están los letreros indicando la prohibición de meterse si han ingerido alguna bebida... pero lo que no podemos impedir es que los huéspedes beban, ¿se imagina?

Fara Berruecos quitó la diminuta sombrilla de su coctel; un adorno más bien estorboso.

—Es la mitad de nuestro negocio —insistió el gerente—. Tampoco imagine que esto es una bacanal de los tiempos romanos; aunque sí, uno o dos por año tenemos nuestros ahogados. El año pasado hubo tres.

—No estábamos informados.

—Es la estadística de los establecimientos en este sector. Nunca lo presumimos —se retrajo, volvió a descansar contra el respaldo—. Luego que avisamos de su desaparición hubo un reconocimiento de los buzos de Marina, hasta los escollos aquéllos, pero nada. Afortunadamente.

—Y los que salen a ligar en sandalias, me decía. ¿Peter Cobb también?

El gerente Valdovinos le devolvió un gesto ambiguo. Alzó la mano y le indicó al mesero que llevara otro lemmon-gin para él.

—Es el problema de los intelectuales, señorita Berruecos. Los turistas normales cumplen más o menos una rutina... tragos, playa, coppertone, yate, disco, ligue y el doctor visitando la habitación para aliviarles la diarrea del día siguiente. No sé quién inventó ese coctel mortal que llaman "lunamielero". ¿Lo ha probado? Ostión crudo, almeja, caracol, pulpo, camarón, jugo de tres limones, cilantro picado y medio frasco de salsa búfalo. Nomás de nombrarlo y ya me dan retortijones, pero es lo que andan comiendo siempre en la playa. Dizque para recargar baterías... en fin. ¿Qué me preguntaba?

—El problema de los intelectuales, los huéspedes como Cobb que salen a pasear en zapatos, en lugar de sandalias.

—El problema con ellos es que son impredecibles. Se quedan viendo películas en video toda la noche y desayunan a las dos de la tarde. O queman las sábanas con los cigarros, se quedan dormidos en los camastros de la alberca y pierden sus libros, vienen a protestar porque les hablamos en inglés y así no pueden practicar el español que aprendieron en casa, en fin. O se pasan la noche tecleando con su maquinita de escribir, como el señor Cobb, y los huéspedes de al lado piden que los cambiemos porque no pueden conciliar el sueño. ¿Usted es intelectual, señorita Fara?

—No creo. ¿Y los ligues que mencionaba usted? Eso de que los turistas "se entrampan" en la playa...

—Bueno, está eso —llegó el mesero con la limonada y el gerente la agradeció—. Ya le digo. Como en su país está rigurosamente penado todo eso, acá se desquitan. El asunto del acoso sexual, los derechos humanos y las demandas legales. Aquí sí pueden reventarse con lo que allá tienen prohibido, sexo a mansalva con niñas... o niños, en fin, sexo con toda clase de desenfrenos pero sin llegar a la sangre, porque entonces la cosa se complica. Es lo que se negocia en la playa, rapidito, por veinte dólares. A veces suben a la habitación, pero como tenemos cierto control con las pirujillas, muchos se van directamente al taxi y en dos horas ya están de regreso con la sonrisa perversa del pecado —sorbió el popote del coctel—. Yo creo que mister Cobb, en mi opinión, no pertenecía a esa ralea. No tenía tipo aunque... ¿Es cierto que escribió un libro sobre esas depravaciones?

Las viudas del Tet era un libro ciertamente provocador. En él se narraban las peripecias a salto de mata de Jimmy Glum consolando a las novias y las esposas de los marines combatiendo en el sudeste asiático. Fundamentalmente era un libro político (así debía ser entendido) en el que se argumentaba la razón preeminente de los desertores. Una novela que llevaba "a su máxima y peor expresión" el apotegma del *peace & love* del movimiento hippie en los años sesenta. Era la sentencia de un reseñista en la *Sunday Book Review* del *New York Times*, "pues ¿quién puede creer que un estúpido mozalbete antipatriota pueda fornicar a trece mujeres de resignada abnegación durante los años en que burla impenitentemente la responsabilidad occidental de enfrentar al comunismo?" *Iguanas de la noche*, sin embargo, representaba una propuesta diferente y de índole menos autobiográfica. Le granjeó fama de cronista eficaz, aunque pocos repararon en el hecho de que durante 1963 (año en que transcurre el rodaje de la cinta y los desmanes narrados en el libro) Peter Cobb recién cumplía los quince años. Su tercer libro, *Miradas al amanecer*, logró algún éxito aunque no trataba de temas impúdicos. La novela cuenta la historia de James T. Cobal, alias "Cobalto", un beatnik que durante la crisis de los misiles, en octubre de 1962, decide no dormir más ante la inminencia del holocausto nuclear. Así pasa esos trece días y noches en permanente insomnio, bebiendo café y coca-cola por galones con el objetivo de "estar despierto, totalmente despierto", en la fatídica hora de los botones rojos. Muere en vísperas del arreglo entre Krushev y Kennedy, por un ictus isquémico. Nada que ver con el éxito provocador de *Iguanas de la noche*.

—Podríamos decir que sí —Fara sintió comezón *ahí*, pero no iba a rascarse en esa circunstancia—. ¿Y si Peter Cobb no es de ese tipo de viajeros excedidos, *reventados*, cómo lo describiría usted?

—Cómo lo... pues como un despistado espiritual. No: un misionero —el gerente celebró el hallazgo con una sonrisa—. No sé. Yo solamente lo vi unas tres o cuatro veces. Pasaba mucho tiempo en su habitación durante el día. Solicitaba el servicio de restaurante al cuarto. Ensalada de pollo, galletas saladas, helado de vainilla. Que le llevaran los periódicos regionales, porque hablaba bien el español...

—*Habla* —Fara creyó pertinente reforzar el tiempo verbal.

—Habla, o hablaba. Yo solamente platiqué con él una ocasión, en esta misma mesa, donde venía por las tardes a leer. También, a veces, citaba personajes curiosos en el lobby del hotel. Gente como pescadores, taxistas, señoras de edad, yo creo que meseras retiradas... se acomodaban en un rincón y él sacaba su grabadora. Platicaban de cosas de antes, de personajes de Vallarta, de los tiempos en que todavía arribaban los leones marinos a las peñas. Ésas —las señaló en el mar a un centenar de metros—. Y lo puedo afirmar porque luego le preguntaba yo a los meseros que lo atendían, ¿de qué tanto platican? Puras cosas de nostalgia, de gente que ya murió, de cuando mister Huston se hizo de aquella loma y vino a vivir como el Robinson de la isla. Usted habrá leído.

—¿Un misionero, me decía usted?

—Digamos.

Fara volvió a probar su lemmon-gin. La bahía se comenzaba a opacar ante el arribo de un estrato plomizo anunciando la posibilidad de lluvia. El gerente Valdovinos lanzó un vistazo a su reloj pulsera.

—¿Y cuál es su conjetura? —continuó Fara mientras se revisaba las uñas—. Digo, después de tres meses de la... ausencia de Cobb, y de que *nadie* ha podido demostrar su fallecimiento. ¿Qué cree usted que pudo haber ocurrido realmente?

—Me la pone difícil, señorita —el gerente bufó, buscó su vaso de limonada—. Digo, si no fuera porque estamos en tiempos modernos, podría asegurarle que ascendió por la Escalera de Jacob, ¿verdad? Cuando digo que al verlo me imaginaba a un misionero no es sólo porque siempre estaba pálido, nunca lo vimos tumbarse al sol en la playa, sino que siempre cargaba un cuaderno negro, semejante a una Biblia. Incluso una tarde lo vi entrando al templo...

—La escalera de quién —lo interrumpió la reportera—. ¿La escalera de dónde?

Juan Valdovinos sonrió en secreto. Llevó la vista hacia el firmamento cubriéndose. La brisa varió de rumbo.

—La Escalera de Jacob, como en el Génesis. ¿Recuerda usted?: capítulo 28, y que la tendremos aquí después del Juicio Final —volvió a probar su limonada pero se detuvo al primer sorbo en falso—. La que emplean los ángeles para llegar con nosotros, o la que usaremos para alcanzar el Cielo Eterno. Lo recalcaban en el catecismo, ¿se acuerda? Y el señor Peter, yo creo, será el primero en remontar sus peldaños hasta perderse por siempre. Digo, perderse otra vez... Me lo imagino ascendiendo con su cuadernito negro.

Hubo en la distancia un relámpago sordo. Al centro de la bahía se precipitaba ya un oscuro cortinaje, aproximándose, y la brisa comenzó a refrescar de inmediato.

—Gracias a Dios —dijo el gerente al indicar aquel repentino chubasco.

Fara sorbió a fondo su lemmon-gin, ignorando ese gorgoteo infantil. A eso jugaba con su padre y sus hermanos en las neverías de la infancia. "Los puerquitos burbujosos".

—¿Sabe usted quién es *la iguana*? —y como Valdovinos le ofreció una mirada de extrañeza, debió argumentar: —Me lo sugirió el comandante Ayala, esta mañana. Que debería conversar con ella, *la iguana*. ¿Sabe algo de eso?

—Bueno, usted lo podrá comprobar. Desde la filmación de la película Puerto Vallarta se transformó en lo que ahora es. Cuatrocientos mil habitantes que pululan por toda la bahía gracias al turismo gabacho que fomentó aquella filmación, y el escándalo que hizo la prensa. Y todo por la iguana aquélla que menciona la película, aunque aquí preferimos llamarla *garrobo*, o *toloque*, como la nombran los que llegan de Oaxaca. En fin, usted lo verá, hay iguanas en todas las tiendas y los bares, iguanas de cerámica, de madera labrada, de metal, de mimbre, de vidrio soplado y otras como alebrijes de cartón. La iguana como bendita patrona de Puerto Vallarta, nuestra santa mascota, nuestro emblema. De modo que lo que le dijo el capitán Ayala, la verdad, es un acertijo. Yo creo que fue para despistarla. Él nunca...

Fara percibió un segundo destello en la distancia. El manto de lluvia invadido por una centella. Esperó el estruendo, porque así lo había aprendido en el colegio... el sonido viaja a trescientos cuarenta y cuatro metros por segundo.

—Un relámpago sordo —enunció ante la ausencia de fragor, pero el encargado del Westin Buganvillas no comprendió la alusión. Eso era la vida de Peter Cobb, su misteriosa desaparición y el caprichoso episodio que ocupaba en su vida personal. ¿Cuántas veces se habían ido a la cama?

—Un relámpago sordo —repitió Fara, y a punto de despedirse sufrió otro relumbrón—. Oiga, señor gerente, ¿le podría pedir un favor?

—Para eso estamos, señorita. Dígame usted.

—La habitación de Peter, ¿podría visitarla?

—Ya se tardaba usted —el gerente Valdovinos se limpió el resudor del rostro con una servilleta de papel—. De hecho la mantenemos tal y como la dejó, por órdenes mías. Al fin que no estamos en temporada.

Era la número 505. Juan Valdovinos la abrió personalmente con la llave maestra que guardaba en el bolsillo de su filipina. Le hizo un gesto caballeroso, ella primero, faltaba más, y Fara ingresó al cuarto con un sentimiento confuso. Quién sabe por qué imaginó que hallaría la cama revuelta, la toalla en el piso, húmeda, un cigarrillo humeante en el cenicero. Cobb fumaba Camel. Pero no. Todo permanecía impecable. Una pila de libros y revistas sobre la superficie del tocador, la Rémington eléctrica en su estuche, una bolsa grande de papel.

—¿Es todo?

El gerente se dirigió al tocador y abrió el primer cajón de la izquierda. Ahí estaba su ropa, una barra desodorante, una cámara fotográfica, lápices y objetos sueltos.

—La señora también lo revisó las dos veces que vino, pero decidió dejarlo tal cual. Buscaba otra cosa. Sólo se llevó sus llaves.

—Glenda —nombró secamente, porque podría ser su viuda.

—Una señora de color, imagínese usted. Muy guapa —intentó un gesto voluptuoso, pero quedó en conato.

—Sí, lo sé —volvió a sentir comezón. La sutura irritante. Necesitaba rascarse, untarse el linimento prescrito. Aquella secreta cicatriz—. ¿Podría utilizar el baño?

—Adelante, sin problema —y en eso hubo un zumbido más bien agudo. Valdovinos buscó en el cinto y zafó el walkie-talkie disculpándose con una mueca—. Aquí Preventivo Uno, reportando...

Fara cerró con seguro y se desprendió de la blusa, soltó el broche del sostén y comenzó a rascarse la base de los senos. Ahhh. Resistiendo la desesperación, sin dañarse, con las yemas antes que las uñas. Se lo había advertido el cirujano. Era parte de la convalecencia luego de aquella intervención *necesaria*. Entonces, como si un grito reprimido, descubrió sobre el lavabo una brocha de afeitar. Permanecía junto al jabón Jockey Club en su recipiente de madera. Ahora seguramente Peter se afeitaba. Como la primera vez. Dejó aquello y empuñó la brocha de cerdas claras, resecas. Se descubrió de pronto ante la luna del lavabo, una imagen extravagante, desnuda del torso y con aquella escobilla en la mano izquierda (la derecha del reflejo). Si alguien ingresara en ese momento disculparía el inicio de un rito onanista.

—¿Qué piensas ahora? —preguntó ella, enderezando el busto, sabiendo que no tendría la respuesta. Había viajado precisamente para saberla.

Retornó la brocha al lavabo y advirtió, también, la presencia de un cepillo de dientes. No había sido usado desde el 19 de mayo pasado, supuso. Hurgó en su bolso hasta dar con el ungüento de helixina, apretó el tubo y ungió la base de sus senos. Debía hacerlo cuatro veces por día. Guardó todo, se lavó las manos, volvió a ceñirse el sostén. Al mirar por última vez la brocha de afeitar experimentó el deseo de sustraerla. Fetichismo y un extraño apetito. "Robé tus cosas de afeitar", le diría. ¿Le diría? Por cierto que ahí no había ningún rastrillo Guillete. Y la metió en su bolso.

Al abrir la puerta se asustó con la silueta. A dos pasos del baño estaba el gerente Valdovinos, escuchando el walkie-talkie con cara de empalago. La saludó con un arqueo de las cejas, y volvió a murmurar:

—Te lo digo, te lo digo... Si no pasa la tarjeta, no le aceptes el tráveler. Llamen al 02 internacional, allá resuelven. Ah, ¿ya? Bueno, ahora voy. Pero no le aceptes los trávelers. Aunque insista... Llego en dos minutos —y apretando el botón interruptor devolvió su atención a la periodista. ¿Se había convencido finalmente de la inutilidad de sus indagaciones? Las sombras de aquel huésped eran precarias, su destino, inescrutable.

—Tenemos que dejar esto —y mientras guardaba el radiocomunicador en el cinto, bufó con descargo—. Mire, surgió un problema en la recepción, pero usted puede quedarse. Sin problema. Revise sus cosas, tome notas, nomás le suplico... —le ofreció un gesto de por favor, estoy confiando en usted—. Cierre con seguro al salir.

Quedó sola. Aquellas eran las reliquias de un *misionero*. ¿Peter Cobb un mártir cuya única virtud fue negarse a combatir en la guerra? Fara comenzó a sentir alivio en los senos. El ungüento era infalible, se lo había advertido el cirujano, aunque prefirieron no hablar de las otras consecuencias.

Los libros que permanecían sobre el tocador eran cuatro. Intentó reconocer los títulos: *Less than zero* de Brett Easton Ellis, *The brotherhood of the grape* de John Fante, *Rabbit is rich* de John Updike y la biografía de John Huston, *An open book*, cuajado el tomo de separadores. No había leído ninguno de ellos, aunque años atrás le había encantado *Parejas* de Updike, que le obsequió Fernando Bonfil cuando aún era subdirector del diario. "Es cierto, no me he reportado con él". Ya habrá tiempo, se dijo, y entonces recapacitó en que tampoco le había telefoneado a Rogelio. *Mi marido.*

La mayor parte de las revistas eran gacetas de promoción turística. Más que ojearlas, Fara decidió sacudirlas en el vacío. De una escurrió un billete de veinte dólares, que tomó sin más. De otra se deslizó una tarjeta de presentación de Toy Holstein, gerente de la Casa Kimberly. También la conservó. Luego procedió a registrar el cajón y supo que esa misma emoción de palpar la ropa abandonada por Peter había sido experimentada, semanas atrás, por Glenda Nelson. La mujer de Cobb se había aparecido ya dos veces y ahí estaban esas playeras, esos calcetines, esos calzoncillos de resortes flojos. Una camisa blanca con la etiqueta intacta del K-Mart. ¿Por qué había dejado Glenda todo aquello? La máquina de escribir, la cámara fotográfica, la radiocasetera y un puñado de casetes. Aquellos anteojos de lectura. Seguramente para que Peter hallase todo dispuesto al retornar. Sus prendas del diario limpias y a la mano, como siempre. Glenda no se comportaba como una viuda. Seguramente lo estaba esperando, aunque intranquila, en su casa de Torrance. "No parecía muy desesperada, como uno supondría. Preocupada sí, aunque casi no hacía preguntas", le había referido el comandante Ayala.

—"El holandés errante" —pronunció Fara al recordar la cita de esa mañana. Peter Cobb, que había embarcado seguramente en el legendario galeón del Diablo. Su mujer, luego de las dos visitas a Puerto Vallarta, había dejado prácticamente todo. Iba siendo ya una costumbre eso de esfumarse sin más. Peter Cobb, el ilusionista pugnaz.

Fue al tocador y desenfundó la Rémington eléctrica. Para su frustración observó que el rodillo estaba vacío. Era un modelo reciente, con tipos intercalados en una margarita rotatoria. Nada podría desplazarla en el futuro. Para ponerla a funcionar no era necesario extraerla del estuche, sin embargo Fara se dio el gusto y la colocó en mitad de la consola. Escribir cualquier cosa en las mismas teclas que había usado, por última vez, *el holandés volador*. ¿Por última vez? La enchufó en el contacto del muro y le insertó una hoja en blanco. Tenía el marbete del Westin Buganvillas. Encendió el botón y la máquina respondió como un mastín despertando. Fara se reconfortó con aquel ronroneo mecánico. Escribió lo que le vino en gana, automáticamente, con absoluta alevosía. Era una de las primeras lecciones cuando cursó la carrera de Periodismo, "escritura automática, dos hojas, lo que se les ocurra en media hora". Después, claro, había que transformar aquello en un texto inteligible insertando los necesarios signos de puntuación.

"Soy la fantaseadora y desde aquí se los digo: nunca volverán a vendarme. Peter Cobb es una molécula de polvo en el Universo. Resucitará en tres semanas con una novela bajo el brazo. Así son los artistas, impredecibles, sutiles, perdidizos. Posiblemente viaja en el estómago de un tiburón, yace bajo la arena de playa Careyes, descansa en una hamaca leyendo a Joseph Conrad. No es de *Almayer*, es de Cobb... *La Locura de Peter Cobb*".

Al devolver la Rémington a su funda observó que en la base del estuche había una carpeta de plástico negra, imperceptible. Alzó el pliegue y descubrió varias hojas dobladas. Estaban mecanografiadas a doble espacio, en inglés, y contenían un texto reciente, supuso ella, por la fecha inscrita en uno de los folios. Mayo 17. Leyó algunas líneas y se encontró con una serie de frases desconectadas, enunciados erráticos, lenguaje crudo. "Debo encontrarlo, me dio la vida y nunca supe agradecerlo", aunque el padre de Peter van Helsing Cobb había muerto hacía más de diez años. De hecho fue la razón por la cual Peter salió clandestinamente de su escondrijo en Ottawa y llegó, apenas, al sepelio en Crescent City.

Fara Berruecos no lo pensó dos veces. Temió que en algún momento retornase el gerente del hotel (había un murmullo de pasos fuera de la habitación) y dobló el pliego para guardarlo en su bolso. "Me dio la vida". ¿Qué podría significar aquello? Cerró el estuche y abandonó la Rémington. Ya nunca se escribiría en ella otra novela afrentosa. Tenía que leer aquellas hojas mecanografiadas y tal vez, de ese modo, podría titular la primera parte de su reportaje: "El último manifiesto de Peter Cobb". Abrió el cajón superior izquierdo y volvió a revisar los objetos ahí guardados. Tres pares de calcetines, los calzoncillos, una playera color mamey. Un radiotransistor Sony de bolsillo, una tira de paletas Lulú, dos paquetes nuevos de Camel. Y la cámara fotográfica, desde luego... ¿no había dicho el comandante Ayala que nunca la hallaron? Fara la apartó con cierta violencia, sorprendiéndose en el acto por su levedad. Era simplemente el estuche de piel vacío... y en eso ingresó la mucama a la habitación.

Se miraron como se miran dos ladrones en la sombra de un callejón. La empleada llevaba una cofia, un tanto ridícula, y una escoba en la mano. Expelió un grito ahogado, de sorpresa, y la escoba resbaló hasta el piso.

—No sabía que estaba aquí —había palidecido.

—Vine con el gerente Valdovinos. Él me abrió.

—¿Es de la policía? —al recoger su herramienta, de fibras sintéticas, le tembló la voz.

—Estamos investigando —precisó la reportera Berruecos, el "plural de modestia" como un mazazo.

—Me di cuenta de que no estaba, yo también. Y anduve buscando.

—Usted también se dio cuenta —sonó a pregunta.

—Digo, ya lo sé. Por reglamento una no debe andar abriendo los cajones, revisando las pertenencias... —volvió a palidecer—. Yo nunca.

—Yo era amiga del señor Cobb. Por eso estamos aquí. No estamos de acuerdo con eso de que esté muerto.

—No, pues nadie.

—¿Usted lo conoció? —en pretérito letal.

La mucama hizo descansar la escoba en el ángulo de la puerta. Avanzó tímidamente hacia ella, lanzó un vistazo al estuche negro de la Olympus.

—O sea, no estaba... pero hay modo de hallarla. Estoy segura.

—¿Perdón?

—La camarita del señor Peter, ¿no vino a buscarla?

—En eso andamos, señorita. En eso andamos... y usted, cómo dijo que se llama.

La empleada volvió a mosquearse. Mostró el gafete que llevaba como prendedor. Un retrato de falso optimismo y el nombre: Berta Z.

—¿Zapata, supongo?

—No, señorita. Zavala. Pero es que estuve incapacitada unos días, y luego una cómo responde por el cuarto. Ya ve que el Preventivo Uno, Valdovinos, se ha entercado en conservarlo tal cual. Será por lo que platicaban.

—¿Platicaban?

—El señor Peter y él. Se hicieron amigos; como amigos. Platicaban en la terraza de la alberca, pero qué le digo si ya debe estar muerto.

—¿Por qué lo dice? ¿No quiere sentarse?

La empleada buscó una esquina de la cama, su cobertor de manta bordada. Fara permaneció de pie descansando el cuerpo en el tocador.

—Digo, después de tres meses, ya se lo deben haber comido los gusanos. Y con respeto, señorita. Ya una vez hasta lo soñé, con todo el movimiento que hubo... —la camarista se mordió una uña.

—El movimiento, me decía —Fara lo supo entonces. Esa mujer había robado la cámara de Peter y todo aquello era una faramalla. ¿No había entrevistado ella a tantísimos políticos queriéndola impresionar con equívocos, igual que aquella mujer, para instalarse en la primera plana del periódico?

—La primera semana estuvieron tremendos. Hasta agentes gringos vinieron. Revisaron todos los rincones del hotel: la cisterna, el cuarto del generador, los quemaderos de hojarasca... A mí me encuestaron tres veces. Que si no le había visto algo raro, alguna actitud. Preguntaban mucho eso, lo de la actitud. Que si no lo había visto con el señor Huston... el loco de Mismaloya. También preguntaban mucho eso. Y lo de las drogas, que si yo, que si dónde... pero no. Yo soy limpia.

—Y el cuaderno negro del señor Cobb, ¿nunca lo hallaron?

—No, que yo recuerde. Oiga, es cierto; siempre lo cargaba.

—¿Y la cámara, dónde está? Dijo que sabe dónde podríamos... Que usted.

—Bueno, sí...

Era un método infalible: soltar una frase disléxica, semi brutal, como un señuelo para la cacería del pato.

—Digo, yo —la empleada se arregló un rizo bajo la cofia— ...me di cuenta que sólo estaba su cajita. Ésa de cuero que usted halló. En mis días de incapacidad. Pero la cámara, sí... de seguro que se puede hallar. Digo, ¿para qué molestar al señor Valdovinos? Preguntando con los de seguridad, o con el velador, la hallaremos. Luego entregan los objetos perdidos en el toallero de la alberca; ahí hemos dado con muchos anteojos que olvidan los clientes en la playa... O sea. No creo que esté perdida del todo. Habría que buscar.

—Buscar. Es el verbo.

—Usted, ¿sí es de la policía, digo, federal?

—No, ya se lo explicaba al gerente Valdovinos. Soy amiga del señor Cobb. Estoy preparando un artículo sobre su estadía en Vallarta, y su extraña desaparición. Voy a dar con él para demostrar que... Le daría quinientos.

—Pero que no se entere *Preventivo Uno*, que es tan estricto. Digo... ¿Dólares, me dice?

—No, pesos, señorita Berta Zavala. Sin problema, yo entiendo. El trabajo debe ser muy duro...

—Y que lo diga.

—Estoy hospedada en el hotel Rosita Inn, al otro lado del puente. No sé si conozca.

—Sí, claro. Donde la Tejona.

—¿La qué?

—Salió en todos los periódicos. ¿No dice que usted...?

—la empleada se alzó de la cama. Revisó la hora en su relojito de quincalla.

—Salió, pero seguramente que no me enteré. ¿Qué pasó con la Tejona?

—Pues eso, que ahí estaba con sus mafiosos en uno de los cuartos. Llegó un comando y los mataron a todos; cuatro que estaban preparando los papelitos con la droga. Por ahí de febrero.

Fara Berruecos regresó el estuche de la cámara al cajón abandonado. Conservó uno de los casetes ahí dispersos; el que tenía anotado en la etiqueta PINK FLOYD. Sí, algo había leído.

—La Tejona, Carmela Lizárraga —insistió la camarera al recuperar su escoba.— Aguantó todavía una semana en el hospital de Tepic, pero fueron por ella hasta ahí mero. Una matazón.

Entonces ocurrió una sacudida. El alarido del turbión golpeando al otro lado de la ventana. Los elementos coludidos detrás de la cortina y ella con esos hallazgos insignificantes que impedían una conjetura.

—Así llovió el día que desapareció el señor —la empleada descorría la cortina con recelo—. Un chubasco interminable. Inundación por todos lados, como cuando el arca de Noé.

Fara Berruecos imaginó la disyuntiva. Si el patriarca bíblico se apareciese en ese momento anunciándoles la inminencia del desastre, ella abordaría la nave de salvación con su hija Margarita; no con Rogelio su marido. Tampoco con Peter Cobb. Claro, cuando concluyera el diluvio y Yahvé ordenase abandonar el arca para esparcirse por la tierra y reproducir familias, aquello iba a ser poco menos que imposible.

—Yo fui la última que lo vio con vida —la camarista mantenía la mirada fija en aquel repentino temporal. Las palmeras arqueándose más allá de la ventana, el ulular del viento como lo último del mundo—. Estaba de guardia en el almacén de blancos; lo vi pasar hacia la alberca con sus cuadernos. Iba vestido, no con traje de baño. Como que se dirigía a la reja de la playa.

—¿No desayunó antes? —qué absurda pregunta.

—No, claro que no. Era tarde, estaba oscureciendo. Pasadas las seis. Cargaba también una mochila.

—Una mochila.

—Sí, con sus cosas, supongo. Llevaba un rompevientos color rojo. Iba muy concentrado. Metía los pies en los charcos pensando quién sabe qué. Bueno, hay gente meditabunda que de tanto pensar se pierde las alegrías de la vida. Y es una pena.

—Supongo que sí —hubiera querido preguntarle cuáles eran esas aludidas alegrías. Su hija Margarita sí estaba muy clara en cuanto a eso: "El destino me eligió a mí, y eso me obliga a ser doblemente feliz, ¿verdad mamá?".

El destino. ¿De dónde sacaba su niña aquella sabiduría? Hubo un día en que fue necesario explicárselo todo sin alusiones fantásticas. Sin piedad cristiana. La pequeña había sacado una fotografía del álbum familiar —tendría siete años— y exigía una aclaración. Su padre fue quien se encargó de hacer el relato, con frialdad noticiosa, como si le expusiese la mecánica elemental del bombardeo atómico en Hiroshima. Desde entonces la niña aborreció el pollo. No volvió a probarlo, lo sustituyó por el jamón y las sardinas enlatadas, que se convirtieron en su fascinación.

La camarista Zavala abandonó la charla y se introdujo al cuarto de baño, donde comenzó a dar golpes de escoba. Su lucha era contra la suciedad, y la mía propia, pensó Fara, "contra la orfandad de los ingenuos". Se sentía fatigada, deshidratada, somnolienta. La ingenuidad de los desinformados, la orfandad de los ágrafos. Además de que la comezón en el pecho comenzaba a picar de nuevo. Antes de la cirugía el doctor Retana había jurado que la cicatriz desaparecería con el tiempo. Uno o dos años. "¿Es usted proclive a desarrollar queloides?", y Fara le respondió que no, porque lo ignoraba. No se preocupe, el único en notarlo será su marido, quiso bromear el cirujano. "No esté usted tan seguro", pero prefirió callar. Acordaron la operación para tres días después; había cierta urgencia. En el periódico podrían concederle unos días de permiso, dijo ella, para la convalecencia. De cualquier modo la infiltración de esteroides sería recomendable a partir del tercer mes. "El kenacort hace maravillas", le advirtió. "¿Está usted segura que no desarrolla cicatrización queloidal?" No. Es decir, sí. Sí estoy segura, ¿por qué lo pregunta? "Tengo una demanda legal que me ha quitado el sueño. Como usted, un problema en el pecho. Una muchacha de trece años que nació con un tercer pezón que le debí extirpar. Sólo que la sutura se fue convirtiendo en una cicatriz horrible, como gusano rojo, por no preguntar antes."

Pasaron algunos días. La temporada de lluvias se había instalado en Bahía de Banderas y el sorpresivo chubasco de aquella tarde fue desliéndose hasta reducirse a una llovizna incómoda que lo contagiaba todo. El fango se extendía por todas las aceras y Fara Berruecos decidió tenderse a reposar la siesta. Desde ahí telefoneó a Fernando Bonfil.

¿Cómo iba todo? La comunicación era defectuosa y Fara empuñó el auricular con fuerza. "Estamos seguros que traerás un material de primera. Tú sigue indagando y si necesitas algo me lo mandas pedir. ¿Cómo te has sentido?" (Y dale). "Por acá los mismos fastidios de siempre, la crisis galopante y las reservas del Banco de México en cero. Cualquier día nos revientan con otra nueva devaluación... ¿Tu habitación tiene vista al mar? ¿Cama king-size? ¿Servicio de bar las 24 horas? Berroca, tú sabes que me encanta el brandy con hielos mirando el atardecer".

—No, no lo sabía, don Fernando —cómo odiaba que se dirigiera a ella con ese confianzudo apelativo, *Berroca*—. Además de que el presupuesto no alcanza más que para un hotel de dos estrellas donde faenan media docena de suripantas —exageró.

"¿Suripantas o prostitutas?", ya estaba de nuevo Fernando Bonfil con sus precisiones semánticas. Y como Fara le devolvió un bufido de hartazgo, el director del diario soltó con su inspirada vehemencia: "Bueno, Berroca, tú en lo tuyo y nosotros aquí cerrando la edición. Trabajo fecundo y no contemplación lánguida. Preciosa, te dejo, confiamos en ti... y a lo mejor me viene un capricho. Hace mucho que no me regocijo con un atardecer en Puerto Vallarta y disfrutar dos fue placer tan extremo que obligó a la expulsión del Paraíso Terrenal. Ya recordarás. Tú cámbiate de hotel y ya veremos. Adiós."

Luego telefoneó a Rogelio, en casa, pero nadie contestó. Llamó nuevamente a su hija Margarita, asilada en casa de sus padres, pero se había ido con un grupo de compañeras para resolver una complicada tarea escolar. Habló largamente con su madre, empeñada siempre en eso de traer más hijos al mundo. "Yo tuve siete hermanos y luego tres hijos. Ahora sólo tengo un nieto. Perdón, *nieta*. No me parece justo, hija". No continuaron con el tema porque aquello derivaría en una de sus frecuentes discusiones, y era llamada de larga distancia. "¿Cómo es Puerto Vallarta, Fara hija? ¿Más bonito que Acapulco?".

Estuvo revisando los pliegos mecanografiados por Peter Cobb. Eran anotaciones extravagantes, frases carentes de sentido, apuntes que sugerían un curso narrativo. "Después del infierno hay otro infierno de hielo", "Debo encontrarlo, me dio la vida y nunca supe agradecerlo", "Seco como el desierto, seco como el Valle de la Muerte en agosto. Seco seco seco".

Fara vislumbró que con ese caótico manuscrito podría sugerir un episodio de chifladura previo al desenlace. ¿Pero el desenlace de qué? Imaginó al novelista deambulando aquella tarde por la playa de Conchas Chinas, bajo el aguacero, con su chamarra de capucha roja. "Debo encontrarlo, me dio la vida". El Holandés Volador atacaba de nuevo. Los Van Helsing nunca simpatizaron con la cordura, ¿no había emprendido su abuelo un negocio de disección de mascotas? Fue lo que le contó Peter. Gatos y perros y taxidermia fallida, porque los pobres animales quedaban llenos de bolas, perros que parecían cerdos y gatos iguales que zarigüeyas. Y la pestilencia de las vísceras en la cochera. Antes de hacerse escritor Peter Jacob había intentado, igualmente, una singular industria. Alquiló un pajar donde montó un taller para la fabricación de tablas de surfing motorizadas. Compró medio centenar de deslizadores de desecho a los que intentó acoplar pequeños motores fuera de borda. El negocio fue bautizado como "Moto-surf" y el día del lanzamiento, ante un puñado de periodistas en el muelle de Gold Beach, hubo un accidente. El muchacho que probaba el invento resbaló de la tabla y al zambullirse la propela le hirió la espalda. Hubo que llevarlo al hospital, además que los inestables motores tragaban agua y se fastidiaban. La locura de los Van Helsing, que le venía de madre.

Así pasaron varios días —desayunando suculentos waffles, cenando papas a la francesa con mucha pimienta— en el cotejo de aquella lista con los testigos interrogados por el comandante Ayala, y que no aportaban nada novedoso. Un mesero del hotel Westin, el encargado de la oficina de correos (donde Peter Cobb había contratado un apartado postal), el cronista de Vallarta, don Carlos Munguía, la encargada de un estanco de tabaco donde al parecer Cobb se surtía de sus Camel, un taxista de nombre Rigoberto que había estado a su servicio durante la primera semana, el vendedor de periódicos que despachaba en el jardín central y donde Peter adquiría, todas las mañanas, el diario *Novedades*. Testimonios que enriquecían anecdóticamente la construcción del reportaje, pero que en definitiva no aportaban mayores pistas sobre el rumbo que habría tomado el enigmático novelista. "Yo como que lo veía muy abstraído. Me pedía que lo llevara a la playa de Guayabitos, donde se tomaba un refresco y luego de regreso, a meterse a su cuarto. Distraído todo el tiempo, haciendo anotaciones en su cuadernito. Fumando en silencio", le había relatado el taxista Rigoberto.

Lo cierto era que iba a ser necesario entrevistar a mister John Huston en su casa de Mismaloya, porque posiblemente había conversado con Peter. Sólo que Huston estaba enfermo, tenía setenta y nueve años y no recibía a nadie. Permanecía postrado en su cama con vista al mar, fumando. Además de que recientemente se había trasladado a Los Ángeles para supervisar el corte final de la adaptación fílmica de *Bajo el volcán* —la novela cimera de Malcolm Lowry—, que anunciaban ya como su último legado.

Aquella tarde, estrujada por el desánimo, Fara Berruecos abandonó todo y bajó al restaurante del hotel. Ya le comenzaba a fastidiar el club-sándwich de cada noche desmenuzado en la soledad de su habitación. Había telefoneado a Rogelio, su marido, por segunda ocasión. Una charla tensa, resentida, de forzados monosílabos. "Todo lo que haces es para contrariar mi voluntad". Merendaría algo ligero, tal vez un plato de fruta.

El local era de reciente construcción y daba al puente sobre el río Cuale. El toldo se proyectaba sobre la acera y los transeúntes debían desfilar entre las mesas para continuar su camino. El hotel estaba flanqueado por dos enormes hules, de modo que los portentosos árboles contagiaban una cierta gracia silvícola. La tarde había refrescado luego de aquel chubasco y las cuijas emprendían un singular banquete con los insectos alebrestados por el turbión. Los pequeños saurios corrían bajo las mesas y trepaban por los muros. Fara imaginó a su hija disfrutando aquel espectáculo y la compendiada explicación que ya le estaría ofreciendo Rogelio: "Pues eso, hija, es muy fácil de entender; las lagartijas comen mosquitas y aquí hay muchas. Esto el trópico".

El menú era todo menos opulento. Además del consabido club-sándwich se ofrecían empanadas, molletes, ensalada, tacos de pollo, consomé, cerveza y refrescos. Las mesas estaban forradas con manteles de papel estraza y se bamboleaban sobre las irregularidades del piso. En el Canal Once, programado por el servicio de cable, habían anunciado la proyección de la película *El regreso del Jedi*, así que esa noche tendría asegurado, al menos, el arrullo entre las galaxias rivalizando con chisporroteos.

—¿Me la permite?

Al volverse hacia ella la reconoció de inmediato. Era la mujer de la otra mañana, a través de la ventana, en el restaurante italiano frente a la plaza.

Le entregó la carta con una sonrisa:

—No es muy abundante, pero supongo que tendrán buen sazón. Pediré unas empanadas, y la ensalada —le comentó.

La otra parroquiana le devolvió el gesto. Sí, gracias, habrá que ver. En eso llegó la mesera y aprovechó para atender simultáneamente las dos mesas.

—¿Espera a su marido? —preguntó a la recién llegada, pero ésta se adelantó al cerrar la funda de mica:

—Me parece que pediré lo mismo que la... señorita. Supongo que serán de carne las empanadas.

—Seguro —adivinó Fara, dirigiéndose a la empleada—. Y una cerveza; hoy hizo bastante calor.

—Igual para mí —la mujer debía frisar los cuarenta. Era morena clara y poseía una mirada penetrante—. En estos sitios una no puede negarse a ciertas tentaciones. Ayer pedimos el consomé y déjeme decirle que es delicioso. Lleva menudencias, garbanzo y medio aguacate; casi casi un caldo tlalpeño, como lo llaman ustedes.

—Seguramente mañana —se defendió Fara al despedir a la mesera—. Habrá que probar.

El mes anterior, antes de su operación, había viajado a Mérida, donde probó la sopa de lima. Un manjar asombroso con un toque de achiote. El traslado fue para intentar un reportaje sobre la decadencia de la industria del henequén. Tres días de sofocación en las llanuras de Izamal, Temax y Motul a fin de averiguar la situación de esa fibra, que llegó a ser considerada como "el oro verde" en la industria de la cordelería. En diez años, con el auge de las fibras sintéticas, el precio del torzal yucateco se había desplomado y más de cincuenta mil ejidatarios y sus familias estaban al borde de la ruina. Dos polímeros —el rayón y el acrilán— estaban por llevar a la quiebra a la corporación paraestatal Cordemex. Y ahí, en el aeropuerto de Mérida, fue que lo decidió.

—¿Ya tienen tiempo aquí?

—Adelaida Cisneros, para servir a usted —creyó prudente presentarse—. Sí, siempre llegamos aquí. Es un servicio muy esmerado, discreto y *familiar*. Ya una vez probamos en el Sheraton, pero ahí todo es muy gringo y presionado. Llegamos hace tres días.

—Fara Berruecos —se presentó en su turno—. Y no es tan caro —quiso bromear.

—Sí, claro. No es tan caro... Pero déjeme decirle que nuestro cuarto, aunque no lo crea, tiene jacuzzi —le ofreció un guiño presuntuoso—. A Guillermo le encanta estar en el agua. Dice que hidratándose a diario, el hombre vive diez años más. Ya lo conocerá.

—¿Siempre vienen al Rosita Inn?

—Es cosa de costumbre. La playa está a dos cuadras y el mercado también, a dos cuadras cruzando el puente. No sé si lo haya visitado.

—Quizá mañana. Quiero comprarle algo a mi hija. Ya ve lo complicadas que son las preadolescentes. No saben lo que quieren ni lo que no quieren... en fin. Intentaré llevarle un morral con dibujos huicholes.

—¿Y su...? —se cogió las manos por el atrevimiento—. ¿Viaja sola?

Fara agradeció el arribo de las cervezas y esa conversación simple. Agradeció también el efecto de la helixina en la cicatriz de sus senos. Una velada inocua y cada cual, después, a su duelo particular.

—Son las obligaciones de la profesión —respondió Fara—. A veces me acompaña un fotógrafo, pero no siempre. Soy reportera del *unomásuno*. No sé si lo conozca.

—En Guadalajara preferimos *El Occidental*, pero yo no me entero mucho de esos escándalos. La política... —sirvió el vaso y la espuma emergió furiosa—. Estoy en la cosa educativa. Pusimos un kindergarten, mis hermanas y yo. Es muy bonito el trabajo con los niños.

—Supongo —y alzó su propio vaso en algo que pareció un brindis reservado. Dos mujeres bebiendo cerveza en la soledad de la noche. Un gesto cómplice, solidario.

Guillermo era un hombre entero. A la distancia podría pasar por basquetbolista, o capitán de barco, o jugador de polo. Un tipo guapo, serio, formal.

—Mucho gusto, señorita. Le agradezco que haya ofrecido conversación a Adela. No me gusta dejarla sola en lugares como éste. No es correcto, creo yo.

—Fara, ¿Fara?, es periodista, Guillermo —la educadora descansó una mano sobre el antebrazo del recién llegado—. Vino a preparar un reportaje muy interesante. Está indagando acerca de un escritor americano que se ahogó en el mar.

—No, no, no se ahogó —protestó Fara con el tenedor en la mano—. Está... extraviado. De seguro que anda por ahí escondido, preparando uno de sus libros. Yo me encargaré de encontrarlo —presumió al decirse en secreto, "¡está ahogado, ahogado!".

—Qué fascinante —comentó Guillermo Vigil, que era su apellido—. O sea que usted viene también como investigadora privada. "Periodista y detective", qué interesante.

Las mesas estaban lo suficientemente cerca como para cenar privada y compartidamente. A ratos Guillermo ofrecía un arrumaco cariñoso a Adelaida y a ratos se volvía hacia Fara Berruecos para comentar con el vaso en alto:

—No sé si sabrá, pero hay estudios recientes que demuestran que el contacto del agua con la epidermis del hombre es primordial para su salud. No nada más beberla, que es muy benéfico. ¿Ha oído usted hablar de la "hidratación permanente"? Es un descubrimiento científico que plantea la prolongación del líquido placentario fuera de la matriz de nuestra madre, y perdone, ¿verdad? La evidencia es que el hombre que convive permanentemente con el agua vive diez años más.

Entre las sombras Adelaida le ofreció un guiño de confabulación.

—¿Sí? Qué interesante.

—Luego le podría enviar unos folletos. Para que escriba un artículo en su periódico y así mejore un poco la salud del mexicano, que de por sí...

Guillermo Vigil se desempeñaba como vendedor de Bonos del Ahorro Nacional. La circunscripción que atendía abarcaba las ciudades de Aguascalientes, Zacatecas y San Luis Potosí. Por cada bono colocado le correspondía un buen porcentaje y aquél —lo señaló— era su auto. Un Malibú del año anterior.

—No se imagina, señora Berruecos, pero al año le meto más de treinta mil kilómetros. Como le digo a Adelaida, "lo mismo trabajo con la lengua que con las asentaderas" —le ofreció un gesto obvio—. Por eso busco siempre la redención del agua.

—¿La redención del agua? ¿Cómo es eso?

—Guillermo es entrenador de natación —presumió Adelaida—. Todos los días nada una hora. Estilo libre.

Fara recordó su horror a las albercas. Más que eso, *terror*. Y antipatía, y vergüenza, y repugnancia. Pero ahora la cosa iba a ser distinta.

—Nunca aprendí bien —Fara dio el último sorbo a su cerveza—. Ni siquiera eché al equipaje el traje de baño. Mi hija Margarita siempre me lo está reprochando; "nada conmigo, mamá; no seas sangrona". Debería perderle el miedo.

—Guillermo es campeón de su categoría; de los 45 años —volvió a presumir la educadora ciñendo uno de sus bíceps—. Y también profesor de natación en la *Guai* de San Luis...

—De Zacatecas —la corrigió Guillermo—. Pero a usted, señora Berruecos, no le cobraba.

—Ándale —Adelaida le soltó un falso moquete—. Ya andas de coscolino y ni siquiera sabes si viene sola o acompañada.

—Ah, sí, claro. Perdone, señora —tomó su mano como si el Marqués del Barquillo—. ¿Está usted casada?

—Un poquito —bromeó Fara, porque además era cierto—. Viajo sola pero viajo acompañada. Todas las noches me reporto y nunca le he sido desleal a mi marido —"Salvo con Peter", se dijo, "pero es un hombre muerto".

La pareja resintió el golpe de esa desmedida confesión. ¿Por qué se ponía a contar eso? Ignoraron aquel rubor intempestivo.

—Cosa seria —comentó el nadador.

—Cosa seria —repitió la educadora, que aprovechó para ofrecerle:

—Traje varios trajes. Le podría prestar uno.

—Yo también traje mi traje... porque ando de negocios. Es lo malo de este oficio, que no puede uno conversar sin abrir el portafolios ¿No le interesaría adquirir un bono del ahorro?

—¿Un bono? —era lo que le hacía falta: conversar, sentirse en familia y de algún modo protegida.

—Todos vamos a morir, pero ahorrando le perdemos un poco el miedo al futuro. Vivir sin ahorrar es un desatino. El Patronato del Ahorro Nacional ofrece títulos de cinco, de diez y de veinte mil pesos. Imagine usted: quintuplican su valor a los diez años y los intereses se reinvierten cada mes. Además que están garantizados por los fondos del gobierno federal.

—Suena interesante.

—¿Ha pensado ya en los gastos de la boda de su hija... María?

—Margarita.

—Sí, ¿y en los estudios de su hijo al llegar a la Universidad? Hay que ir planeando todo desde ahora, señora Berruecos —ella pareció corregirlo, pero lo dejó continuar—. Ahorre ahora, señora Fara, y sonría después. No hay como vivir sin congojas ni sujeciones... ¿Cómo ve mi rollo?

—¿No es encantador? —Adelaida buscó una de sus orejas para pellizcarla—. Yo a Guillermo le compraba todo.

—Lo siento, Adela —bromeó lanzando un beso fantasmal hacia las profundidades del averno—. Ya se lo vendí al diablo.

—Pues si no tiene *nada interesante* en venta, señor; discúlpeme. Yo me regreso a casa —gesticuló Adelaida como si ofendida.

—No, se equivoca, la que tiene algo interesante, pero más que interesante, es usted, señora mía. Sólo que no sé si esté en venta...

Fara Berruecos comenzó a sentirse incómoda ante ese intercambio coqueto de sobreentendidos. Incómoda y celosa.

—Yo a usted ni lo conozco —siguió jugueteando la educadora—. Sólo vine con esta señorita tan guapa para hacer un reportaje del mar. ¿Cómo sé si sus intenciones son firmes?

—Pues *probando*, señora —el gesto de Guillermo fue casi procaz—. Le aseguro que no se arrepentirá.

—¡Pelado! —Adelaida le golpeó el hombro con una estaca ausente. Luego se volvió hacia Fara y le suplicó en secreto: *Sálveme, señora, de este monstruo sicalíptico.*

—Oh, por Dios —el hombre no se animaba a abandonar la broma—. Si yo no soy más que un simple instructor de natación. De haber estado presente no hubiera ocurrido el accidente de ese amigo suyo, el escritor ahogado... ¿Cómo se llamaba?

—Peter Cobb —respondió Fara, y corrigió una vez más—. Se llama. *Se llama.*

Luego la conversación derivó, necesariamente, hacia el tema.

—Es el caso de Agatha Christie —reseñó Fara Berruecos, porque lo había investigado—. En 1926 la escritora inglesa también se esfumó durante doce días. Claro, ella venía de una crisis de divorcio y sufrió al parecer un shock amnésico. Su auto fue hallado en un poblado fuera de Londres, y como estaba abandonado se hizo el escándalo de prensa. Agatha Christie tenía treinta y seis años y siete libros publicados, en los que ya aparecía el investigador Hércules Poirot...

—Que es muy divertido —intervino Guillermo Vigil.

—Claro, después escribiría otros setenta libros. La hallaron hospedada en un balneario de Harrowgate, a cincuenta millas de su hogar. Se había registrado como Nancy Neele, que era el nombre de la amante de su marido. Para unos fue una venganza cruel, para otros un alarde publicitario. Ella se hizo la loca y aseguró que no sabía quién era ni qué hacía en ese lugar.

—Ha estudiado usted el tema —comentó Adelaida Cisneros.

—Sí, claro. Escribí un artículo el mes pasado; porque también tenemos el caso de B. Traven, el novelista fantasmal que escribió sus mejores libros en México. ¿Recuerdan?, *El tesoro de la sierra madre, El puente de la selva*. Se escudaba con ese nombre porque estaba huyendo del gobierno alemán. Al parecer su verdadero nombre era Ret Marut, como lo develó Luis Spota en un reportaje.

—También hay uno americano, creo. Que nunca asoma de su casa, leí por ahí —el nadador esbozó una presencia con la mano.

—Sí. Es el caso de Jerome Salinger, el autor de *El guardián del centeno*. En efecto, optó por recluirse como eremita y nunca concede entrevistas ni se deja fotografiar.

—En la secundaria nos lo dejaron leer —Adelaida jugueteó con las migajas en su plato—. Su novela es donde sale el personaje aquél... ¿Holden?, que se siente dueño del mundo. Lo que es la locura adolescente.

Fara devolvió la sonrisa a esa amable mujer. ¿Ya iba comprendiendo?

—O sea que su escritor, el señor Cobb, ¿es un caso como esos?

—Ojalá, señora Cisneros. Ojalá.

—Si la podemos ayudar en algo —Guillermo ya pedía la cuenta de ambas mesas—, no lo dude. Por aquí vamos a estar.

—Y lo del traje de baño, es en serio —insistió Adelaida luego de revisarla someramente—. Debemos ser de la misma talla. Traje varios. No intente comprar ninguno; ya sabe, aquí todo tiene precio de gringos.

No había podido dormir. Cuando por fin lograba el sueño hubo tres toquidos en su puerta. Se había perdido de las aventuras del Jedi mientras revisaba las hojas mecanografiadas por Peter. Claves, acertijos, enigmas. Un día nos vamos a la tumba y en nuestro cajón hallan papeles con extrañas anotaciones. Números telefónicos, citas entrecomilladas de no sabemos quién, algún domicilio, un guarismo tachado, la frase de una canción olvidada, una viñeta de algo que parece un gato saltando. Fara creyó reconocer la voz de Guillermo Vigil, inconfundible. Barítono bajo, una frase corta.

¿Cuánto tiempo llevaba sin hacer el amor?, trató de recordar. No desde que ingresó al quirófano, tres semanas atrás, y su marido que apenas le dirigía la palabra. Esas no eran maneras, aunque el acoso masculino, en su circunstancia, era una constante. Cosa de la naturaleza humana. "Cínico cabrón", se dijo al acudir.

—¿Sí? —indagó al abrir la puerta.

Entonces recapacitó si habría sido oportuno empuñar algún objeto contundente. No sería la primera ocasión en que usase los puños para aplacar a un abusador. Los puños y, sobre todo, las rodillas.

Guillermo Vigil llegaba acompañado por dos empleados del hotel. Debían ser las once de la noche, tal vez más tarde.

—No se lo explicaron, señora, pero va a convenir que cambie de habitación.

—¿Cambiar de qué?

Nunca percibió el humo del incendio. ¿Había llegado Fernando Bonfil y la esperaba a la puerta en un taxi para trasladarse al Hilton? No entendía nada.

—No sé por dónde comenzar, señora, pero ante todo debo hacerle una pregunta obligada: ¿es usted supersticiosa?

El agente de bonos del ahorro dirigió una mirada conminatoria a los empleados del hotel. ¿Podrían esperar afuera? Empujó lentamente la puerta hasta que el cerrojo chasqueó en el remate.

—¿De qué se trata todo esto? —estaba en blusa y pantaloncillos—. Sí, soy supersticiosa, como todo mundo.

El comisionista Vigil tomó asiento en una esquina de la cama. Observó la Olivetti portátil de Fara y sintió simpatía por ese aparato. La máquina conservaba una hoja inserta en el rodillo y tres o cuatro renglones completados.

—Lo que ocurre es que no reparé en que tenía esta habitación hasta que hace rato Adelaida me hizo el comentario —el visitante prefería no mirarla al rostro—. No tiene por qué saberlo, pero en este cuarto, una semana atrás, ocurrió una matazón. Eran varios narcos que preparaban carrujos de droga; vinieron los de la policía federal y no se entendieron. La jefa de ellos, una que nombraban la Tejona. Creo que fueron tres muertos, o cuatro.

Fara Berruecos sintió deseos de salir corriendo. Dejarlo todo y abordar el primer vuelo a la ciudad de México. Dos horas después dormiría abrazada a su hija Margarita. No contarle nada. "A partir de mañana pondremos una tienda de merengues".

Fara le devolvió una mirada severa que no ocultaba el agradecimiento.

—O sea.

—O sea que, si usted no decide otra cosa, deja ahora mismo esta habitación y se traslada al segundo piso, donde es más fresco y le tocará un cuarto con salita y servi-bar. Ya hablé con la administración. Y por el mismo precio.

Media hora después Fara terminaba de instalarse en el 202, sin vista a la plaza pero con un televisor de cuarenta pulgadas. Además la habitación tenía dos abanicos de techo y una aceptable reproducción de Miró. El afiche mostraba a un personaje estilizado, con el cuerpo listado en rojo y negro mirando en lo alto un planeta azul. No le pareció mal y era cierto: el aposento era más fresco y estaba habilitado con un pequeño escritorio. Ya no tendría que trabajar sobre el tocador, mirándose absurdamente en el reflejo de la luna. De pronto recordó. El caset.

Fue a la administración y pidió que le abrieran nuevamente la habitación 103. Había olvidado algo. Sin averiguar más la acompañó el conserje abordando el rumoroso ascensor. Entró y rebuscó bajo la cama, donde recordaba haberlo arrojado. Pink Floyd grabado por Peter Cobb, el que hurtó en su habitación del Westin Buganvillas. Entonces tuvo un acceso morboso. ¿Sería verdad que ahí mismo, donde había soñado con su padre, con su hermana Violeta, fueron asesinadas cuatro personas? Revisó el techo, los muros, el piso. Claro, todo estaba resanado y vuelto a pintar. Aquí no pasó nada. Y el aroma aquel, entonces, no era humedad marina sino pintura vinílica aplicada con premura. Pasó al cuarto de baño y siguió revisando. Fue entonces que vio, aunque no lo podría jurar, un rastro de sangre apenas perceptible en la cortina de la regadera. Abajo, en el pliegue exterior, como si una gota escurrida. Sangre de la Tejona, sangre de sus compinches, sangre de un sacrificado como último vestigio de un rito milenario en lo que ella, también, buscaba el rastro extinguido del Holandés Volador.

Retornó a su nuevo aposento y guardó el caset en el cajón del escritorio. Ya tendría tiempo, más adelante, de escuchar a Roger Waters con aquella pieza inconmensurable que transformó la concepción del rock en Occidente. Pidió que le llevaran al cuarto una cerveza. Mejor dos y una papas a la francesa. Recordó que esa tarde no se había aplicado el ungüento de helixina. Se desprendió del sostén y ante el espejo se revisó la cicatriz en forma de T. La doble cicatriz. "Eso le ocurre a una de cada cuarenta mujeres", había advertido el doctor Retana la tarde en que retiró las suturas, "pero no todas tienen el valor"...

Encendió el televisor y manipuló el control remoto. Repasó el carrusel de sintonías hasta que de pronto apareció el héroe verde. Era la retransmisión de *El regreso del Jedi*, que hubiera sido la alegría de su hija así durmiera sólo cuatro horas. El bienaventurado Jedi de pronto se paralizó en la pantalla. Dejó su espada láser a un lado y se volvió a mirarla, a admirarle los senos. Chifló largamente, lisonjeando su nueva prestancia; los guerreros del cosmos también guardan un corazón venéreo. "Sí, claro...".

Fara Berruecos rebuscó en el cajón. Colocó el caset en la grabadora y enseguida se acopló los auriculares. Oprimió PLAY para dejar fluir la música —de la mano de la entusiasta Margarita— bailoteando con esas tetitas que ya asomaban en su pecho de niña. Saltando sobre la cama y las almohadas, *We don't need no education!, We don't need no thought control!, No dark sarcasm in the classroom. Hey, teachers! Leave them kids alone!...*

Entonces alguien llamó, nuevamente, a la puerta. ¿Han Solo o Darth Vader?

Regresó al Westin Buganvillas. Necesitaba charlar nuevamente con el gerente Valdovinos. Había algo que no cuadraba y ya estaba fastidiándose por no avanzar lo suficiente. Podría hacer un reportaje, ciertamente, pero no pasaría de la página seis del diario. Un "reportaje-pastiche" muy correcto, pero que no aportaría mayores destinos. A cien días de la desaparición del escritor norteamericano, el caso sigue siendo un misterio. Algo que permanecía enmascarado en las tres cuartillas mecanografiadas por Peter. Aquella sucesión de frases caóticas escondía una pista, sobre todo la que mencionaba a ese misterioso "él", que le dio la vida y nunca supo agradecerlo. Recordaba que Peter Cobb le había referido algo sobre la muerte de su padre. De eso hablaron en su estudio de Venice Rim, cuando lo entrevistó dos años atrás. Ella se quedó a dormir ahí un par de noches mientras él, muy de madrugada, retornaba a casa con Glenda Nelson en el barrio de Torrance.

Dos noches que no la abandonaban.

Esta vez hubo problemas. El gerente del Westin estaba en una complicada reunión con los directivos del sindicato del hotel, y debía evitar a toda costa el estallido de la huelga. La secretaria del gerente no le pudo asegurar que pudiera recibirla, así que por sugerencia de su jefe la remitió nuevamente a la terraza-bar del hotel. Que fuera a tomarse una limonada. Alguien iría a atenderla.

Fara Berruecos obedeció maquinalmente. La mañana era toda placidez y se bendecía con la fresca brisa que descendía de la montaña. Lo suyo era un capricho, indudablemente, como casi todo en su vida. Casarse con Rogelio, contra la opinión de su padre; estudiar la carrera de Comunicación y Periodismo, contra la de su madre, "esa facultad está llena de hippies y comunistas". ¿Por qué no estudias mejor Historia del Arte? Miguel

Ángel, Shakespeare, incluso el existencialismo de Sartre. "Eres una necia".

—Nada se puede contra la costumbre —repitió ella cuando la mesera le llevó la limonada. Esta vez sin el toque de ginebra.

Esa mañana, al abandonar el Rosita Inn, sucumbió ante la curiosidad. Había preguntado a la conserje por aquella bonita pareja, Guillermo y Adelaida, que la había adoptado como su hija levantisca. "Vienen todos los años por esta época y permanecen semana y media. Una especie de luna de miel madurona, ¿los ha visto? Si así fueran todos los matrimonios...".

Fara era consciente de que el suyo propio hacía agua por el codaste. La mitad de sus compañeros en la redacción eran divorciados. Muy pocos aguantan el ritmo de un cónyuge periodista. Gente sin horario, sin planes más allá del tercer día y, bastante frecuente, sin escrúpulos. Alcoholismo, anfetaminas y un cinismo campante que escuda la permanente promiscuidad. Fernando Bonfil iba en su tercer matrimonio. Ahora estaba casado con una guapa galerista que, se quejaba él en secreto, "no sabe la diferencia entre McLuhan y McCarthy".

¿Todos los años?, había preguntado con incredulidad y envidia.

—Por lo menos desde 1976, que yo recuerde —le respondió la encargada de la recepción, una solterona robusta y feliz—. Antes venían poquitos días.

Fara trató de recordar su último viaje a la playa con Rogelio. ¿Tres años, a Zihuatanejo? No lo pudo precisar. Fue el momento en que la encargada del Rosita Inn se había disculpado:

—A propósito, mire quién llegó.

Se trataba de un visitante entrado en años y con rostro de profeta. Cargaba fatigosamente una maleta de cuero y portaba un sombrero panamá, además de un morral en bandolera que no soltaba para nada.

—Qué sorpresa, don Serafín. Hacía años que no nos distinguía con su presencia.

Y el otro con una sonrisa de ya ve, aquí estoy con mis huesos.

—¿Tendrá desocupada mi habitación?

La conserje le ofreció un guiño a Fara. Disculpe usted, permítame atender a nuestra venerable clientela.

—Pensamos que ya no se acordaría de nosotros. Que nos habría cambiado por uno de esos hoteles tan modernos que están construyendo en la costera.

—No, ni pensarlo, Sonita —el anciano depositó la maleta bajo el mostrador—. Nada se puede contra la costumbre. ¿Cómo está doña Yeya?

—Mi madre bien, don Serafín. Quejándose, como siempre. Me preocuparé por ella el día en que deje de refunfuñar.

—Me gustaría hablar con ella, niña. Dígale que vine. Ahora tendré más tiempo.

El abuelo, dentro de su patriarcal presencia, era de edad inescrutable. Lo mismo podría tener 67 que 92 años. Era menudo y un poco barrigón, lucía además un candado de barba todo canas. De pronto el visitante se volvió hacia Fara y descubriéndose el sombrero la saludó:

—Muy buenos días, señorita de los ojos. ¿Ya fue a bañarse al mar?

Fara Berruecos sintió simpatía por el anciano.

—Todavía no. Ahí estará un rato, esperando —lo saludó—. El océano.

—Sí, claro, pero no por siempre. ¿Sabe que yo conocí el mar aquí mismo, en 1949? Fue cuando vine a curarme.

No, no lo sabía ni tendría por qué saberlo.

—¿Curarse?

—Uh, entonces era un lío llegar. Primero el viaje en camión diez horas hasta Tepic, luego abordar la troca que hacía la brecha hasta Compostela. De ahí para acá en carro de mulas, cuando lo permitían las lluvias, vadeando el río. Una verdadera zafacoca. Tenía yo 52 años cuando aquí mismo, en la Playa de los Muertos, conocí el mar. Tú no habías nacido entonces, Sonita...

—Sí, claro que sí, don Serafín. La doncellez no me quita los años —se burló la rolliza recepcionista.

—Me dieron entonces esa misma habitación, la 101, donde purgué mi Calvario porque, ¿sabe señorita?, la dicha no es moneda prorrateada. Y eso hay que entenderlo. ¿Usted a qué ha venido?

Fara Berruecos sonrió. Era cierto. ¿A qué había ido? "Estoy tras el paradero de un amor muerto", estuvo a punto de confesar.

—Busco a una persona —¿para qué entrar en detalles?—. Alguien a quien debo encontrar.

El anciano se cubrió nuevamente con su panamá.

—Mmh, cosa seria —murmuró—. Que tenga suerte —y volviéndose hacia la encargada, insistió: —¿Y usted, Sonita, sí tendrá libre mi cuarto? Quisiera bañarme. He sudado horrores durante todo el viaje. Veinte horas de camión y mucha sufrición, aunque éramos pocos de pasaje. Ya le digo, nada se puede contra la costumbre.

—En avión es más rápido —Fara decidió que mejor tomaría un taxi. El sol ya apretaba.

—¿Avión, señorita? A mí me dan terror esos aparatos. Nunca he trepado en ninguno, ni treparé, ¿verdad, niña? —el anciano se volvió hacia la robusta conserje—. Además que he venido a morirme.

—Ay, don Serafín; eso fue lo que dijo la otra vez. Y mire.

El patriarca alzó una mano, queriendo rebatir, pero terminó por aceptar la llave de su habitación.

—¿Usted sabe nadar, señorita de los ojos?

Fara le dijo que sí, un poco. Flotar, más bien.

—Es lo más extraordinario del mundo, ¿no le parece? —aguardó a que el mozo cargase la maleta—. Y ahora con su permiso voy a mi aposento; necesito reposar. Sonita, ¿me podrías encargar una nieve de limón?

Fara lo miró alejarse. Le recordaba un poco a su padre, tal vez a su abuelo, que nunca conoció. Entereza permanente aunque sólo tres pesos en el bolsillo. De pie su padre le sacaba una cabeza y nunca le había gustado mirarlo reposando la siesta porque le venían ideas funestas. Su abuelo, simplemente, era media docena de retratos en blanco y negro.

—Perdone, don Serafín —lo detuvo en su camino hacia el ascensor—, pero no me respondió.

Fara Berruecos vivía de hacer preguntas. Inquisición y conjetura. "¿Cómo fue que decidió darle ese veneno a sus hijos?", había preguntado en diciembre pasado y la respuesta de aquella extenuada mujer le hizo llegar a la primera plana del diario y recibir, luego, el Premio Nacional de Periodismo.

—O no le quise contestar, señorita —el decano plisó las solapas de su saco de lino—. Sí. Aquella primera vez vine para curarme. No como ahora que... A curarme de un mal de amor.

—Suena bien —Fara se identificaba con aquel viajero melancólico—. La distancia y el tiempo, dicen que lo curan todo.

—Lo mío fue una traición, señorita —ahora el anciano empuñaba un pañuelo para enjugarse el sudor—. En aquellos tiempos el amor era cosa distinta, de promesa y entrega. No como ahora. Margarita, que así se llamaba la perjura, y se llama, prefirió otros brazos con más futuro, y bueno, me dije entonces: "Serafín, no irás a marchitarte sin antes conocer el mar, ¿verdad?". Y vine, pues. Tenía cincuenta y dos años y ya era un viejo sin horizontes.

—Así se llama mi hija. "Margarita" —Fara Berruecos se despedía ya con el comentario—. ¡Y odia el pollo!

Desde la distancia el patriarca se permitió una mirada escrutadora a su cuerpo. Los pechos, la cadera. Indicó al mozo que continuasen rumbo al ascensor, no sin antes ofrecerle una comedida reverencia:

—Ya lo decía yo, *señora*. Y que tenga un buen día.

Serafín Santos era de Ciudad Delicias, le chismorreó la fornida conserje. Administraba una papelería de toda la vida y cada verano viajaba de noche en autobús coincidiendo con las vacaciones escolares. Desayunaba fruta, pasaba el día en la playa bajo la sombra de una palapa y se metía al mar un rato. Al atardecer regresaba para ducharse y merendar tallarines con mantequilla. Y al día siguiente lo mismo, "sin vicios ni invenciones".

—No, nada se puede contra la costumbre —repitió Fara al probar aquella limonada que ya provocaba a las mosquitas de la fruta.

Luego de eso visitaría la Casa Kimberly. Había intentado ingresar el lunes anterior pero ese día el establecimiento permanecía cerrado, como los museos. Y hablar con el anciano Huston, el eremita de Mismaloya, cuando volviera de Los Ángeles. También se entrevistaría con un boticario que Peter Cobb había frecuentado —Benigno Ángeles— y que estaba enlistado en la relación del comandante Ayala. Farmacia de la Santa Corona. Cobb nunca presumió, por cierto, las sombras inconfesables de su genio: cocaína, bencedrina, marihuana. Algo de lo que, en el medio, no se hablaba demasiado. Lo crucial era conseguir *combustible* con el mayor sigilo posible. Nadie habla nunca, tampoco, del oxígeno que respiramos. El espíritu necesita, repentinamente, de incentivos extraordinarios, y más si se trata de un visionario natural. Fara Berruecos, ciertamente, consumió durante años y con regularidad *cannabis*. No era complicado conseguirla en el campus universitario. De hecho su primera relación sexual fue bajo los efectos de la marihuana, y recordaba otras cosas, la música de Cream, la declinante lamparita en el techo del auto, el acceso de risa que le vino cuando aquel novio tragó uno de sus aretes. El novio aquel explicó que se lo devolvería tres días después porque padecía de estreñimiento. ¿Y ese olor? Era el semen escurriendo sobre el asiento del Volkswagen y Eric Clapton penetrándola con su guitarra sincopada, sicodélica, pujante mientras la voz de Jack Bruce invitaba a seguir con aquello al compás de su letanía interminable *in the white room with black curtains near the station black-roof country no gold pavements tired starlings silver horses run down moon beams in your dark eyes in the white room with black curtains near the station...*

—¿La señora Berruecos?

Fara abandonó ese mundo perdido: el arete que nunca recuperó, la espera nerviosa de su regla, Francisco se llamaba el novio desvirgador, aquellas olas que llegaban por pares absorbiendo una a la otra, el compacto quedó sin batería luego de aquello, Francisco Celis, luego ya no rieron más, "¿cuántas olas tiene el mar?", después supo que murió en un trance de ácido lisérgico y caballos de plata trotando. Todo eso que le prohibió, en su momento, Rogelio. "¿Quieres ser una profesional?".

—Sí, soy yo. ¿Vendrá el gerente Valdovinos? —debió preguntar, sospechando que lo enviaban como su representante.

—No puede venir. Hay problemas con el sindicato —el tipo era moreno, delgado, de cabellera ensortijada—. Me envía para que le cuente.

—Usted quién es —no sonó a pregunta.

—Pablo Sagrario, servidor —le ofreció una mueca de "¿no estaba usted enterada?"—. Soy asistente en la recepción. Intérprete, para cuando hace falta.

—Usted es, entonces, el intérprete.

—Se lo estoy diciendo. Yo atendí a la señora Glenda, cuando vino.

—La señora Glenda...

—La mujer del señor Cobb. Es decir, su viuda.

"Su viuda". Fara dudó si extraer o no la magnetofónica de su bolso. Ya sumaba una docena de casetes grabados con múltiples entrevistas desatinadas. "Sí, era muy misterioso", "Sí, le gustaba pasear solo por la playa", "Sí, leía mucho, todo el tiempo".

Sin consultar, el recién llegado ocupó una de las butacas de la terraza. Tres pisos abajo el océano flagelaba los escollos donde estaba cimentado el Westin Buganvillas y, de cuando en cuando, les contagiaba un rocío oloroso a ozono.

—Esto de los sindicatos —comentó Pablo Sagrario—. ¿Se los imagina montando sus banderas de huelga y nosotros sacando a los turistas por la puerta de incendios? Y todo por el porcentaje.

—¿Qué porcentaje?

—El porcentaje de las propinas. El personal de cocina recibe un cuatro por ciento del total en cada comanda; el porcentaje restante se lo queda el mesero. Ahora los cocineros quieren el siete por ciento, pero los meseros no quieren soltar un centavo. Rapiña de desarrapados.

—¿Cómo es la señora Glenda?

El intérprete Sagrario se petrificó por aquel dardo. Dio una palmada en lo alto, llamando la atención de la mesera que atendía el lugar. Que llevaran una limonada igual, para él.

—Ya se lo habrán dicho, señora. Afroamericana, espigada. Muy reflexiva y elegante. Creo que dirige un periódico allá donde viven. Una gaceta comunitaria —el empleado desdobló unas hojas que guardaba en el bolsillo. Anotaciones—. Sí, el *Pasaweek*, un periodiquito publicitario que distribuye en Pasadena. Treinta y dos páginas de anuncios y fotos a todo color; por ahí me dejó un ejemplar la segunda vez que vino.

—¿Y ella qué opina de la desaparición de Peter? —y creyó prudente completar—. Peter Cobb.

Pablo Sagrario arqueó las cejas y llevó la mirada a las anotaciones que descansaban sobre su pantalón.

—Qué opina... La verdad es que la señora se mantuvo muy tranquila. Y sí, hubo algo que me llamó la atención. Yo la acompañaba en sus entrevistas con el comandante Ayala, al consulado, al Paseo del río Cuale donde visitaba los puestos de artesanías. La señora no habla una gota de español, usted sabrá, a diferencia del señor Cobb que lo hablaba bastante fluido. Lo que llamó mi atención es que nunca soltó una sola lágrima.

—No lloraba.

—No, nunca la vi. Preocupada sí estaba, hasta cierto punto. Preguntaba por las personas que se habían entrevistado con el señor Cobb, por los lugares que pensaba visitar. Fuimos a las principales agencias de viajes, porque eso ya le había funcionado una vez.

En eso llegó la mesera con la limonada y un par de platillos, taquitos y aceitunas. Sagrario dio un sorbo prolongado y pretendió continuar:

—Me gané su confianza, hasta cierto grado. Y fue lo que me dijo.

—Le dijo qué —Fara probó igualmente su vaso desviando la vista. Era una técnica que funcionaba; soltar preguntas sin presionar con la mirada.

—Que ya una vez se le había perdido el señor Cobb, en Canadá. Es decir, estaban de viaje en Seattle y una tarde salió a comprar cigarros. Eso le dijo. Ya no regresó a la habitación del hotel, como ocurrió aquí. Dos días después se enteró, en una agencia de viajes, que su marido había adquirido un boleto de tren hacia Ottawa. Dejó de preocuparse y varias semanas después retornó al hogar, dijo, con el manuscrito de una novela bajo el brazo.

—Varias semanas cuántas...

—No recuerdo. Dígame usted, ¿en cuánto tiempo se escribe un libro?

—En un día. En toda una vida.

—¿En un día?

—Lo hizo Georges Simenon, en 1969, durante una feria literaria. Encerrarse en un gabinete todo de cristal con su máquina de escribir y su pipa, de las nueve a las nueve. Así completó una novelita como las que hacía. Medio truculentas, medio banales, medio literarias, donde habita el famoso investigador Jules Maigret.

Pablo Sagrario se la quedó mirando con suspicacia.

—Uno de mis profesores era escritor, en Guadalajara. Con él aprendí una de las cosas principales de este oficio.

—¿Su profesor? ¿Guadalajara?

—Se llamaba Gilberto Tosqui. Escribía poemas, un libro de relatos, cuentos infantiles. Estudié para traductor en la Escuela Americana de Occidente, tres años. Luego viví dos años en Chicago, de mojado, hasta que me botó la policía migratoria.

—¿Qué cosa principal aprendió con Tosqui?

El intérprete llevó la vista hacia el horizonte, donde un yate enfilaba rumbo a las Islas Marietas. En su breve relato se condensaba la vida de otros quince millones de paisanos desafiando aquella frontera de esperanza y renuncia.

—Las manos, señorita. Hay que mirar las manos de la gente hablando. Muchas veces una mano dice más que cien palabras: es lo que nos decía el profesor Gilberto Tosqui. Y las manos de la señora Glenda, debo decirle, eran impresionantes.

—¿Hermosas?

—No; hermosa es ella, con todo y que es negra. Y muy elegante. Sus manos eran otra cosa. No sé cómo explicarlo. Como dos animales bostezando, cuando las movía.

¿Amar a alguien *por sus manos*?

—Decía ella que era cosa de la sangre holandesa, la sangre pirata que tenía el señor Cobb. Alma marinera. Luego me contó lo de su reencuentro místico, el suyo propio, que ocurrió antes de la desaparición del marido. Algo inconcebible.

—¿Místico? ¿Ha dicho usted un encuentro místico?

Pablo Sagrario pareció arrepentirse de sus palabras. Comió un par de aceitunas, dio un sorbo a su limonada.

—*Reencuentro*... No se crea, esto de la traducción tiene sus bemoles. Hay gringos que me contratan como lazarillo para acompañarlos a todas partes; al mercado, al yate cuando salen de pesca, a los tugurios. El problema es que las guías turísticas que venden son demasiado elementales, demasiado estúpidas. "Las aguas de la bahía son templadas en invierno y el resto del año también"... Eso dicen, se lo aseguro.

—No me diga.

—Los gringos jóvenes se arriesgan más. Con veinte palabras en español se lanzan a conquistar mundo, aunque apenas se enteren de nada. El gringo viejo es más conservador. No quiere ser timado y busca exprimir hasta el último centavo de su dinero. "Cuánto cuesta el azul y cuánto el verde, ¿por qué es más caro el verde, si es del mismo tamaño?". Y yo debo traducirles todo. Qué es el chayote, qué la birria, qué un muégano. O cuando viene un turista distinguido; un senador, un cantante de rock, ahí me tienen para acompañarlo permanentemente. El año pasado, por ejemplo, me tocó ser el intérprete de Brian Johnson, el vocalista de AC/DC. Todo el tiempo con su cachuchita, no sé si se acuerde de aquel *Hells Bells* —y apretando los párpados, Sagrario comenzó a canturrear—: *I'm a rolling thunder, a pouring rain, I'm coming on like a hurricane...*

—¿Cómo fue el reencuentro místico de la señora Glenda?

Pablo Sagrario volvió a sorber su limonada. Dejó escapar un involuntario mohín. Revisó los apuntes sobre sus muslos, pero ahí no estaba la respuesta.

—¿Tiene tiempo? —preguntó.

Eso había ocurrido en la Navidad de 1979.

Isaiah Crowe fue uno de los últimos MIA en las postrimerías de la guerra de Vietnam. Esa fue la razón por la cual Glenda Nelson decidió casarse con Peter. Un MIA es un soldado que jamás volverá a casa (*missed in action*), un recluta que irá a residir protocolariamente a la tumba del soldado desconocido. Isaiah se desempeñaba como artillero en un helicóptero de la Caballería Aero-Transportada acantonado en la base de

Báo Loc. El 22 de octubre de 1972 salió en su última misión de combate, operando una ametralladora M-60 que el Huey-Bell llevaba en la escotilla de estribor, cuando fueron alcanzados por fuego enemigo. Volaban de hecho sobre territorio de Cambodia. La nave cayó en un arrozal y nunca se intentó el rescate del helicóptero, que fue dinamitado poco después de su derribo.

Glenda Nelson conoció a Peter Cobb en marzo de 1973, cuando éste aún no se animaba a ser nada en la vida. Hacía cinco años que vivía a salto de mata en la frontera de Canadá, al igual que otros cincuenta mil jóvenes huyendo de la amenaza de la leva... y ligando a las novias de los soldados enviados a guerrear contra los *gooks*. Cobb pensaba que esa experiencia le podría redituar en algo. Tal vez un libro de testimonios (que titularía *Ellas, las que esperan*), o quizá un largo poema en memoria de los esposos caídos en combate. La elegía iba a convertirse en lectura obligada en todas las escuelas secundarias y el réquiem llevaría por título: "Tú, que no enjugaste mis lágrimas". La idea le rondaba la cabeza, aunque el tema de Vietnam era cada vez más odioso. El asunto de moda eran los altos precios de la gasolina y los Acuerdos de Paz que Henry Kissinger había signado en París con Le Duc Tho.

Glenda se había trasladado a Ottawa para distraerse, para cursar un master en periodismo, para sublimar su desamparo a los 24 años. No tuvo hijos con Isaiah y ya se habían cumplido veintiún semanas desde su trágica viudez. Al firmar los papeles de la pensión militar, Glenda conoció a una viuda menor que ella, de 22 años, que estaba a punto de dar a luz. Se llamaba Susan Ashbery y vivía en Sacramento.

La viuda del teniente Crowe había nacido en Filadelfia. Migró cuando adolescente a Los Ángeles, donde inició estudios de diseño editorial, hasta casarse. Lo del diplomado en Ottawa la actualizaría un poco, había conseguido una beca de la Universidad de California y deseaba independizarse. A Peter Cobb lo conoció una tarde de viernes en el Patty Boland's Irish Pub. Las compañeras de Glenda hacían lo imposible por distraerla, el curso de periodismo gráfico estaba a punto de concluir y esa noche celebraban con silbidos y whisky Kilbeggan. Al amanecer, en el lecho de Peter,

Glenda comenzó a llorar en silencio. Era la resaca y aquellos orgasmos escalonados con el locuaz barman del pub. Cuando Cobb besó su melena, preguntando qué ocurría, ella le respondió que nunca imaginó que traicionaría al teniente Crowe de esa manera.

—¿De qué manera?

—Con alguien como tú —le respondió—. Nunca me había ido a la cama con un blanco.

—No estás *traicionando* a nadie —la previno Cobb—. El Otro Mundo tiene otras reglas que desconocemos, porque en este mundo sólo cumplimos con nuestros caprichos. Es la naturaleza humana, preciosa, y además...

—Además qué —rezongó ella mientras buscaba su ropa al pie de la cama.

"¿Se lo diría?".

—Además que a partir de ahora tú serás mi mujer —le contestó Peter Cobb, bromeando y no, al soltarle una firme nalgada. Glenda Nelson no pudo reprimir la carcajada.

Hacía mucho que no reía de ese modo. Regresó a la residencia de estudiantes una hora después del almuerzo. Llevaba otra cara y un dibujo que Peter le había hecho al carboncillo. Ella desnuda abrazando sus rodillas. La denigrada guerra concluyó un año después, cuando Estados Unidos, luego de firmarse los Tratados de Paz, delegó finalmente toda la iniciativa militar al gobierno de Nguyen Van Thieu. Peter Cobb retornó a Los Ángeles, sin pena ni gloria, y se contrató como redactor en el *Burbank Tribune*. Glenda comenzó a ser "la señora de Cobb", aunque no se casaron sino hasta tres años después, para beneficiarse durante ese lapso de la pensión que le correspondía como viuda de un *missed in action*.

Formaron un matrimonio, lo que se dice, apacible. Peter queriendo abandonar el periodismo y hacerse escritor, Glenda intentando olvidar su pasado de melancolía por medio de un fervor que comenzaba a ser calificado como *workalcoholic*. Y los hijos que eran, como para tantos de su generación, tema tabú. "Tal vez el año próximo", se excusaba ella, "no me siento preparada". Y Peter guardaba silencio, encendía un Camel, intentaba concentrarse en la hoja que asomaba en su máquina de escribir.

Así fue como Peter Cobb logró publicar *Los que no fuimos* en 1976, y que está dedicado precisamente a Glenda (una de las "viudas consoladas" por el Jimmy Glum del relato). *Iguanas de la noche* fue editado en 1979 y *Miradas al amanecer*, dos años después. Por su parte Glenda Nelson fundó el *Pasaweek* que, muy pronto, se convertiría en la solicitada gaceta que era repartida semanalmente a domicilio. En algunas ocasiones Peter colaboraba en sus páginas, pero Glenda prefería mantener el negocio aparte. "Oficinas separadas, verijas juntas", era su lema. Y así todo hasta la Navidad de 1979.

Lo primero fue un rumor. Alguien lo había visto, o más bien, lo había *escuchado*. ¿Puede una voz delatar a nadie? Se lo comentaron a Glenda en un coctel de fin de año al que acudieron los editores de prensa del condado. "Estuve en la Fortaleza Bragg y creí escucharlo a través de una celda", le había soltado un antiguo compañero de escuela que ahora se desempeñaba como reportero local. Dos meses atrás había sido enviado a Carolina del Norte para preparar un material sobre la mítica Brigada 313 de Inteligencia Militar, pero en un momento se extravió dentro del conjunto y así ingresó, preguntando, en las instalaciones de la Agencia de Contraofensiva Táctica.

—En lo que esperaba un jeep con el guía, creí escuchar la voz de Isaiah en una celda contigua, pero eso es imposible. Lleva seis años muerto, ¿verdad?

Glenda Nelson aguantó la copa de vino espumoso frente a su rostro. ¿Debían brindar por su extinto marido? "Creí escuchar la voz".

—Yo también lo oigo a ratos. Sobre todo en la ducha, mientras me baño. Me dan ganas de alzar la voz y pedirle que me alcance la toalla. Algo que un *perdido en acción* no puede cumplir. Mi analista les llama "alucinaciones auditivas".

Y brindaron por el recuerdo y por los propósitos de año nuevo.

Meses después ocurrió el reencuentro. Isaiah Crowe la esperó fuera de la parroquia, un domingo a mediodía, porque Peter Cobb no era muy afecto a cumplir con el rito. Isaiah acechaba sentado sobre la salpicadera de su auto, un Volvo de segunda mano, y estuvo considerando incluso que ella no lo reconociese.

—¿Eres un fantasma? —debió preguntar ella, al enfrentarlo a punto del desmayo.

—Me temo que no —respondió el teniente Crowe, que había encanecido prematuramente y semejaba un jubilado ferroviario de Amtrack.

Glenda sintió odio y ternura por aquel espectro surgido de la nada.

—¿Qué haces aquí? —insistió ella, sin animarse a tocarlo.

Eran los últimos en aquella acera de Griffith Park. La Pascua iniciaría una semana después y ya entibiaba la brisa de abril.

—Vengo a disculparme. Nunca debí morir.

Cada cual en su auto se trasladaron a una cafetería en el boulevard Los Feliz. "No tengo demasiado tiempo", se disculpó Glenda, "Peter me está esperando en casa para preparar un asado. Tenemos invitados".

El infierno era simple. En el derribo del Huey-Bell resultó que el teniente Crowe había sido el único sobreviviente. Inmediatamente fue apresado por una escuadrilla de vietcongs que lo maniataron, a pesar de la fractura del brazo. Así lo obligaron a marchar toda la jornada sobre arrozales infestados de sanguijuelas. Los pilotos de combate eran los prisioneros más aborrecidos, y de algún modo fue el caso de Isaiah Crowe. Resultó uno de los 827 prisioneros de guerra destinados en la prisión de Hoa Lo, el legendario "Hanoi Hilton" de los reportes de inteligencia militar. Ataviado con su uniforme de pijama a rayas y un par de sandalias, Isaiah fue recluido en una celda de aislamiento que tenía un ventanuco mínimo. Jamás se informó sobre su posesión hasta que en octubre de 1979 fue abruptamente liberado, junto con otros dos prisioneros de color, que se presumía habían sufrido un fuerte impacto sicológico. Algunos, luego de haberles "lavado el cerebro", eran mostrados ante representantes del Tribunal Russell. Su excarcelamiento era un gesto de buena voluntad hacia el gobierno de Gerald Ford, luego del escándalo Watergate. Isaiah fue alimentado durante esos años con una dieta rigurosa: consomé, una naranja, un cucharón de arroz al mediodía y, de cuando en cuando, un huevo cocido. No supo, no pudo pronunciar su nombre durante semanas, de modo que la agencia de Inteligencia Militar en la Fortaleza Bragg lo resguardó sin notificar su identidad. Solamente pronunciaba monosílabos y varias frases en vietnamita, una de las cuales fue traducida por un intérprete: "Soy un perro del imperialismo, estoy arrepentido de todos mis crímenes, larga vida al camarada Ho, larga vida al heroico pueblo de Vietnam".

Al ser excusado por el Departamento de Contrainteligencia, Isaiah Crowe permaneció en Carolina del Norte varios meses, atendido por un terapeuta militar, hasta que fue dado de alta en febrero de 1980. Entonces le consultaron si era su voluntad que la Agencia de Inteligencia Militar informase a sus parientes sobre su reaparición en territorio nacional, o si prefería hacerlo de manera personal. Era una prerrogativa. Además de que, le suplicaron bajo juramento, no contase nada a la prensa. Aquello había dejado de arder con la magnitud de los años sesenta, pero no por eso la teoría del dominó dejaba de tener vigencia. La guerra es poder, pero fundamentalmente información. Lo recuerda el lema de la Brigada 313, *Savoir c'est pouvoir*.

En aquella cafetería del boulevard Los Feliz, Isaiah y Glenda pactaron el secreto. No se verían pero mantendrían algún contacto. Jamás llamaría él a su casa. "No creo en la magia, aunque esto ha sido un reencuentro místico", se disculpó Glenda Nelson. Que todo quedara en llamadas telefónicas a la oficina, tal vez alguna correspondencia. Había muchas cosas que aclarar. No se besaron al despedirse.

—¿Cobb sabía eso? —Fara Berruecos intuyó que era la pregunta esencial. Además de que ardía de rabia y sorpresa. De celos absurdos.

—No —respondió el intérprete Pablo Sagrario—. Al menos fue lo que la señora Nelson me contó. Es decir, no hasta mayo pasado, cuando mister Cobb voló a Vallarta. Así me lo confesó ella: "Estábamos distanciados Peter y yo. No pude resistir más, se lo solté una semana antes de su viaje".

—O sea...

—O sea que el escritor Peter van Helsing Cobb se habrá ido al infierno con esa mortificación añadida, porque ella no soltó una sola lágrima por su desaparición. Una sola. Un gringo muerto en una de tantas barrancas de la sierra. Se habrá despeñado, iría borracho, lo habrá venadeado algún abigeo —el empleado alzó la última aceituna, pronunció antes de comerla:

—Un muerto vivo, un vivo muerto.

Fara Berruecos comenzaba a comprender. Aquella historia tremebunda contada por el intérprete Sagrario —cargada de espionaje y heroísmo, olorosa a pólvora y prisión— no era más que una asignación extra de misterio a su permanente pesquisa. ¿Quién iba a creer esos datos referidos por un empleado de hotel que parecía moro y que había acompañado a la viuda de Cobb mientras compraba manteles en las tiendas para turistas? ¿La *viuda* de Cobb?

Finalmente, esa tarde Fara se decidió a visitar la Casa Kimberly. Pagó los cinco dólares de entrada y recorrió las terrazas, los salones de juego, la estancia, las habitaciones de visita, la cocina y los cinco baños de la residencia, todos con tina de fierro esmaltado, "donde Liz Taylor se bañaba indistintamente". La guía era una gringa de mediana edad que se teñía de rubia platinada. Se presentó como administradora del insólito hotel.

—¿En qué sentido hotel, disculpe? —Fara, que había leído un par de veces la novela de Cobb, experimentaba una suerte de *déjà-vu* secreto al avanzar en la visita.

—Las alcobas del piso superior se rentan por noche, con servicio completo. Hay que hacer apartado por teléfono —la administradora le mostró la escalera que llevaba hacia la terraza y el bar a la intemperie—. Mucha gente muere por pasar una noche donde durmieron Liz y Richard Burton. Siempre han soñado con despertar en esa cama y bañarse en la mítica piscina donde, usted sabe... Los colchones han sido renovados, pero las camas son las mismas de entonces. Se lo aseguro.

—¿Cincuenta dólares? —Fara revisaba el folleto que le acababa de entregar—. ¿Eso cuesta pasar la noche aquí?

—Hay personas que vienen desde Australia, aunque no lo crea. Gente que vio la película. Muchas parejas, aunque fundamentalmente son hombres de cierta edad. Cuarentones divorciados, o solteros, o vaya usted a saber. Algunos amanecen bañados en lágrimas, como si... Se cambia el servicio de sábanas todas las mañanas. El desayuno es el mismo que ellos compartían: chilaquiles verdes, jugo de lima, café de olla, que le encantaba al señor Burton. A las once se debe abandonar el aposento para poder iniciar el recorrido turístico. A veces nos visita María Carrillo, que era la cocinera de planta.

—¿Usted conoce al señor Cobb? ¿Peter Cobb?

La administradora arrugó el entrecejo como si hubiera sido atacada por un enjambre de moscos.

—¿El escritor de *Iguanas by night*?

—El mismo. Supongo que estuvo por aquí recientemente.

—Pero, ¿no ha muerto ya? ¿No se ahogó en una orgía en la playa?

—No, que yo sepa. ¿Usted lo ha visto?

—Vino, sí... —la mujer, que debía frisar los cincuenta, cruzó los brazos en actitud desafiante—. Aquí no es persona bien recibida. Después de su libro de escándalo e infamia, quisiera no haberlo saludado nunca.

—Sólo en idioma inglés ha vendido más de cien mil ejemplares.

—Pero ha sido demandado por sus... mentiras. Nadie debe lucrar con el dolor ajeno.

—Señora, en aquel año de la filmación aquí hubo cualquier cosa menos sufrimiento. ¿Usted lo ha leído?

—Sí, claro. Muchos visitantes vienen con su libro en la mano, como si fuera una guía de bolsillo. Pero eso no le da ningún derecho a...

—No le gusta el final.

—Lo del muerto en la alberca; no. La segunda mitad se vuelve un poco novela negra, de intriga. Pura especulación. Aquí no hubo ningún muerto entonces, ni después. ¿Sabía que Richard

Burton adquirió esta casa por cincuenta y siete mil dólares para regalársela a Liz el 27 de febrero de 1964? Era su cumpleaños.

Fara Berruecos se divertía con esa presumida bravucona.

—La novia robada apenas cumplía 32 años y ya llevaba cuatro maridos en su agenda —la guía arqueó las cejas con jactancia.

—Yo también prefiero la primera parte, donde Cobb deja planteadas varias pistas sobre las posibles motivaciones del crimen. Es una novela que se lee con interés, además de que no es demasiado larga, por cierto.

—¿No quiere visitar el tercer piso, señorita? Tiene una vista preciosa sobre la cañada y esa parte del mar.

La tarde estaba en su punto canicular. Fara lamentó no haber llevado su sombrero de palma. Las gotas de sudor le escurrían, como lagrimones, de los sobacos al talle.

—Es un libro del Diablo, señorita —la cincuentona platinada ya la despedía—. Y sí, el escritor vino un par de veces en junio pasado. Tomaba fotos y luego dibujaba algunos bocetos sentado en aquella sombra. Hacía anotaciones. Yo lo reconocí y le eché una maldición, por falsario.

—Le echó una maldición —repitió Fara.

—Aquí todos los gringos somos medio brujos, comenzando con el viejo león de Caletas —la rubia artificial le ofreció un gesto sibilino, el índice y el meñique erguidos como dos cuernos de perversión.

—El viejo león...

—¡John Huston!, señorita; el anacoreta. Yo sé que su amigo de usted, el occiso Cobb, también fue a visitarlo a su santuario de Mismaloya. No sé qué habrán conversado, porque estuvo allí en varias ocasiones.

Fara Berruecos permanecía detenida en la escalera. ¿De qué le estaba hablando?

—Huston también dialoga con el Maldito, que afortunadamente hizo caso a nuestras invocaciones. Semanas después se llevó al infierno al sofista; ya se lo decía. Este mundo no es para los chapuceros.

—¿Usted cree? —Fara ya avizoraba la célebre terraza de los Burton, tan fotografiada por las revistas de espectáculos.

Adán y Eva, nacidos en el Reino Unido, escapados a ese Paraíso de sol, coco-fizz, guacamayas y coitos a la intemperie.

—Luego vinieron los agentes del comandante Ayala para hacer sus pesquisas, aunque mejor hubieran preguntado al Mefisto. La mentira se paga.

Lo primero que destacaba en la alcoba era el dosel. En pleno trópico, la cama con pabellón parecía un desatino. Sin embargo, el cortinaje consistía en un lienzo de tul a modo de mosquitero y el abanico del techo, agitando aquel velo que alguna vez difuminó una desnudez ausente, refrescaba el aposento. Además había una jofaina fuera de época y un anaquel con medio centenar de libros en *paperback*. Novelas deshojándose de Ellery Queen, Louis L'amour, James Hadley Chase, Ray Bradbury, Zane Gray, James M. Cain. En el baño anexo asomaba un bidet rojo escarlata y un espejo enorme frente a la bañera. La luna tenía carcomido el azogue, no había resistido veinte años de humedad y salitre, lo que permitía el desvarío de que ahí mismo, alguna vez, habitó la desnudez de Elizabeth Taylor. Ilusión, fetichismo, desvergüenza.

Fara Berruecos estaba segura de que esa circunstancia haría enloquecer a Fernando Bonfil. "¿Por qué no me lo dijiste?", le reclamaría el director del diario. Fue lo ocurrido cuando ella tuvo la debilidad de contarle su experiencia en la residencial oficial de Los Pinos.

"¿O sea que podrías escribir una crónica sobre la cama del Presidente?" Sí, le respondió Fara, "sobre, no *desde*, pero al día siguiente me repudia mi marido y a usted le clausuran el periódico. El gobierno sabe que no ha pagado el papel de sus rotativas durante meses y que además debe las cuotas del Seguro Social desde hace más de dos".

Había sido una aventura bastante peculiar. Era la última semana de su gobierno, cuando el timón del país quedaba más debilitado. El presidente José López Portillo había nacionalizado la banca, luego de un proceso inflacionario incontrolable, y tres meses después legaba la silla presidencial a su asombrado sucesor. Había citado a cinco reporteras, todas mujeres, para compartir la mesa con él en la residencia oficial. Todo mundo sabía que el presidente mexicano, un Don Juan consumado, vivía un tácito divorcio. Su mujer habitaba en otra casa y hasta hacía poco él sostuvo un ruidoso affair con su ministra de Turismo. Las reporteras invitadas pertenecían a los periódicos nacionales más connotados, y en la sobremesa hubo preguntas de todo tipo, con la condición de que nadie grabara nada. Por parte del periódico *unomásuno* había asistido Fara Berruecos, que tomó la palabra un par de veces. Hablaron de hallazgos, de inercias, de objetivos inalcanzados, del contexto internacional y del futuro incierto. De amores y de nostalgias.

"El presidente está triste, ésa es la verdad". Así comenzaba la nota de Fara Berruecos en la primera plana del diario. "En la gaveta de su buró guarda una botella de whisky, dos vasos y un sifón de agua soda. El presidente duerme mal, detesta el insomnio, quiere dedicarse a escribir por el resto de sus días".

Al atardecer las reporteras se despidieron con cierta precipitación. Querían retornar pronto a las redacciones de sus periódicos, preparar las cuartillas de esa crónica, poner en papel aquella conversación de ocios y extravagancias. Al despedirlas, una por una, el presidente relegó su saludo con la reportera Berruecos. Le dijo aparte, como si recordándolo entonces, "le tengo una sorpresa". ¿De qué se trataba aquello? Sin explicar más la condujo por el corredor de la residencia presidencial hasta el extremo que terminaba en una escalera interior. Los acompañaba un centinela, como mudo, que era la sombra de su seguridad. Al llegar a ese punto el presidente López Portillo dijo a su escolta, "Sebastián, hasta aquí. Voy a bajar con la señora periodista". El guardaespaldas puso cara de "qué remedio" y se colocó junto al barandal de hierro. Fara descendió aquellos escalones en silencio; la verdad es que estaba más intrigada que nerviosa. "Le voy a mostrar dónde duerme el presidente de la República", le dijo, "aunque la alcoba presidencial está allá arriba, donde se quedó Sebastián, y es enorme". En aquel piso había un estrecho dormitorio con un cuarto de baño. Una ventana daba al jardín de la residencia, aunque los cristales estaban cegados. Ahí afuera dos perros *airdale* se correteaban. La habitación tenía un pequeño librero, una mesa de trabajo, un armario con algunas camisas y la cama que podría pertenecer, igualmente, al ama de llaves. "Esta recámara se construyó para el médico de cabecera del presidente López Mateos, que vivió agonizando de dolor en su último año de gobierno. Es decir, un doctor que aquí *no dormía*". Fue cuando Fara descubrió, en el muro central, un óleo sorprendente. Era una copia exacta de la pintura de José María Velasco, *La barranca de Metlac*.

"Al despertar miro ese cuadro y se me revela la Patria misma", le dijo. ¿De qué modo? "Véalo con atención y dígame qué ve". Fara avanzó dos pasos y observó detenidamente aquel óleo. Describió lo que veía: una barranca en la selva, una vía antigua de ferrocarril, un tren ascendiendo la cuesta. "Sí, tiene usted razón, pero en ese cuadro está Juárez, que fue quien hizo el tendido de esa vía hacia Veracruz, también está Porfirio Díaz, que se encargó de inaugurar la obra y huyó, en ese mismo tren, hacia el exilio cuando la Revolución. También están los bandidos de Manuel Payno en su novela inmortal, y que nunca abandonarán el país. Está el artista Velasco y está, finalmente, el tren ascendiendo eternamente la cuesta como un Sísifo en castigo. Que soy yo."

Luego le mostró su pijama, su bata de dormir, la botella de Johnnie Walker y una caja de aspirinas. "Con esta combinación he resuelto casi todos los problemas del país". Fara Berruecos se sabía en el vórtice del poder y temía que de pronto asomara algo más. Una insinuación. López Portillo observó a los *airdale* a través de la ventana. Los perros ladraban juguetones. Luego se volvió hacia la visitante y mirándola a los ojos le confesó: "Hace un mes que no hago el amor". Fara soltó una risa espontánea, y le confió: "Yo también. Es decir, yo tampoco". "Qué pena". "Sí, qué pena". Fue cuando abrió el cajón de la mesita de noche y sacó un pequeño crucifijo de bronce. Pendía de una cadenilla y parecía antiguo, muy antiguo. "Me lo regaló Karol Wojtyla cuando vino a México por primera vez. Yo no creo mucho en esas cosas, pero el Papa me aseguró que perteneció a san Francisco de Asís; vaya usted a saber. 'Ustedes comparten algunas ideas', me previno entonces el Pontífice. Así que ahora se lo regalo a usted, señora Berruecos. Ya no lo necesitaré más. ¿Me permite ponérselo?". Fara apretó los labios. "Y dale", pensó al consentir. "Estoy seguro de que el santo *poverello* la asistirá a usted de mejor manera". Y Fara retornó a la redacción y escribió la crónica que luego comentó medio país.

¿Fue una alucinación? Fara reposaba sentada en la cama de Liz Taylor cuando entró Liz Taylor. Tal vez resentía los efectos de la canícula. Ya debía retornar a casa, esa era la verdad; reconciliarse con Rogelio, atender a la inquieta Margarita, escribir el ansiado reportaje con los retazos que había logrado arrancar a la realidad.

—Usted disculpe —dijo Liz Taylor—. Pensé que hallaría aquí a... —consultó un recorte de papel— Gordon Reeves. ¿Es su marido?

—Mi marido —repitió Fara—. No. La verdad...

No era, definitivamente, Liz Taylor.

La desconocida tenía pintados los ojos igual que la actriz en el rodaje de *Cleopatra* y el cabello oscuro que proporciona el tratamiento Clairol. Llevaba un vestido escotado, azul celeste, y lucía buen color. Seguramente pasaba una hora bajo el sol todos los días. Fara advirtió entonces que su perfil no era exacto al de la diva, aparte de que cargaba algunas libras de más que se ensañaban en sus caderas.

—No se sorprenda —explicó la visitante—. Vine para los retratos en la terraza... por si asoma aquí mister Reeves. ¿Le podría decir? Estamos esperándolo junto a la alberca. Con el fotógrafo.

Y se fue.

Esa tarde telefonearía a Margarita. Fara Berruecos estaba por cumplir una semana en Puerto Vallarta y trataba de conversar a diario, aunque sólo fueran unos minutos, con su hija. Con Rogelio había hablado una sola vez, cuando lo halló temprano en casa. Su distante marido, su ahora casi enemigo que no la perdonaba. "¿Por qué me hiciste eso?", fue el reproche con que se despidió antes de colgar. "Nunca me advertiste nada, nunca lo hablaste conmigo".

Una vez en el Rosita Inn se recostó en la cama, al fin que aquello sólo sería un momento. Se descalzó violentamente, pateando los zapatos adonde cayeran, y se desfajó la blusa. Estuvo tentada de encender el televisor pero recordó que a esa hora sólo pasaban programas aptos para toda la familia, recomendaciones para el hogar y animadoras adolescentes que enviaban mensajes a los concursantes por vía telefónica. Se desabotonó la falda: de seguro que había engordado un par de kilos. Intentó buscar los auriculares para retornar con Pink Floyd, alcanzar el cuaderno para registrar algunas ideas, untarse el ungüento de helixina. ¿Dónde había dejado el tubo del gel? Y la brisa, que apenas se insinuaba a través del mosquitero, como si la tarde disfrutase de aquel tormento postoperatorio.

Por lo menos aquello comenzaba a ser divertido. Era lo triste del género. Un reportaje de mil palabras que prescindía, necesariamente, de todo un mundo de sensaciones. Nunca sabría el lector la aspereza de los libros mordidos por el polvo en las estanterías de Casa Kimberly; nunca conocería la fragancia de los rizos de aquel intérprete, Pablo Sagrario, engominados cada mañana con Glostora; nunca la mirada nerviosa, diríase que golpeada por el pánico, de esa *Liz* replicada que se ofrecía por diez dólares el retrato en la legendaria terraza de los Burton. Un *souvenir* Polaroid de sonrisa desvergonzada. Detalles, fragmentos del mundo, descripciones que intentan compartir una esencia, un sonido, un color engañoso en el vaivén iridiscente que es la vida misma. Para nada alcanzan mil palabras, el lenguaje es siempre restricción; el Universo estaba mejor sin la invención del idioma.

La despertaron los toquidos en la puerta. La tarde pardeaba y sintió vergüenza luego de aquella dilatada siesta. ¿Dónde se encontraba? El lápiz en la sobrecama se había roto bajo su peso. ¿Era el momento de pasar a recoger a Margarita en su clase de piano? Seguramente que la camarera llegaba para hacer el recambio de toallas. Dejó la cama y avanzó con cierta pesadez.

—Hola —saludó al reconocerla. "Me hubiera dado unos pases con el cepillo", pensó al crinarse la cabellera.

—¿Tendrás tiempo? —la mujer del agente de Bonos del Ahorro Nacional le mostró una sonrisa retraída—. Pensaba dar una vuelta por el paseo del río, distraerme un poco. Te invito una limonada.

Fara intentó asomar más allá de la puerta.

—Guillermo salió al mediodía; tenía unas ventas pendientes —se excusó la recién llegada—. Me estaba aburriendo.

El paseo del río Cuale había sido acondicionado como una rambla comercial. Veintenas de puestos se sucedían a lo largo del muelle de cemento que había sido erigido sobre el caudal. Fara se alegró al mirar aquellos quioscos donde se vendía toda clase de quincalla, camisetas con iguanas verdes en serigrafía, ceniceros de cerámica, dulces de coco envueltos en celofán.

—Ayer dimos con un nevero que traía unos barquillos deliciosos. De guanábana, de mamey. Guillermo es un goloso; ya te habrás percatado.

—Mi marido también es un aficionado a las golosinas —se defendió Fara—. Pero su vicio son los dulces de almendra, los mazapanes. Enloquece con los alfajores argentinos. Se puede comer una docena en una sentada y claro, tiene una barriga de dar miedo. No como el tuyo.

Adelaida le devolvió una mueca pudibunda.

—Guillermo es muy deportista, sí.

—Rogelio también tenía buena figura, al principio, pero un mal día dejó de cuidarse. En cualquier momento lo tumbará un ataque diabético; su familia tiene antecedentes. Es lo que le repito cuando llega con sus cajas de turrones.

Entraron en una caseta donde se comerciaban figuras policromadas. El puesto ofrecía una linda colección de monstruos de fantasía emparentados con los alebrijes. Había serpientes bicéfalas, sapos alucinados, puercoespines con cuello de jirafa, perritos con el pene erecto, armadillos como insectos con tenazas. El surrealismo mexicano herido de marihuana y peyote.

—Mi hija Margarita tiene una colección de gatos. Gatos de barro y porcelana que le compra su papá en los viajes que emprende. Debe tener más de cien; pero gatos reales, de pelos y uñas, ninguno. A mí me repugnan.

—¿Viaja mucho tu marido? —Adelaida decidió romper el hielo. Tutearse sin previo aviso. La mujer se deleitaba con dos figuras de madera de playa. Ramas torcidas que en manos del artesano se habían transformado en criaturas dantescas.

—Como Rogelio es publicista, cada rato sale a planear campañas electorales. Se encarga de cuidar la imagen de los candidatos, la propaganda que se cuelga en la vía pública. A mí no me fascina su negocio, pero no le va mal. Y sí, viaja mucho. Nos vemos poco.

Adelaida jugueteaba con aquellas efigies de fantasía. Las ramas tenían patas y estaban pintadas como felinos al acecho. Adelantó una hacia el rostro de Fara y le rugió amenazante. "Groaaar". Era un tigre de portento.

—Tengo dos niños seguiditos, de nueve y diez años. Siempre pelean, pero en el fondo se quieren mucho. Beto y Mario, que es medio miope. No se me ocurra llevarle regalo a uno sí y al otro no. Nunca me lo perdonarían. ¿Sólo tuviste una hija?

—No, dos —respondió Fara, que había localizado una serie de gatos moldeados en barro negro. Lanzó un comentario espontáneo—. Guillermo, supongo, es un buen padre.

Algo flotaba en el aire, además del gruñido retozón de aquellos felinos.

—Sí, claro que sí. Un padre magnífico.

Fara adquirió los gatitos. Estaban presentados en una suerte de procesión y parecían escapados de una película de dibujos animados: llevaban la cabeza muy erguida, las zarpas alzadas, como si el paso inédito de un ballet de Tchaikovski. Adelaida compró los dos tigres, que hizo envolver en papel de china.

—¿No han visitado la Casa Kimberly? —preguntó Fara cuando retornaban al paseo comercial—. Ahí vivieron Liz Taylor y Richard Burton —y comenzó a relatarle su experiencia de esa tarde. La actriz duplicada y el negocio de retratarse a su lado por diez dólares.

—Yo soy prima de Lizzete Camarena.

Fara Berruecos se la quedó mirando con extrañeza.

—Perdona, pero, ¿quién es Lizzete Camarena?

—¿No la viste el año pasado? —Adelaida soltó un suspiro ofendido—. Fue la Señorita Jalisco que concursó para Miss México. Le ganó la de Sinaloa, Elizabeth Brodden; no sé si te acuerdes del capítulo final. Le hicieron trampa.

Fara se había detenido en un puesto de pañuelos y mantones. Alzaba uno y otro, fascinada.

—¿Por qué le hicieron trampa? La verdad no me acuerdo.

—Ya sabes como son los del centro... con la gente de provincia. La pobre Lizzete quedó en segundo lugar después de aquel lapsus de nervios. Pero en esos certámenes un segundo lugar es nada. Le dieron el título de "Miss Turismo" y se dedicó el año entero dizque a promocionar la actividad por todo el país. Acapulco, Cancún, Mazatlán, Tijuana... La pobre quedó embarazada, digo, y soltera. En mayo pasado nació la criatura.

Fara contuvo la carcajada. "La pobre Lizzete". De pronto descubrió una chalina hermosa, con ribetes azules y grises, que alzó del estante.

—¿Cuál fue ese lapsus?

—¿No lo viste en la tele? A las tres finalistas les hicieron la misma pregunta, para ver su nivel de cultura y todo eso. "¿Cuál es la persona que más admiras en la Historia?", fue la pregunta, y la tonta de Lizzete contestó lo que le vino a la cabeza. "Hitler". La idiota tenía diecinueve años, pero eso no la disculpa, ¿verdad? La Brodden fue un poco más lista. Ella respondió "Jesucristo", y claro, ganó... ¿Te pasa algo?

Fara se había montado la chalina sobre los hombros. Se mostraba ante el espejo del local luego de anudársela al frente. Había comenzado a llorar.

—¿Podríamos salir a tomar un café? —contestó al señalar una confitería al otro lado del paseo—. Necesito sentarme.

Era un llanto incontenible, aunque silencioso. Las lágrimas de Fara que simplemente escurrían por sus mejillas mientras intentaba atajarlas con una servilleta de papel.

—¿Estás enferma? —se preocupó Adelaida, buscando ya en su bolso—. Traigo una cajita de buscapinas, para el cólico.

—No, déjalo —suplicó Fara, tratando de serenarse—. Son chifladuras de una histérica.

Pidieron dos cafés capuchinos y galletas de mantequilla. Un vaso de agua.

—Supongo que extrañas a tu marido —se animó a adivinar Adelaida. Llevaba un collar de perlas discreto que le realzaba el cuello.

Fara no respondió. ¡Demonios, dónde se había metido ese gringo chapucero? Le aceptó un cigarrillo, aunque casi nunca fumaba. Phillip Morris mentolados.

—No me lo vas a creer, amiga; en casa tengo fácil unas cincuenta chalinas como ésa que me probaba —soltó con la primera fumarada.

—¿No son demasiadas?

—Las colecciono de toda la vida —Fara supo que el llanto había concluido. Ahora seguían las palabras—. A mí nadie me miraba a los ojos.

—No entiendo, perdona.

—Nunca a los ojos, porque yo era la *Faravaca*.

Aún no cumplía los once años cuando su madre, una tarde en la antesala del dentista, se lo comentó en broma. "Hija, vas a enloquecer a los hombres. Mira, tus zapatos aún no tocan el piso y ya las tienes como para presumírselas a Ninón Sevilla". Fara Berruecos lo sabía de sobra, el problema era que aún no encontraba el modo de enfrentar ese desbordamiento. Al salir del odontólogo, que le corregía dos colmillos rebeldes, fueron directamente al Sears Roebuck de Insurgentes. En el Departamento de Damitas (así se le denominaba entonces) buscaron un primer sostén para la niña. Uno discreto y sin broches. La encargada del departamento la llevó al rincón de probadores y le prestó una cinta. "Mídete tú misma, y le sumas cinco pulgadas". Fara, a punto de estrenarse en la menarquia, resultó con un par de brassieres 34 copa B. Para las Pascuas ya era copa C, y a los trece años debían mandarlos traer del Macy's de San Antonio porque sólo allá vendían sostenes 36 con copa DD. Para entonces ya era la *Faravaca* del colegio y los muchachos en las fiestas, apenas verla, se inquietaban hasta lo indecible. Eso por no hablar de los hombres en la calle, que soltaban inopinados piropos hasta hacerla llorar. Galanterías de absoluta vulgaridad que se acompañaban de prolongados silbidos y referencias al acto primigenio de los mamíferos. Comenzó a vivir con los brazos cruzados, de preferencia cargando los cuadernos al frente, hasta que un día la directora del colegio, la madre Josefina, mandó llamar a sus padres. "La niña perturba demasiado a sus compañeras, ¿no se los ha comentado? Voy a suplicarles que a partir de mañana me la manden bien vendada, para moderar su presencia". No la obedecieron y terminaron por buscar otro instituto menos severo. "¿Mandarme bien vendada?". Ahí fue donde surgió el mote. Hubo una tardeada, con música de los Beach Boys, y todos los muchachos rivalizaban por bailar con ella, la *Faravaca*. A partir de entonces, para no ser desplazadas, sus amigas dejaron de invitarla a las fiestas. "Discúlpame, pensé que estabas resfriada". Fueron los días en que la juvenil Fara comenzó a percibir el poder de sus pechos. Ya no hubo nadie que la mirara al rostro (y no era, de ningún modo, fea) hasta que un día entendió el fondo del asunto con su abuela Milena. Los domingos comían con ella en su casa de moho y paredes mordidas por el salitre. La anciana le pidió a Fara que la acompañara unos minutos a su alcoba. La abuela Milena era viuda y bebía coñac todas las tardes hasta quedarse dormida mirando telenovelas. "Mi hijita, tú sacaste mis melones", le advirtió al buscar las fotografías de juventud. "Mírame, yo las tenía como tú, y no sabes la cantidad de hombres que enloquecían por salir conmigo al cine. Así pude escoger al que más convino, tu abuelo Gildardo, porque fue el único que pasaba de ser un pobre diablo. Hijita Fara, debes saberlo, dos tetas jalan más que dos carretas, y desde ahora deberás saber utilizarlas. Muéstralas cuando haya corros de poder, disimúlalas cuando debas salir a la calle. Con ese par podrás llegar muy lejos, hijita; muy lejos, como yo, pero date prisa porque nunca faltará otra con pechos mejores cuando tú comiences a ser una *chichi-caída*. Acuérdate de mis palabras". Y las recordó, claro que las recordó porque fueron las últimas que le escuchó en aquel aposento de perfumes consumidos y retratos virando al sepia. La abuela Milena murió dos semanas después, frente al televisor, con la copa de brandy Torres derramada sobre sus flácidos muslos.

"Más que dos carretas", nunca lo olvidó Fara Berruecos, empezando a entender la fascinación varonil por un buen par de pechos. Había en el psicoanálisis freudiano un principio que anunciaba "la envidia femenina del pene", pero nadie había reparado suficientemente en la envidia masculina. La de las tetas. Calostro, leche, lactancia, mamar y tocar, tocar y mamar. Pobres hombres, siempre destetados precozmente, tan huérfanos de lactancia. Por lo pronto Fara resolvió nunca más suplicarle a su madre, como en aquellos arrebatos de cólera y ansiedad: "¡Mamá, ya no aguanto más! ¿Y si me las rebano?". Era una situación absurda y ella apenas cumplía los doce años. Comenzó a registrar los piropos que le soltaban en la calle y, cuando había la circunstancia, la jovencita se abría el escote y las alzaba con ambas manos ofreciendo en la distancia aquel imposible festín. "Mira, de lo que te pierdes", y volvía sobre sus pasos en lo que aquel vapuleado albañil continuaba pedaleando en su triste bicicleta.

Sin embargo aquello fue perdiendo su carácter divertido. Siempre que era presentada a un grupo de hombres, no tardaba en aflorar el comentario oblicuo, sardónico, de falsa galantería. Alguna frase que refería su "notable prestancia", su "dotes evidentes", sus "prominentes ideas". Y había que aguantar; el mundo, después de todo, les pertenecía a ellos. Fue cuando comenzó a usar chalinas. La hacían parecer más jovial, más desenvuelta, y con aquel nudo sobre el escote disminuía la ansiedad de los hombres. Chalinas italianas y argelinas, de seda y satén, algunas tejidas a mano, otras simplemente estampadas. Luego vino aquel primer ataque de lumbago, al cumplir los veintiuno, cuando el ortopedista le solicitó aquel juego de radiografías, aunque la previno: "Desde ahora le puedo adelantar lo que saldrá en las placas". Era la postura, el esfuerzo de los músculos dorsales, la presión anormal de las vértebras por encima del hueso sacro. "Lo mismo le pasa a los barrigones, pero usted hace el esfuerzo mecánico desde más arriba y desde la adolescencia, y por lo tanto se ha magnificado la presión. ¿Me estoy dando a entender?". Retornaba con el especialista cada tercer año, cuando el dolor se hacía insoportable. Ejercicios de flexión, "reposo en la horizontal", analgésicos y corticoides. Y más adelante, con aquel complicado embarazo...

Luego apareció un día, por fin, el anuncio de la Chiquitibum. Era una muchacha de aparente candidez protagonizando el comercial televisado de la cerveza Carta Blanca. Todos hablaban de "la Chiquitibum" meneándose provocativamente en las gradas de un estadio de futbol y dizque animando a la selección nacional ante la proximidad del campeonato. Sus pechos permanecían sueltos bajo una blusa ligera y al agitarse aquello se mecía con desmesurada lubricidad. Chiquitibum, porque el apelativo hacía alusión al sustantivo náhuatl de los senos femeninos, "las chichis". Pasó el tiempo y un buen día, en una revista de artistas y frivolidades, se topó con el rumor de que la fogosa anunciadora de cerveza (había olvidado su nombre) se habría sometido en secreto a una mamoplastía y estaba feliz. "La Chiquitibum se esaría despidiendo de sus... encantos", rezaba el titular del reportaje, que luego pasaba a dar los pormenores de su crisis personal. Era la misma de Fara: los tipos que en el supermercado se le iban encima con las manos, la exigencia de los amigos los viernes por la noche para que bailoteara al vaivén delirante de una rumba. "Si me operara, comenzaría a ser yo misma". Ahí quedó la idea, incrustada, latente.

Luego hubo un viaje de reporteo a Mérida y esa tarde, retornando al hotel donde se hospedaban los periodistas, se topó con aquel anuncio de moda. Era la animosa Chiquitibum en un panorámico de la cerveza Carta Blanca olvidado a la intemperie. El enorme cartel estaba deslavado y la chica se erguía ofreciendo al aire una sonrisa, la botella destapada y sus pechos más que sugeridos bajo la blusa. Pechos como los suyos y que en ese punto, imaginó Fara, podrían *humanizarse* luego de la intervención quirúrgica. Fue el momento en que la reportera Berruecos, en mitad de la vida, decidió someterse a dicha cirugía. Lo habló con su terapeuta, pidiéndole permiso, y el doctor Haza le dijo que era libre de hacer lo que le viniera en gana. "Solamente le sugeriría que lo platicara antes con su marido". Ah, sí; Rogelio.

Esa noche en la cama, leyendo cada cual sus pendientes de trabajo, Fara lo soltó como si comentase un problema con la lavadora de ropa. "Estoy pensando hacerme una mamoplastía". Resbalaron las fotocopias que revisaba su marido. ¿Una qué? "Operarme los senos, reducírmelos un poco. Descansar". Sí, ése fue el verbo de vindicación: descansar. Rogelio le devolvió un gesto ambiguo, qué te pasa. "Yo pensé que te querías hacer la cirugía de la nariz". Y Fara, insistente, "se la han hecho muchísimas mujeres; lo leí en una revista". El marido alzó los hombros en un gesto casi infantil, siguió con la lectura del guión publicitario. Dos días después sería la grabación de aquel promocional de los pañales Chicolastic. Había problemas para conseguir un bebé sonriente que apenas supiera caminar, y encima montarle aquel pañal con ositos impresos en rosa y amarillo. "¿Ajá? Pues yo también estoy pensando en cortarme el pito a la mitad. A ver si así me da menos guerra". El tema estaba prohibido. Rogelio se acostaba frecuentemente con sus asistentas en la agencia publicitaria, muchachitas aprendices que temblaban al manipular una Arriflex de 16 milímetros. "Tú no preguntas y yo no pregunto", había sido el apotegma que posibilitó esa tregua, dos años atrás, cuando ella no supo explicar ese retorno a casa a las cinco de la madrugada luego de entrevistar a Peter Cobb en el hotel Camino Real.

Peter Cobb; quien por cierto nunca comentó nada a propósito de sus pechos.

El doctor Carlos Retana era el especialista. Había operado a la chica de la cerveza y a medio centenar más. "Usted avíseme con una semana de antelación, y nos vamos al quirófano. Si no hay complicación, esa misma noche se va muy tranquilita a dormir a su casa", le dijo. Fue lo que ocurrió al iniciar el mes de agosto. Rogelio anunció su ausencia durante cinco días. Iba de viaje a Miami para asistir a un extraño congreso de publicistas, gente de los medios que querían mostrar las nuevas aplicaciones en la generación de imágenes para la televisión. Pixeles, bits, el enorme ahorro que vendría al no depender más de la película Kodak. Fara descubrió, en la víspera del viaje, dos boletos de entrada para el Disney World de Orlando. No quiso averiguar. Ella, después de todo, también guardaba sus secretos. Llamó al doctor Retana y convinieron que sería el martes, a primera hora y en ayunas. Pidió un permiso de tres días en el periódico y así despertó, aquel mediodía, con la molestia paralela. "Fueron casi dos kilos, señora. Yo le pediría que permaneciera aquí una noche más, para convalecer. Tiene muy baja la presión y para qué buscarnos un desvanecimiento al salir del hospital". Despertando, al día siguiente, se le ocurrió encender el televisor del cuarto. Las cicatrices eran dos letras T, debajo de cada seno, de modo que el pliegue inferior las ocultaría durante el tiempo en que se reabsorbieran. Ahí estaba el noticiario de la mañana y la bandeja con los huevos batidos y el jugo de naranja. El programa ya concluía y la locutora despidió el noticiario anunciando como si de paso: "Y qué les cuento: hoy precisamente se cumplen tres meses de la desaparición del escritor Peter Cobb en Puerto Vallarta. Como fue informado, el 22 de mayo anterior el novelista norteamericano fue visto por última ocasión en las playas de la costa jalisciense, y ni las pesquisas de la policía ni los agentes del FBI sirvieron para dar con su paradero. De ese modo hoy podemos conjeturar que lo más probable es que el novelista haya pasado a mejor vida. Como ustedes han de recordar, Peter Cobb fue autor del libro donde se narra el escandaloso romance de Liz Taylor y el recientemente fallecido Richard Burton. Eso además de las orgías y los desmanes que protagonizaron junto con Ava Gardner y Sue Lyon cuando se filmó, hace veinte años, *La noche de la iguana*. Así que con esta nota nos despedimos... y que tengan un buen día".

Tres meses, noventa días, y la fotografía de Peter Cobb desvaneciéndose en el recuadro de la pantalla. Fara Berruecos comenzó a darle vueltas a la historia. Retomar el caso, preparar un reportaje de profundidad, trasladarse a Puerto Vallarta para indagar y más indagar. Peter Cobb debía estar vivo. Ella lo sabía. Era su estilo. Y quizás ahora que su matrimonio erraba como un carguero torpedeado...

Al mediodía llegó a visitarla Fernando Bonfil. Cargaba un ramo de rosas blancas. "¿Cómo se encuentra nuestra hermosa reportera devaluada?", quiso bromear el director del diario, pero ella lo contuvo. "Mejor que la mujer de un viejo verde que la patea cada fin de semana". La historia había trascendido. Luego de la agresión, la esposa de Fernando Bonfil se había trasladado al ministerio público para levantar el acta, pero él la convenció de desistir. Le prometió, en compensación, un condominio en Acapulco, y que lo disculpara. Estaba muy estresado. El whisky, la cocaína y las presiones de la Presidencia de la República conjuntaban un coctel que no había logrado asimilar. "Perdóname, no volverá a suceder".

—Fernando, ¿sabes qué voy a hacer ahora que regrese al periódico?

—Supongo que comprarte ropa interior nueva. Digo, de tu nueva talla —el sarcasmo era su estilo.

—Hacer un reportaje sobre Peter Cobb. ¿Te acuerdas?

—¿Peter quién?

—El escritor gringo que desapareció en Vallarta. Investigar igual que Luis Spota cuando anduvo tras los pasos de Bruno Traven. No descansaré hasta tener la nota.

—¿Eso le dijo? —Adelaida dio el último sorbo a su capuchino.

—Es lo que me trajo, pero las cosas no se han presentado tan fáciles. Yo conocí a Peter antes. Peter Cobb. Nos vimos en dos ocasiones. Somos... fuimos muy amigos.

Adelaida sonrió con neutralidad. A ella que no le contaran. Buscó la última galleta de mantequilla, pero ya no estaba.

—¿Y su marido? ¿Qué dijo luego?

Fara Berruecos deglutió la pasta, arqueó las cejas con falsa candidez.

—Al regresar de su viaje a Miami se enteró de todo. De sopetón. Se lo contó Margarita, que estaba en la sala haciendo su tarea. "A mamá le *redujeron* la mitad de los senos". Me acuerdo que así dijo, *le redujeron*. Subió a la recámara y se me quedó mirando desde la puerta. "Te saliste con la tuya", me recriminó sin saludar. "Mi cuerpo es mi cuerpo, Rogelio. ¿Es necesario recordártelo?", me defendí. "Y ya que lo preguntas, sí, salí bien de la operación, sin complicaciones. Se acabó mi trauma y mañana me reintegro al diario", le dije.

—O sea que... ¿No se llevan muy bien?

Fara siguió relatando, inmersa en aquel trance temporal:

—Rogelio no pudo contenerse. "Lo hiciste en contra de mi voluntad. A mí me gustabas como... como estaban. ¿Te quitaste mucho?". Tenía el pecho vendado, no se podía ver. Y le dije: "Un kilo y 750 gramos. No me va a quedar cicatriz, es lo que asegura el doctor Retana".

Adelaida le dirigió una mirada morbosa, tratando de imaginar ese busto aumentado al doble.

—Los maridos a veces no comprenden.

—Rogelio me dijo entonces, como si fuera una gran confesión. "¿Por qué me hiciste eso? Me casé contigo por tus senos, idiota. ¿No te dabas cuenta?".

—¿Eso le dijo?

—Sí, y entonces lancé un grito que hizo venir a la asustada Margarita: "¡Imbécil; te casaste conmigo, no con mis tetas!"

—Fara soltó un suspiro. Temió alarmar a los otros parroquianos. A fin de cuentas aquello pertenecía al pasado, así que retomó el relato:

—Esa tarde murió la Faravaca. Dejé de usar mis chalinas. Comencé a descubrir los ojos de la gente.

—¿Los ojos? —Adelaida alzó la mano para llamar a la mesera. Ya era tarde y había que regresar al hotel.

—Como le decía, antes nadie me miraba a los ojos. Ahora soy por fin una persona y no dos tetas, "como las carretas" —abrió el paquete y apartó uno de los gatitos de barro negro. Lo colocó sobre la mesa. De seguro le iba a encantar a Margarita—. Es un prodigio lo que a veces descubre uno en los ojos de la gente. ¿No crees tú, Adelaida?

Una vez en su habitación, la 202, Fara Berruecos intentó poner en orden sus pensamientos. Debía visitar a John Huston, el viejo anacoreta. Se lo había comentado Guillermo, el vendedor de Bonos del Ahorro Nacional, al coincidir minutos atrás en su arribo al Rosita Inn. Contó que el taxista le había presumido que esa mañana se había encargado de trasladar personalmente al señor Huston desde el aeropuerto local hasta su casa en la carretera de Mismaloya. Entonces ocurrió aquel beso. Guillermo había sujetado a Adelaida por la cintura, fuerte como era, y la había besado alzándola en el aire. "Sirena mía, vamos a nadar ahora mismo". Fue cuando Adelaida le dirigió a ella una mirada esclavizada. Qué remedio. Nadar en la playa, secretamente, bajo el amparo de la luna. A Fara jamás la había invitado nadie a nadar de noche.

Sacó los cinco gatos de barro y los ordenó bajo el espejo del tocador. Se encargarían de cuidarla, aunque ella no era fanática de los felinos. Alguna vez había entrevistado a Elena Garro, la ex mujer del poeta Octavio Paz, que tenía siete gatos. Se lo había preguntado, ¿por qué siete? "Porque así fueron llegando a mi casa en París, uno trajo al otro. Se llaman como los días de la semana". Se lo había preguntado también al dramaturgo Hugo Argüelles, que tenía once. "Cada gato tiene siete vidas, soy muy supersticioso, y así me irán contagiando algunos años de vida regalada". Lo mismo el cronista Carlos Monsiváis, en su casa atiborrada de libros y bibelotes, donde convivía con diecisiete gatos. Le planteó la misma interrogante. "No, ése no es el cotejo indicado. Mejor hay que preguntárselo a ellos: Señores gatos, ¿por qué permiten que ese señor Monsiváis viva en su domicilio fiscal?". Fara recordó a su padre, que los odiaba, cazándolos de noche con un rifle calibre 22. "Lo peor del mundo es el olor de la mierda de un gato", decía al salir sigilosamente al jardín entre las sombras.

Sentada en la mullida cama de su habitación, Fara repasó una mano sobre su blusa. "La blusa de Faravaca", pensó, y se miró las uñas. Necesitaban arreglárselas. Recordó al intérprete Pablo Sagrario y su obsesión por las manos. Las hermosas manos de Glenda, la mujer de Peter. *Su viuda*. Entonces descubrió bajo la puerta un papel deslizado ahí durante su ausencia.

Era una hoja membretada del hotel. La nota tenía una frase ausente de caligrafía: "Señora Fara, vine a buscarla. Ya la hallamos. BZ". Eso estaba muy bien, ¿pero quién había hallado qué? Ya se enteraría más tarde, así que fue el momento de acudir al baño. Soltaba el chorro de orina cuando escuchó cuatro toquidos. Golpes enérgicos y pausados, como se llama al portón de una catedral. ¿Quién sería BZ? ¿Bruno, Benito, Bonifacio? En la secundaria, ahora lo recordaba, tuvo un novio Bonifacio. Duraron dos semanas pero se asustó cuando una tarde, en la sombra de la escalera, ella le mostró los senos. Crudamente, jalando los tirantes del sostén. "¿No es lo que querías?".

¿BZ? No; debía ser Guillermo. Seguramente que el marido de Adelaida llegaba para invitarla a nadar con ellos. ¿Ya le habría contado...? ¿Sería muy peligroso meterse al oleaje en mitad de la noche? ¿Y si luego ese hombre, que parecía actor italiano, la incitaba a adentrarse a lo más profundo del océano? Dejó el baño y gritó ¡*Voy!*, alzándose aquello para no tropezar.

"Lo siento mucho, no traigo traje de baño", que además era cierto. Pero no:

—Ya lo encontramos.

Era el comandante Jorge Ayala, camisa blanca y corbata gris perla. Sostenía en el antebrazo su saco arrugado, que seguramente se acababa de quitar.

—¿Ah, sí? —Fara no pudo impedir el alborozo apoderándose de su rostro. Imaginó de inmediato su reencuentro con Peter—. ¿Dónde estaba?

—¿No se lo dije la otra vez? —el comandante Ayala se untó una mano en la frente—. Esos gringos vienen con ideas erróneas; quiero decir, piensan que aquí se pueden pasear con la misma libertad que en su país. Y pues no.

El agente alzó la vista hacia la rejilla del aire acondicionado. El sistema estaba seguramente averiado y el calor encerrado resultaba sofocante.

—Hace dos días dieron con él unos monteros. Allá por el rumbo de El Tuito —intentó un señalamiento geográfico—. Lo trajeron hace rato.

—¿Dos días? —Fara lamentó no haberse cepillado el pelo—. ¿Dónde está? Me urge hablar con él.

"Margarita ha cumplido ya doce años". "Mi matrimonio, como podrás imaginar, es un desastre". "¿Y tú en qué libro andas ahora metido?".

—"Hablar con él" —repitió el agente Ayala y luego soltó dos manotazos al saco. Iba a ser necesario plancharlo de nueva cuenta—. Hágamela buena, licenciada. Lo encontraron occiso. Dos monteros que atravesaban la cañada de El Tuito.

—¿Occiso?

—Tarde o temprano iba a aparecer. ¿No se lo dije? —el comandante llamó al auxiliar que esperaba adosado junto al ascensor—. Licenciada Berruecos, ¿nos quiere acompañar para reconocerlo?

—¿Occiso? —volvió a preguntar Fara. No estaba ella para bromas.

—Se lo estoy diciendo. Lo tenemos en la morgue; digo... No será una experiencia placentera.

La patrulla era un Ford de modelo reciente que tenía estrellado el parabrisas en el lado del copiloto. El cristal estaba hundido; más que un cabezazo debía ser consecuencia de una pedrada. ¿Peter Cobb muerto? La noticia venía a confirmar simplemente lo que todos los medios habían conjeturado.

("¿Y yo, Peter? ¿Por qué no permitiste un tercer encuentro?")

—Los monteros que lo hallaron están libres. No tuvieron nada que ver —comentó el policía auxiliar que viajaba en el asiento posterior.

—¿Los *monteros* son bandidos?

El oficial de policía se repasó la mano contra el bigote hirsuto, esos cuatro anillos jactanciosos. Conducía el auto con ánimo imperturbable.

—No. Gente de rancho que sale a lamparear. Van por el monte aluzando a medianoche. Y donde la linterna focaliza dos ojos brillando, ahí sueltan la retrocarga. Mapaches, cacomixtles, tejones... lo que se les cruce. Así dieron con el cuerpo del señor Cobb. Parece que no presenta ninguna herida.

—Entonces...

—Entonces los soltamos. A los monteros. Ellos ya cumplieron con informar.

—¿Pero entonces, de qué murió?

—Es una buena pregunta, señorita. Perdón, *licenciada*. Pero le puedo decir que no fue por arma de fuego, ni por arma blanca.

Fara se imaginó enviando el télex esa misma noche. "Ayer fueron localizados los restos del escritor Peter Cobb. A cien días de su desaparición, se ha confirmado la muerte del autor que llegó a ser considerado como el heredero literario de Norman Mailer. Un grupo de cazadores que exploraban una cañada cercana a Puerto Vallarta...".

—Además que, debo advertirle, se nos adelantaron las alimañas. Ojalá usted, que sí lo conoció bien, pueda ayudarnos a identificarlo.

Fara Berruecos no contestó. Recordó la mirada triste de Peter en la penumbra de su estudio en Venice Rim. Eso había ocurrido sólo dos años atrás y ahora debía identificar su cadáver. Suspiró bruscamente. Ella despertando en aquellas sábanas negras (Peter dormía siempre en sábanas negras) y descubrirlo mirándola en silencio. Se asustó un poco, entonces. Peter se aproximó lentamente, en la penumbra de aquella madrugada, y le besó un hombro, *la bella durmiente*, le dijo en inglés. Luego sumergió una mano buscando.

—Digo, porque no me equivoco, ¿verdad? Usted lo conoció bien.

Fara volvió a suspirar. Amaba a su marido, no lo podía negar, pero había dejado de admirarlo. Cuando se casaron, Rogelio Silva era el audaz realizador del documental *Los niños de la saña* filmado en los basureros de Ixtapaluca. Niños que vivían materialmente entre los desperdicios, entre los perros, entre los buitres que descendían al atardecer para rivalizar por aquellas piltrafas. Había sido nominado en la categoría de mejor cortometraje social, dentro del Festival Cinematográfico de La Habana, pero hasta ahí llegó. Eran veinte minutos de proyección y el testimonio de un puñado de hombrecitos que sobrevivían cubriéndose el cuerpo con harapos y padeciendo un cuadro de permanente disentería. Luego Rogelio dejó aquello y entró a una agencia de publicidad. Se encandilaba con las muchachitas bobas salidas de la Universidad Iberoamericana, filmaba anuncios de champús, preparaba campañas de imagen para diputados que revendían predios otorgados por el gobierno a las centrales campesinas. Y tragaba mazapanes todo el tiempo. Lo de Fernando Bonfil, bueno... El director del diario le llevaba casi veinte años de edad y podría ser, exagerando un poco, su padre. Era la frase con la que ella se defendía cuando Fernando olvidaba, alcoholizado, los cotos. Aquello fue una tarde, celebrando el aniversario del periódico, luego del demasiado ron. Dos besos arrepentidos dentro de su Mercedes Benz y las contundentes palabras, "aquí no pasó nada". Con Peter Cobb el problema había sido uno y simple: tres mil kilómetros de distancia, que se dicen fácil. Y el hecho de que ambos estaban casados. Tampoco habían sido demasiadas las noches compartidas, pero sólo con él disfrutaba ella entregándose a horcajadas. Y ahora lo que seguía era reconocer sus despojos y escribir una nota para el periódico. La enviarían a la página veinte, donde la sección de cultura.

Fara había salido del hotel llevando consigo un ejemplar de *Señeros y señeras*, su libro de entrevistas. Lo cargaba dentro del bolso, provisoriamente, para obsequiárselo cuando lo hallase. ¿Qué dedicatoria le podría asentar ahora que era un pobre gringo interfecto? Volvió a sentir comezón en la cicatriz izquierda, pero no era el momento para hurgar en busca del ungüento de helixina.

—¿Las alimañas se nos adelantaron? —la periodista observó una singular feria de diversiones a un lado de la avenida: un carrusel de caballitos, una modesta rueda de la fortuna, algunos puestos de lotería y algodón de azúcar. Altavoces con música ranchera y ristras de focos iluminando el lugar.

—Sucede a menudo. Es la ley del monte.

Fara trataba de contenerse. El holandés volador, Van Helsing Cobb, arrojado en el monte como una bazofia de la rapiña. Ya no probaría su pulso en aquellos puestos de tiro al blanco. ¿Y cómo se lo contaría luego a su hija Margarita? La adrenalina se iba apoderando de su torrente sanguíneo.

—¿No es usted cardiaca, licenciada? Mire, ya estamos llegando. Se lo iré explicando.

El cadáver yacía sobre una plancha de cemento. Estaba cubierto con una sábana pringosa. Aquello no era una morgue en el sentido estricto de la palabra. Varios tubos asomaban en un muro como despojos inocultables de un baño colectivo transformado en depósito de cadáveres.

—Lo tuvieron enhielado todo el día de ayer, en el rancho aquel de El Tuito; hasta que lo trajo la ambulancia. Es nuestra jurisdicción.

El auxiliar del comandante Ayala se adelantó para encender la luz del lugar. Tres lámparas fluorescentes cintilando en el techo de asbesto contagiaron al recinto con su lóbrega luminiscencia. Entonces el ayudante se aproximó al cuerpo dispuesto a levantar el lienzo. Les dirigió una mirada inquisitiva. *¿Ya?*

Fara y el comandante Ayala estaban a dos pasos del infortunado.

—Espera, Quirarte —previno al auxiliar—. Primero quisiera asentar algo. Prevenirla, licenciada Berruecos.

—Dígame usted —iba a necesitar un fotógrafo, beber tres brandys, como su abuela Milena. Meterse a la cama y llorar en soledad hasta el amanecer.

—Lo de las alimañas es muy cierto. Cuando un cuerpo queda abandonado en el monte no tardan en presentarse los zorros, los tlacuaches, los coyotes, o simplemente las ratas. Claro, antes de que el hedor invite a la zopilotera. Les roen lo que pueden, lo que alcanzan fuera de la ropa. A este pobre señor Cobb le comieron las manos y casi todo el rostro; en fin, qué le cuento. Que lo dejaron hecho un desastre. Se lo estoy advirtiendo. Lo reconocimos por la ropa, y el pelo, que es castaño medio pelirrojo, ¿verdad? Y sobre todo por el librito negro que cargaba en el chaleco. No le hallamos ningún documento, salvo un boleto de autobús de Tepic a Vallarta. Y bueno, toda la ropa que llevaba es gringa. Las etiquetas...

—¿Llevaba?

—Se la quitamos para ver si presentaba orificios de tiro. Alguna cuchillada, pero no. Viene limpio. A lo mejor lo envenenaron, o lo estrangularon. Que lo indaguen los forenses en Guadalajara. Mañana se lo llevan temprano. Allá sí tienen rayos X; más equipo. ¿Está usted lista, licenciada?

Fara volvió a suspirar. Le ofreció un gesto afirmativo.

—Bueno, Quirarte; a subir el telón. Venga el fiambre.

Aquello no era ninguna novedad para la reportera Berruecos. El cadáver estaba desnudo, solamente conservaba los calzoncillos. Despojos horribles, descompuestos, le había tocado presenciar ya en otras ocasiones. En los alrededores de Estelí, cuando el fin de la Revolución Sandinista; en la costa de Guerrero, cuando una columna de guerrilleros fue emboscada por la tropa. "Un cadáver es un cadáver", la había reñido Fernando Bonfil al revisar su reportaje en aquella ocasión. Se había encrespado ante aquellos adjetivos sensibleros que acompañaban su descripción. "No hay cadáveres *heroicos*, ni *ejemplares*, ni *bendecidos por la justicia*. ¡Por Dios, Berruecos! Salga una hora, bébase un whisky en la cantina y luego regrese a reescribir su nota. Quede como quede, se va a ir a la primera plana".

¿Podía tratarse de Peter Cobb? Indudablemente que sí. El cuerpo no tenía ya rostro. Las sabandijas le habían roído hasta las orejas y sólo quedaban restos de pelambre rubia-rojiza, ciertamente, en un lado de la cabeza. Seguramente que llevaba bigote y barba, en vida. De las extremidades no había mucho qué decir. No tenía manos ya, sólo las falanges sujetas por tendones amarillentos. El resto de la piel mostraba ya el color ceniciento, tirando a verde, de los muertos al tercer día. Comenzaba a heder. Y sí, tenía el porte de Peter Cobb, un metro ochenta, posiblemente, y buena musculatura aunque las piernas estaban, quizás, un poco delgadas. ¿Envenenado, estrangulado? Y lo peor de todo, ¿qué crimen era el que pagaba de esa escalofriante manera?

—Sí es, ¿verdad? —preguntó el comandante Ayala. Luego indicó al auxiliar que cubriera de nueva cuenta el despojo.

Fara alzó las cejas por toda respuesta. Balanceó la cabeza. Sí, claro, es. Podría ser. No lo sé pero lo sospecho.

—¿Y su cuaderno negro? —preguntó— ¿Lo tienen por aquí?

El policía Quirarte lo buscó en el cajón de un escritorio atacado por la herrumbre. Obedeciendo el guiño del comandante, avanzó y se lo entregó a la reportera.

—¿Podríamos salir? —sugirió el capitán Ayala—. En mi despacho, allá arriba, disfrutaremos de un mejor ambiente.

Mientras subían las escaleras, pasando una y otra posta de guardia, Fara fue revisando aquel volumen. Sonrió. Era una Biblia en idioma inglés. El libro estaba un poco dañado: las hojas hinchadas por la humedad y la cubierta invadida por el moho. En la portadilla aparecía un sello en tinta guinda con la referencia: "Pentecostalist Library, Dunklin, Missouri".

Al ingresar a la oficina el comandante Ayala indicó a Fara que tomara asiento. Le ofreció un refresco.

—Hay que endulzarnos la vida de vez en cuando, ¿no cree usted?

—Sí, de vez en cuando —respondió ella sin soltar aquellos evangelios maltratados.

—Mire, licenciada, vamos a dejar todo en manos de los gringos. Usted no va a testificar nada ni a firmar nada; no se preocupe. Todo quedará como una evidencia entre nosotros, y que ellos se encarguen de la identificación científica. Eso del ADN y el rastro genómico, ¿así le llaman? Mañana, cuando se lleven el cuerpo del señor Cobb al forense en Guadalajara, damos aviso al consulado... y que se hagan bolas entre ellos. Nosotros sacamos un boletín y enviamos el expediente a la Policía Judicial del Estado —el capitán Ayala jugueteaba con los anillos de su mano izquierda—. Ahora sí; caso cerrado. Y que don Peter deje de darnos guerra.

Fara no le prestaba atención. Había algunos versículos subrayados con lápiz rojo y ella los revisaba con curiosidad. Hasta donde recordaba, Peter Cobb nunca hizo alarde de su fe religiosa.

—¿Fanta o Sprite? —inquirió el policía auxiliar desde la puerta que comunicaba con la oficina anexa.

"Qué bella eres, Amada mía. Tus ojos son dos palomas detrás de tu velo. Tus cabellos, como un rebaño de cabras que bajan por el monte Galaad. Tus dientes blancos como ovejas esquiladas que salen de bañarse. Tus labios como una cinta roja. Tus mejillas como mitades de granada. Tu cuello como la torre de David. Tus dos pechos, las crías mellizas de una gacela. Antes de que llegue la mañana, Amada mía, subiré al Monte de Mirra...".

La reportera Berruecos terminó de leer aquel fragmento del *Cantar de los Cantares*. Se estremeció en silencio. Al soltar la Biblia, el libro desparramó sus pliegos al chocar contra el piso embaldosado. Fara corrió escaleras abajo, pasó las dos guardias que vigilaban el acceso a la morgue disculpándose con monosílabos. Llegó ante el cadáver. Sin averiguar más alzó aquella sábana y, armándose de valor, le escurrió el calzoncillo.

Respiró aliviada, soltó aquello y retornó a la oficina de la comandancia.

—No es Peter Cobb —anunció.

—¿Perdón?

El capitán Jorge Ayala escanciaba el refresco de naranja sobre aquellos dos vasos, un chorrito en uno, un chorrito en el otro, en un alarde de justicia distributiva.

—Lo que le estoy diciendo yo. Ese gringo muerto no es Peter Cobb. Se lo juro por... —lo pensó dos veces—. Por mi abuela Milena.

—¿Por qué cambió de opinión?

—No cambié de opinión. Fui *a cerciorarme.* Y me cercioré.

—Se cercioró.

—¿Me podrían llevar de regreso a mi hotel, jefe? Estoy muy cansada.

"¿Ya habló con la iguana?", había insistido el capitán Ayala cuando ella descendió de la patrulla con el parabrisas astillado. "Se está acercando, se está acercando, licenciada", había profetizado con sorna el comandante de la policía luego de aquella cruda conversación.

"¿Y por qué debo creer lo que ahora nos está diciendo?".

"Porque se lo digo yo. ¿No fue a sacarme de mi cuarto para que viniera a identificarlo?".

"Pues no me convence. Digo, cambiar de opinión de un momento a otro, por una simple corazonada".

"Algo más que eso, jefe Ayala. Créamelo. Algo más".

"Mañana temprano telefonearé otra vez a la señora Glenda en Los Ángeles. Que venga a reconocerlo. Digo, qué pena. Será la tercera ocasión que viaje a Puerto Vallarta".

"Ah, me parece muy bien. Dígale entonces el detalle de la evidencia. Pregúntele. *Señora Cobb, ¿su marido estaba circuncidado?* Así le ahorrará el espanto de esa morgue tan siniestra. Ande, pregúnteselo."

"O sea. ¿Es judío?".

"O sea que ese güero comido por los coyotes no es Peter Cobb. Definitivamente. Se lo estoy diciendo yo".

Al recoger su llave en la recepción se reencontró con el anciano de la otra vez. Don Serafín conversaba con la encargada, quien mantenía la conversación para quitarse el tedio a punto de la medianoche. Sobre el fieltro del mostrador, a un lado de los folletos turísticos, el abuelo había esparcido un conjunto de conchas de mar.

—Mira, Sonita, estas dos las hallé por la mañana. Qué interesantes, ¿verdad? Me parece que la de pintas moradas está más bonita, ¿no crees?

—Pues yo veo todas iguales, don Serafín. ¿No las habrá pintado usted para venir a impresionarme?

—Cómo crees, Sonita —el anciano aguantó un regüeldo, apretó una mano sobre el vientre para continuar—. Mira esta otra que parece cucurucho. Es un caracol. Traía un cangrejito metido, pero yo creo que se escapó en el cuarto... ¿No es la vida maravillosa, Sonita? Moluscos, cangrejos, gente linda como tú, o doña Yeya, tu madre. ¿Ya habrá mejorado?

La encargada lo interrumpió. Se volvió hacia Fara y le ofreció un gesto de disculpa. Rebuscó en el tablero hasta dar con la llave de su habitación. Acto seguido la reportera se adelantó hacia el cubo de la escalera y alcanzó a escuchar otra parte de esa conversación de ñoñerías:

—En vez de andar juntando tantas ostras, don Serafín, mejor debería comer puntualmente sus alimentos. ¿Ya merendó?

—Ay, niña. ¿Merendar? No exageremos...

Fara Berruecos se tiró en la cama. Encimó un antebrazo sobre sus ojos y aspiró profundamente. Debía sosegarse. Supuso que era demasiado tarde para telefonear a su hija Margarita, pero no para localizar a Rogelio. Alzó el auricular y pidió que la enlazaran en larga distancia. No encendería el televisor esa noche. En el otro extremo de la línea el aparato timbró largamente, cinco, siete veces, hasta que desistió. Su marido no estaba en casa; así es el oficio de los publirrelacionistas. Ahora sólo le restaban tres pendientes: ducharse, beber, conciliar el sueño.

Su nueva habitación tenía un minúsculo refrigerador donde cabían algunas cervezas. Extrajo un par y las destapó simultáneas. Se desplazó al baño y abrió la llave del agua caliente. Tal vez por ahí, en la cañería de la regadera, deambularía el cangrejo extraviado del viejecillo. Dio un trago largo a la primera cerveza. Debía estar feliz, o por lo menos tranquila: Peter Cobb no yacía en aquel horrendo depósito de cadáveres. Volvió a darle otro prolongado sorbo y no pudo impedir el rebote del eructo. Igual que don Serafín al interrumpir su parloteo en la recepción. Extrañó el grito indignado de Margarita... "¡Mamá, qué sapo!", sólo que su hija seguramente dormía arrullada por los abuelos. Fara, por lo menos, había sabido aguantar la basca. Jaló una manga del vestido y husmeó la tela con un extraño ímpetu. Al parecer, su ropa no se había impregnado con aquel hedor. En Estelí, cuando la guerra sandinista, no supo aguantar y vomitó ante aquella primera fosa de soldados muertos. Fara reporteaba desde las líneas de la guerrilla, *en territorio liberado*, pero los muertos eran todos iguales. En aquel entonces acababa de cumplir veintinueve años y se asustó, hasta palidecer, cuando un obús estalló en la fachada del hotel donde se hospedaban los corresponsales de guerra. Descubrió entonces que aquello se denominaba "cadaverina" y consistía en la proteína en descomposición que despierta el asedio de los buitres.

No lo pensó dos veces; se desnudó y arrojó el vestido al cesto de la basura. Jamás podría volvérselo a poner. Lo imperioso era borrar ese recuerdo... la morgue, el gringo anónimo atacado por las sabandijas, la siniestra fetidez. Volvió a beber a pico de la botella, hasta agotarla. Se desprendió del sostén, empuñó la segunda cerveza y se desplomó sobre el piso de la ducha. El agua chorreaba más que tibia y así aguantó un buen rato, bebiendo fresco y empapándose caliente, hasta que el velo de vapor transformó aquello en *otro mundo* de contornos inasibles, difusos, inexistentes.

Cerró la llave y permaneció sentada, escurriendo, la espalda contra los azulejos y el mentón sobre las rodillas. El agua que lo lava todo. Minutos después se incorporó y buscó la toalla a través de aquel vaho en disipación. Se frotó con vigor. Destapó una tercera cerveza. Empuñó la pistola de aire y comenzó a secarse la cabellera. Sí, iba a dormir como Dios manda. Se pondría una camiseta holgada y dejaría el abanico girando a lo mínimo.

—¿Y esa?

La mujer desnuda que asomaba en el espejo del baño no era Fara Berruecos. Ya no. Había engordado un poco y los senos se le habían disminuido. Semejaba una amazona esculpida en mármol, una amazona que descubre el carcaj vacío de flechas. Una semana de waffles y papas fritas tenía su precio, pero ese par de senos tan estrictos ¿eran los suyos? Miserable doctor Retana, se le había ido la mano. Dos tetitas como de colegiala.

Se montó la camiseta, que tenía un Snoopy estampado al frente, y dio uno y otro sorbo a la cerveza. Terminó de cepillarse la cabellera y se introdujo en la cama. Apagó la lamparita y trató de no pensar en nada. Sí, dormir como Dios manda, salvo que *el Profesional del Insomnio* nunca duerme. Lo repetían en el catecismo escolar, y temió que un día de esos, cumpliendo su amenaza, se apersonara Fernando Bonfil con su cara de sátiro sexagenario. De pronto le vino un último destello. ¿BZ? Ya recordaba. De seguro que la escueta nota escurrida bajo la puerta...

¿Fue un grito? Despertó, aunque no dormía del todo. Un lamento, alguien estaba lastimando a una mujer. Otro grito y un rumor de empellones. ¿No había sido ultimada, ahí mismo, la narcotraficante aquella...? Otro grito y un gemido. Un largo gemido y un jadeo masculino soltándose porque entonces supo que en la habitación contigua Guillermo y Adelaida, los amorosos del poeta, se entregaban furiosamente al ardor de Venus. De seguro habían nadado en la playa bajo las estrellas y luego habían cenado una pizza con varias copas de Freixenet espumoso. Ahora copulaban como cíclopes desgarrados.

Fara Berruecos estuvo a punto de soltar un manotazo contra el muro, pero mejor desistió. Esperó un minuto, tal vez dos, hasta que aquella escaramuza pareció llegar a su fin. Hundió una mano bajo la camiseta y rozó los botones de sus pechos. Sus disminuidos pechos. Hubo un último gemido en la habitación de junto suplicando terminar. En el océano, mientras tanto, los moluscos y los cangrejos y aquella mano descendiendo, sumergiéndose, alcanzaban las tinieblas insondables del piélago enceguecido.

Al despertar percibió todo con mayor claridad. La clave estaba en el relato del empleado del Westin Buganvillas, Pablo Sagrario. Según él la mujer de Cobb había confesado su "reencuentro místico" (¿esas eran sus palabras?) al pasmado escritor. Así había arribado, días después, a Puerto Vallarta. Tocado del alma, en la más profunda depresión, Peter Cobb como víctima duplicada del protagonista que habita en su novela *Las viudas del Tet*. Las hermosas manos de Glenda Nelson ya no le pertenecían. Era la razón por la cual ella, al venir en su busca, había permanecido tan reservada. "Nunca lloró". ¿Habría retornado Glenda al lecho de aquel artillero, Isaiah Crowe, prisionero secreto durante todos esos años del general Vo Nguyen Giap? Eso resolvía la parte anímica del problema. Los motivos de Cobb, tal vez. Pero quedaba pendiente el capítulo por el cual ella misma se había desplazado a Bahía de Banderas. ¿Dónde estaba, vivo o muerto, el novelista Cobb? Un crimen sin cadáver no es tal.

Desayunó en el restaurante italiano al otro lado de la plaza. Un residuo morboso le sugería que ahí llegarían, de un momento a otro, Guillermo y Adelaida. Luego de aquellos ímpetus nocturnos ella podría soltar una ironía al estilo Fernando Bonfil. Pero aquel feliz matrimonio no se dio cita en el lugar, así que Fara se conformó con el jugo de toronja, el café con leche y los waffles con mermelada. La noticia del día era la fundación del Movimiento Ecologista Mexicano, protagonizado por cien intelectuales que urgían a terminar con la contaminación ambiental; "tenemos derecho a la vida", firmaban. Ella resolvió que, a más tardar, retornaría a casa el fin de semana. Revisaba un periódico local, *Vallarta Opina*, que estaba cuajado de anuncios publicitarios y cables de agencias. Una nota informaba que la Comisión Ballenera Internacional calculaba que esa próxima temporada arribarían a la región unas seis mil ballenas grises, procedentes del Mar de Bering, para su periodo de apareamiento. "Los ejemplares comenzarán a ser avistados en la última semana de octubre y permanecerán en nuestro litoral durante cinco largos meses. Así que deberemos permanecer esperando a las ballenas".

—Por fin apareció.

Fara Berruecos se volvió hacia la terraza, donde reconoció a la camarera del Westin Buganvillas.

—¿Apareció?

La reportera había dormido con pesadez. Necesitaba aquella taza de café con urgencia. Por fin recordó su nombre y lo asoció inmediatamente con la nota deslizada bajo la puerta de su habitación.

—Yo le dije que habríamos de hallarla, ¿verdad? —Berta Zavala tomó asiento en la silla adyacente. Le dedicó una mirada satisfecha—. Buscando siempre se encuentra.

La empleada abrió su bolso y le dejó ver la cámara fotográfica igual que si mostrase una entrega de opio.

—Estuve indagando con el personal de la alberca. Ellos siempre están encontrando cosas. Anteojos, plumas, pulseras, toda clase de objetos. Y ya ve, la tenían arrumbada en el depósito. ¿Me dijo quinientos?

La camarera se había encargado de afianzarla dentro del estuche de cuero.

—Sí, quinientos pesos —admitió Fara y buscó los billetes en su cartera.

—La vi la otra vez que estuvo con el suplente Sagrario.

—Sí, conversamos un rato —le dio el dinero—. Me sugirió algunas pistas sobre el paradero del señor Cobb.

—¿Sigue con eso? —la empleada contó dos veces los billetes y luego se los guardó. Entregó mansamente la cámara fotográfica.

"Eres una ladrona", pensó Fara al depositarla en el asiento anexo. Dio un sorbo a su taza:

—Cada día reúno más datos; creo que ya podría escribir mi reporte.

—Entonces... usted no es de la policía.

—No, claro que no.

—A mí me pidió, en lo personal, que si conocía a un tal Inocencio. Inocencio Molinero. Eso no se lo dije al comandante cuando nos encuestaron. Pero no. Quién sabe quién será.

—"Molinero" —Fara lo anotó instintivamente en su libreta—. Me dice que usted fue la última persona en verlo con vida.

—Sí. Era tarde y llovía. El señor Cobb llevaba un rompevientos rojo, salió del hotel rumbo a la playa. Iba muy pensativo. Por ahí adelante está la estación de camiones. Llevaba su mochila.

—Iba muy pensativo.

—Sí. Yo le grité, saludándolo, pero no me oyó. O no me quiso oír. Ya le digo; llovía... Esto que hemos platicado, y lo de la camarita, no irá a platicárselo al señor Valdovinos, ¿verdad?

—No, claro que no.

La camarera dio un vistazo a su reloj y saltó de la silla.

—Ya va siendo mi hora —se disculpó—. Hoy cumplo doble turno... La camarita, creo que todavía sirve. Yo no sé mucho de esos aparatos.

Fara Berruecos la despidió con un seco movimiento de la mano. El asunto estaba resuelto. Ahora recomenzaría preguntando también por ese tal "Inocencio Molinero".

Berta Zavala se detuvo a unos pasos de la mesa:

—Perdone; hay una idea que no se me quita de la cabeza —el sol le daba de lleno sin el amparo del toldo—. ¿Usted lo quería al señor Cobb?

La reportera apenas pudo disimular la sonrisa. ¿Por qué siempre en pretérito?

—Se le va a hacer tarde, señora. Gracias por la pregunta.

Pidió otro café americano, aunque ya no terminó la segunda taza. Alzó el estuche de la Olympus, intentó enfocar en la distancia a los vendedores ambulantes apostados en la plaza, obturó el disparador y la cámara respondió. Corrió la palanca de arrastre y, para su sorpresa, el carrete giró. La cámara tenía un rollo a medio exponer.

Media hora después lo había entregado en una casa fotográfica. Era un cartucho Agfa, en blanco y negro, de 36 exposiciones. Fara le suplicó a la encargada del negocio que lo revelaran con especial esmero. Tenía prisa pero podía esperar. Mañana temprano, ¿una impresión de cada negativo?

Por la tarde telefoneó a su hija Margarita. No había ido a la escuela y estaba muy entretenida haciéndole moños a Miroslava, la perrita de sus abuelos. "No fui porque amanecí con diarrea, mamá. ¿Por qué me obligas a ser tan obvia?" Fara Berruecos experimentó el arribo de la culpa. Cumplía ya semana y media fuera de casa y su hija, influida por el french poodle familiar, comenzaba a comportarse como su abuela. Estricta, directa, despiadada. El problema era uno. "Anoche mi abuelo me obligó a comer pollo, mamá. Y eso lo tengo prohibido, tú sabes. Pero el abuelo insistió y me prometió un regalo. Que no fuera yo desperdiciada. Y me comí un muslo, a regañadientes, pero me hizo daño. Ya sabes mi problema con el pollo. Por eso me quedé en casa tonteando con Miroslava. Deberías ver qué chistosa se ve con su moño amarillo. Se parece a Doris, la secretaria de papá, ¿te acuerdas? Toda muy modosita y alzando la nariz al caminar. Ayer fui a comer con mi papá, por cierto...".

Doris, después fue Mabel, después Belinda. Las secretarias de Rogelio en la productora publicitaria. ¿Por cierto qué, hija? "Por cierto que se rasuró el bigote. Hasta parece licenciado. Fuimos al Macdonalds y me tocó un muñeco en la cajita feliz. ¿A que ni sabes?". No, tú dime. ¿Se rasuró y qué más? "Cómo *y qué más*, mamá? ¡Me tocó un Don Gato, con sombrero y todo!".

Imposible contarle aquella visita a la morgue de Puerto Vallarta. Imposible relatarle aquel ruidoso apareamiento en la habitación contigua. Imposible mencionarle que Fernando Bonfil había amenazado con visitarla, intempestivamente, ese sábado. "Estás muy misteriosa, mami. Primero te rebanas las chichis y luego te largas de viaje para siempre. ¿Vas a regresar algún día?, porque ayer mi papá dijo eso de que *si tu mamá se digna retornar*.

Ya no entiendo nada, pero si se van a divorciar y me dejan con los abuelos, créeme que no la pasaría tan mal. Acá sí hay jardín. Nomás díganmelo para organizarme". No, nunca. ¿Qué te hace pensar eso? Un pene circuncidado es muy distinto a un pene sin circuncidar. ¿No había sido motivo, durante el imperio de los nazis, de tantísimos judíos enviados a los campos de exterminio luego de revisarles la bragueta? "Y que ya no me obliguen a comer pollo, mamá... ¿Podrías decírselo al abuelo?".

Fara acechaba constantemente a su hija. Se introducía abruptamente en su recámara, entraba al baño con cualquier pretexto botando el seguro del cerrojo. Le dirigía un vistazo breve pero escrutador. A su edad, ella usaba ya sostenes de copa B. La niña, sin embargo, parecía no tener prisa. Tenía once años, se le atrasaba la menarquia y lo único que la obsesionaba era su colección de gatos. "Ojalá pueda sacarle una foto a Miroslava, mami. Te morirías de la risa. Ahorita que llamaste estaba tratando de ponerle su bikini de moño, muy guaposa, para llevarla a nadar contigo. Por cierto, mami, no me has dicho cómo es Puerto Vallarta. ¿Sus playas son lindas, como las de Hawai?".

Su hija tenía razón. Iba a cumplir dos semanas en aquella ribera y aún no pisaba su arena. Fara dejó todo y fue a su habitación. Sacó el traje de baño que le había prestado Adelaida y se lo probó. Era de dos piezas, una talla *normal*, y le ajustó; Apenas dejaba asomar un palmo de su vientre. Se dirigió a la playa. Cargó el protector solar, la toalla del baño, la gafas de sol. También la novela de Manuel Vázquez Montalbán que estaba leyendo.

La playa de Conchas Chinas no era ninguna maravilla, pero se trataba del sitio de moda. Además de que era la más próxima al Rosita Inn. La tarde permanecía cálida, soleada, y la brisa soplaba desde el mar, donde un conjunto de escollos asomaba según el vaivén del oleaje. Fara ocupó una de las palapas y se recostó en la tumbona protegida por la techumbre de palma. No tardó en presentarse el mozo de playa para ofrecer sus servicios. La reportera pidió un coco con ginebra, una bolsa de papas fritas, un coctel de camarones. Se untó la crema bronceadora y se dejó estar. Había sido una buena decisión.

Cientos de turistas arribaban cada día con el propósito de *no pensar en nada*, y esa fecha no sería ella el caso discordante. Al poco rato, cuando ya se adormilaba, creyó escuchar un rumor. "Hubiera traído una chalina", se dijo al incorporarse.

Como en otras ocasiones, Fara Berruecos era consciente de que por ahí deambularían ya los mirones. Pero no. En la playa estaban ella y otros bañistas, tendidos bajo las sombrillas, disfrutando de la tarde. El rumor venía del mar. Fue cuando localizó a Guillermo y Adelaida que más allá de la rompiente desafiaban el oleaje. La mujer iba acostada sobre un colchón inflable y delante Guillermo nadaba arrastrándola con una cuerda atada a la cintura. Ella gritaba animándolo, igual que el atabalero de una galera romana. Luego se detenían, se salpicaban, se besaban juguetones. Recordó a Peter Cobb aquella tarde en la playa de Malibú. El agua fría de California, imposible, pero hubo un momento en que la convenció y ambos enfrentaron aquellas olas de espuma, se quejaba ella, como nieve.

—Se nos acabó la ginebra, señora. Lo preparamos con vodka, ¿no le hace?

Era el muchacho del servicio de playa. Fara dijo que no, estaba bien. Pagó, abrió un paquete de galletas saladas y se dispuso a paladear el coctel de camarones.

Estaba en la frontera incómoda del "señoreo". Un día en el supermercado era *señorita*. Esa misma tarde, en la estación gasolinera, resultaba *señora*. Miró al mozo en retirada y se extrañó por su prontitud. Sí, claro, antes de la plastomastía los mozalbetes permanecían en torno a ella tonteando, mirándoselos, ejerciendo como *voyeres* irredentos. Jadeando igual que perros de carnicería. "¿Se le ofrece algo más, señorita?".

En la bandeja, con el coco y las papas fritas, el mozo le había dejado un ejemplar del *Vallarta At Noon*. Eran ocho páginas de anuncios de restaurantes, cupones de descuento y noticias resumidas. Abrió la bolsa de papas fritas y extrañó de súbito a su marido. Rogelio, que la tarde del domingo se podía zampar tres bolsas de frituras ante el televisor mirando los partidos de futbol. Prefería los juegos de la liga italiana, pero un

Pachuca-América era suficiente para mantenerlo remachado en el sofá y con un litro de cerveza entre las rodillas. Eran las tardes en que Fara llevaba a Margarita al cine, o visitaban a los abuelos para hablar del pasado venturoso, el dinero insuficiente, las calamidades del futuro. En la portada del vespertino Fara se topó con una noticia aciaga, aunque previsible.

Resultaba que el cadáver depositado en la morgue municipal pertenecía a un tal Andrew Lee, misionero de la Iglesia Apostólica Salvacionista, cuya sede estaba en Grand Rapids, Minnesota. El joven predicador tenía 29 años y desde agosto pasado que su sede, la Mexican Methodits Church en Zacatecas, estaba preocupada por su paradero. "El joven misionero padecía del corazón, por lo que se presume que haya sufrido un síncope cardiaco mientras ejercitaba su ministerio evangelizador en la zona de El Tuito y Quimixto, donde residía." Su cadáver estaba en proceso de embalsamamiento y muy pronto sería enviado a su hogar por mediación del consulado estadounidense. Eso era todo, más el detalle de que el buen pastor había conversado recientemente con el cineasta en retiro, John Huston, "el anacoreta de Caletas".

—Larga vida para el misionero Lee —clamó Fara Berruecos al sorber a fondo los popotes de su coco preparado.

—Larga vida para ese señor; cómo no —celebró una voz a sus espaldas—. Y para los que puedan respirar, que de eso se trata todo.

Era el anciano de la otra noche en la recepción del hotel. Don Serafín que descansaba en una sombrilla detrás de Fara.

—¿Perdón?

—Lo que usted dice, señorita. Tiene razón. ¿Quién es ese señor?

Fara Berruecos estuvo tentada de no responderle. Madurones, vejestorios, *ancianos verdes* llenaban su memoria de adolescente. Abuelos sexagenarios detrás de su par de tetas. Asedio, rosas anónimas que llegaban a casa, vejetes esperándola fuera de la secundaria. "Yo sólo pretendo una amistad sana". "Conmigo podrías tener la felicidad de la experiencia". "Tengo una discreta cabañita en el bosque; podrías vivir ahí como princesa". Fara Berruecos como la casta Susana asediada por los viejos lascivos del Viejo Testamento.

—Un muchacho que hallaron muerto al fondo de una barranca. Uno de esos gringuitos predicadores que usted habrá visto. Se lo estaban comiendo los coyotes.

El anciano se dio una santiguada y Fara descubrió entonces varios vasitos de plástico sobre su mesa de servicio.

—Pobre hombre.

—Es lo que dice el pasquín. ¿No se lo dejaron?

—No. A mí me están atendiendo los de la nevería. Soy abstemio.

—Me parece bien.

Fara retornó a la lectura de *Los mares del sur*. El libro de Vázquez Montalbán que le había obsequiado, para variar, Fernando Bonfil. Una novela deliciosa donde el detective Pepe Carvallo seguía los pasos de Stuart Pedrell, supuestamente perdido en las islas polinésicas, pero que había sido apuñalado en los barrios bajos de Barcelona. Al hallarlo, iniciaba el relato.

"De qué manera tan simple el arte se asemeja a la vida", reflexionó Fara Berruecos, "y viceversa". Stuart Pedrell, Peter Cobb, Andrew Lee. Ahora a quien debía localizar era al tipo aquel de nombre campirano, Inocencio Molinero. ¿Qué oscuro negocio habría establecido Peter con él? Su mención estaba ausente en la lista que le había entregado, dos semanas atrás, el comandante Ayala.

Alzó la mirada y descubrió, en la distancia, a esa pareja idílica reposando sobre la playa. Adelaida jugueteaba con una varita sobre la espalda de Guillermo, que se había tendido bocabajo, exhausto. "¿Ha oído hablar de la *hidratación permanente*?". Fara lo imaginó llegando a su habitación para solicitar una taza de azúcar. Un cigarro, un jabón. Y sí, claro que sí; lo dejaría entrar.

—Vea usted, aquí están las pruebas del crimen.

El viejo había llegado junto a ella. Se había depositado a la sombra y ya extendía un amplio pañuelo sobre la arena. El lienzo estaba cargado de conchas marinas. Vieiras, estrellas de mar, caracoles.

—Mire ésta —el anciano le mostró una concha de almeja—. ¿Ve ese pequeño agujerito?

Fara abandonó el libro. Asió aquel molusco por mitad. Era cierto; la valva mostraba una perforación mínima, como si taladrado.

—¿La prueba del crimen? —debió preguntar, y fue cuando descubrió el color triste, cetrino, del viejo. Supuso que tendría más de setenta años.

—El fondo del mar es la ley de la selva, señora —se detuvo, la miró fijamente—. Oiga, qué bonitos ojos tiene usted.

—Gracias —Fara intentó recordar. ¿Se sonrojaba? Nunca se lo habían dicho; otros eran más bien los encantos que le celebraban.

—La ley de la selva, como en todas partes —repitió el anciano—. ¿Sabe usted qué comen las estrellas de mar?

—Claro que sí —Fara le devolvió aquella concha perforada—. Alpiste.

El anciano soltó la carcajada, y se convirtió en una terrible tos que casi le hace perder el equilibrio.

—No, alpiste no —la corrigió luego de recuperar el aliento—. Las estrellas de mar son los tigres del fondo marino. Devoran todo lo que hallan a su paso. Almejas, cangrejos, caracoles. Muy despacio, casi en cámara lenta —acompañó sus palabras con una hermosa estrellita sacada del conjunto—, se montan sobre su víctima. Una vez arriba succionan las ventosas de sus patas para sujetar a la víctima y entonces proceden a morder.

—¿Morder?

Fara Berruecos adivinó que aquel hombre estaba enfermo. Olía raro; a pringue, a tufo, a sudor agrio.

—La estrella de mar saca su estómago y lo emplea para taladrar la concha... se puede tardar horas. No tiene prisa. Una vez que vence la resistencia del molusco introduce su estómago y se lo come digiriéndolo al mismo tiempo.

Fara había imaginado la escena. Una explicación submarina para su hija Margarita, no para ella.

—¿Es usted oceanógrafo?

—No, señora. Manejaba una papelería en Delicias, Chihuahua —hizo un gesto como si despidiendo en la distancia—, pero siempre me han fascinado las criaturas del mar. Estudiando se pueden aprender muchísimas cosas, y más si uno lleva una vida ordenada.

Que se lo dijeran a ella, a su marido Rogelio. Al locuaz Fernando Bonfil que todas las tardes llegaba al periódico nadando en whisky escocés.

—Aprender —repitió Fara—. Me imagino que tendrá una linda colección de conchas de mar en casa.

—La ciencia de la malacología, sí. Cada año que vengo me llevo un centenar; las que encuentro muy temprano en la playa, o las que adquiero en el mercado de artesanías. Pero cada vez las venden más caras... El otro día ahí, entre las rocas, hallé un caracol precioso, de pintas moradas. Se lo voy a dejar todo a Margarita.

—¿Margarita? —Fara se sobresaltó. Su hija, después de todo, coleccionaba gatos. Ahora tenía la figura de Don Gato incluida en la cajita de Macdonalds.

—Es mi sobrina favorita, aunque estoy seguro de que la va a malbaratar. Lo dejé todo muy claro en mi testamento.

El anciano comenzó a guardar aquellos caparazones dentro del pañuelo. Envolvió todo como bolsa.

—Mi hija se llama igual. Pero ella colecciona...

Se interrumpió. El anciano se había encorvado repentinamente vencido por un cólico. Se oprimía el estómago con ambas manos y avanzaba hasta ganar el apoyo de una palapa. Aguantó una flema secreta y se limpió los labios con el pañuelo. Regresó con Fara, que ya acudía en su auxilio.

—Ay, señora. Qué triste es esto de morirse —le dirigió una sonrisa vulnerada—. Yo creo que mañana ya no regreso a la playa.

—Usted no se está muriendo, señor. No exagere —quiso ser diplomática.

—Tan linda que está hoy, ¿verdad?

—Lo que tiene que hacer es comer bien, como le digo a mi hija Margarita.

—Sí, gracias. Pero ya sólo puedo ingerir nieve de limón. Me calma el ardor... ¡pero qué le estoy diciendo! —saltó con un gesto achispado—. Ya le eché a perder su lectura. Me voy adelantando al hotel, con *los novios*.

Don Serafín señalaba hacia el acceso a la playa, porque ciertamente por allá avanzaban Guillermo y Adelaida, tomados de la cintura.

—Hemos coincidido en algunas temporadas —el anciano recogía los vasitos de su palapa—. Es una pareja como si regalada por el cielo, ¿no cree usted? —localizó a unos metros el tambo de basura—. Me voy adelantando, señora, y muchas gracias por escucharme. Creo que ya se está haciendo tarde.

Eran diecisiete las fotografías expuestas. Al recogerlas en la casa de revelado, Fara Berruecos debió enfrentar el semblante hosco de la encargada.

—Normalmente no hacemos ese tipo de servicios. De cuando en cuando llegan los inspectores y son muy estrictos. Pero ya qué; usted dijo que le urgían, ¿no? Y es *trabajo urgente*, como dice en el sobre.

Lo que la encargada del negocio quería, para variar, era dinero extra. Fara abrió en silencio el sobre y sacó una de las impresiones. Se topó con dos nalgas retratadas en *close up*, y guardó la foto. Le dio un billete de más, "por sus atenciones", y abandonó el lugar.

Había dormido mal. A medianoche despertó sofocada por una opresión angustiosa en el pecho. Una pesadilla disipándose de la que sólo recordaba la presencia de su padre, una fiesta extraña donde alguien había robado la piñata y todos la acusaban a ella del latrocinio. "Yo sé que fuiste tú, no hay problema", le confiaba su padre en el rincón de aquella misteriosa casa. "Pero regrésala, antes de que nos maten". Despertó y buscó a su lado el cuerpo de Rogelio. Entonces recordó que estaba en Puerto Vallarta y comenzó a sospechar, no supo la razón, que esa sería la última vez en que visitaría la localidad. Necesitaba un vaso de leche. Acudió al servi-bar de la habitación y sólo halló cervezas, dos latas de Pepsi, néctares de durazno y cuatro chocolates Snickers. "Si fuera el fin del mundo", pensó ante la nevera, "sobreviviría diez días". Sólo que esa noche *era el fin del mundo* —no lejos de ahí retumbó un relámpago anunciando el temporal—, así que destapó una cerveza y volvió a arrojarse sobre la cama. Manipuló el control remoto y en la pantalla apareció Mauricio Garcés en una de sus comedias de conquista y enredo. Lo dejó estar, hasta que la cerveza rodó en la frazada y cayó sobre el pie de cama. Despachó el televisor y entonces logró escuchar el rumor de la lluvia apoderándose de la bahía. Fue su arrullo.

Entró en una fuente de sodas y luego de sondear el ambiente decidió trasladarse a la barra. Pidió un té helado y colocó sobre el mantelillo la funda de las fotografías. Eran de tamaño doble postal y estaban, la verdad, bastante bien reveladas. Papel brillante, con marco de un centímetro. Intentó recordar. Aquellas impresiones eran anteriores al 21 de mayo, el último día en que fue visto con vida Peter Cobb. Le trajeron el té helado y acomodándose en el asiento decidió organizar aquel material con un orden de continuidad. Era evidente que las fotos pertenecían a cinco secuencias según la traza numérica de los negativos. La primera correspondía a la plaza central de Vallarta (la catedral y su campanario rematado por la corona de hierro; en total cuatro fotos). La segunda secuencia eran tres fotos extrañas que Peter se había tomado a sí mismo dentro de su habitación en el Westin Buganvillas (sus pies descalzos sobre la cama, la mano izquierda, la mano derecha). La tercera era la más comprometedora: cinco imágenes de una mujer desnuda posando de espaldas. La cuarta secuencia era curiosa; dos fotos tomadas desde la ventanilla de un autobús urbano enfocando hacia un grupo de paisanos. La quinta arrebató el aliento a Fara Berruecos. La secuencia incluía un autorretrato que Peter Cobb se había hecho ante un espejo y dos fotos más de su máquina de escribir.

Eso era todo.

Fara se sintió vigilada. Alzó la vista y descubrió a la mesera, que llegaba con el recambio de la azucarera. La empleada observó las fotos de la mujer desnuda en el extremo del mantelillo, luego le dirigió una mirada de severa neutralidad. Cada quien su vida.

Probó el té y le pareció un poco insípido. A partir de esa experiencia todo en la vida le sería, igualmente, desabrido. Guardó las impresiones en el sobre y trató de recomponer el embrollo. Las fotos de la plaza eran las mismas que habría tomado cualquier turista en su primer día de paseo. La secuencia de las extremidades de Peter en la cama corresponderían de seguro a una sesión de tequila y buen ánimo. Las impresiones de la modelo desnuda (¿modelo?) eran las que más la inquietaban. ¿Por qué en todas estaba de espaldas y ocultaba el rostro? La secuencia desde la ventanilla del camión era la más pobre, dos fotos barridas por el movimiento del vehículo. Las últimas impresiones eran tremendas: el autorretrato de Cobb había sido ante el espejo del baño (la cámara suspendida de las correas sobre el pecho y la mano derecha accionando el disparador) manteniendo al frente una mirada serena, como de despedida. Peter llevaba bigote y barba, estaba desaliñado, vestía una camiseta sencilla y no se veía demasiado vigoroso. Así, cualquiera habría dudado ante el cadáver en la morgue de la comisaría. ¿Andrew Lee o Peter Cobb? Luego estaba la foto de la máquina de escribir: tenía una hoja inserta en el rodillo y varios renglones mecanografiados. Con un poco de esfuerzo (tal vez con una ampliación profesional) sería posible adivinar algunas de las palabras; las más obvias, *what, of, the*. Junto a la Rémington eléctrica había un cenicero, un cigarrillo encendido y la cajetilla de los Camel. Un plato, ¿unas tijeras?, un poco de basura sobre la mesa. La tercera impresión había sido tomada sin luz ambiente y estaba movida. Seguramente era exposición a una décima de segundo y en ella era reconocible la máquina de escribir bajo las llamas que incendiaban la hoja en el rodillo.

Luego nada; una exposición nula, seguramente la que había disparado Berta Zavala cuando le entregó la Olympus por quinientos pesos. "Esto que hemos platicado, ¿no se lo irá a contar al gerente Valdovinos, ¿verdad?".

El riesgo era que todo ese material fuera remitido, una vez completado el reportaje, al suplemento cultural que coordinaba don Fernando Benítez. "Si yo volviera a nacer, niña mía", le había soltado una tarde de cierre, "escogería estar en su regazo, hartándome de leche, no como me tocó con mi madre tan seca".

Fara Berruecos era consciente de que ese material era *chocolate caliente*, como se decía en el medio, y lo que faltaba era hallar un buen molde para verter el tesoro. Por ejemplo, dar con el paradero de Peter Cobb. Exhumar su cadáver, entrevistarlo por última vez y proceder a la redacción del documento. Sólo que, ¿cómo se entrevista a un muerto? Volvió a sorber el popote del té. La mañana permanecía nublada, bochornosa, llovería de un momento a otro. Alzó la vista y ahí, como en muchísimos locales, estaba ella en el espejo. Experimentó de súbito un golpe de frío bajo el esternón.

Volvió a sacar, con cierta violencia, el sobre Agfa. Buscó las fotos de la mujer desnuda. Aquellas nalgas exageradas, aquellos muslos de cabaretera, aquella espalda corta. La exposición de la serie había sido bajo la luz de una lámpara de techo y las cinco impresiones estaban ligeramente subexpuestas. La modelo permanecía sobre un paño oscuro, posiblemente una cama, y la cabellera desparramada le ocultaba el rostro... salvo en una. El fotógrafo se había desplazado y en esa perspectiva aparecía la esquina de un espejo donde eran perceptibles las facciones de la modelo. Parecía asomar a través de un velo, pero con todo y eso resultaba un rostro identificable. Una mujer con nombre y apellido. Fara Berruecos la reconoció y supo que lo procedente, entonces, sería reencontrarse con ella.

Se hacía llamar *Rose Baker*.

El problema de Rose Owen Nazzaro fue desde siempre su parecido con Elizabeth Taylor. Sólo que no hay dos Charlies Chaplin, dos Sofías Loren, dos Cantinflas. Rose Baker, hasta donde tenía memoria, siempre medró de eso. El hecho de semejarse tanto a la diva incluso la situó en los preliminares de un arreglo para intervenir como *la doble* de Liz Taylor cuando el rodaje de *Cleopatra*. Una indiscreción y un juego de fotos que llegaron a manos del representante de la actriz hicieron que la posibilidad se viniera a tierra. Siempre termina venciendo el narcisismo, y es lo que estipulaba estrictamente la "cláusula de imagen" en los contratos de la Twentieth Century Fox.

Había llegado a Puerto Vallarta en 1979, cuando la Casa Kimberly fue acondicionada a fin de admitir visitas del público. Los administradores de la finca admitieron la factibilidad del negocio: que Rose Baker se maquillase igual que la actriz y posara en su papel de "Liz-bis". Eran muchos los visitantes ansiosos por colmar ese resquicio de ensoñación fetichista. Rose Baker frisaba ya el medio siglo pero se mantenía en la jugada. Muy pronto casó con Mario Santín, su profesor de español, el visionario que tuvo la ocurrencia de la cámara Polaroid; sólo que había fallecido un año atrás. Ahora las instantáneas eran disparadas por un viejo desguangüilado que se quedaba dormido en las bancas. Cada retrato costaba diez dólares; dos eran para el viejillo, tres para la administración Kimberly y cinco para Rose Baker, quien volvió a preguntar:

—¿De qué periódico dices que vienes?

Fara Berruecos había logrado engatusarla. Una entrevista, la promesa de un fotógrafo que iría al día siguiente para completar el reportaje, quizás las cámaras de Televisa una semana después. Vanidad; narcisismo.

—Del *unomásuno* —insistió Fara al entregarle una tarjeta de presentación.

—Una vez me hicieron un reportaje para una revista femenina. Una con nombre de mujer...

—¿*Claudia, Kena*?

—Ya no recuerdo. ¿No sabes si salió?

Rose Baker rentaba un modesto apartamento en el centro de Puerto Vallarta. Tenía una deliciosa vista al cauce del río Cuale, una cocineta pringosa, un muro con retratos de ella posando junto a gente famosa (Larry King, Miguel Alemán, Roberto Gómez Bolaños), una estancia refrescada por la brisa, un televisor conectado a la videocasetera, una iguana de papel maché sobre la puerta y una pequeña terraza donde ella y la reportera habían concertado la entrevista.

—Supongo que sí. En México hay demasiadas revistas, demasiados periódicos.

—Demasiada gente —la corrigió Rose Baker—. Demonios, ¿no podrían educar a las mujeres? Educarlas sexualmente, quiero decir. El señor Baldomero, que cuida este edificio, ¡tiene once hijos!, ándale, ¡y de su segunda esposa! No es posible que un país soporte tal lluvia de hijos, ¿no crees tú, Farrah? ¿Farrah, es tu nombre?

—Sí. Como mi adorada madre.

—¿Cerveza o ron, querida? —Rose Baker se había quitado el maquillaje. Señaló hacia la cocineta con un abanico que plegaba y desplegaba—. Cervezas tengo tres, ron como para todo el mundo. Hielos y *coke*.

—Ron, está bien. Con mucho, mucho hielo.

Era la última hora de la tarde. Desde aquel balcón se alcanzaba a contemplar el campanario de la parroquia; esa corona que replicaba la que portó la emperatriz Carlota y un puente de concreto por donde pasaban ruidosos camiones arrojando volutas de humo plomizo. También había un grupo de mujeres, no lejos de ahí, lavando ropa sobre las lajas del río. Estaban rodeadas por niños pequeños, encuerados, que jugueteaban salpicándose. "Tal lluvia de hijos". Fara escuchó los aprestos de aquella mujer luchando con la nevera. Ahora se probaría *como una profesional*.

Fara sabía que entrar abruptamente *al tema* le habría cerrado las puertas. "¿Por qué se dejó retratar desnuda? ¿Se acostaba usted con Peter Cobb?". La había seducido en la víspera al reencontrarse *casualmente* con ella en Casa Kimberly. Qué interesante su desempeño, indudablemente usted es más guapa que Liz, qué mirada tan inteligente, su vida debe ser riquísima en anécdotas. Entrevistarla sería un honor.

Así fue como Rose Owen Nazzaro contó su vida, su transformación en Rose Baker, las fiestas que amenizaba en Nueva York presentándose como la Liz clonada, los hombres con los que vivió alegrándoles la vida y ensombreciéndoles la chequera, aquellos años de alcoholismo y anfetaminas, su lucha contra el sobrepeso, el día que su amante en turno la invitó a Puerto Vallarta, donde conoció al comprensivo Mario Santín y se enamoró. La mañana en que se topó con la verdadera Liz Taylor en el muelle viejo, ella amenizando a un grupo de turistas que desembarcaban de un crucero, la actriz en la cubierta del *Swansea*, un yate de 55 pies que le había obsequiado Richard Burton.

—Mi marido Santín, que era un amor, me llamaba de otro modo. Me decía *la Iguana*, igual que muchos otros, por eso de mitemizar... mimezitar... *How do you say?*

—Mimetizarse.

—Ándale, eso.

Entonces ella era, finalmente, la Iguana. Las pistas se cruzaban. ¿Cómo atrapa la araña a una avispa? Fara Berruecos bebió su tercer ron con hielos, tratando de emparejar a aquel esotérico personaje. Si en ese momento se apareciese el director Fernando Bonfil, no iba a poder negársele. ¡Pero si le llevaba veinte años! La verdad era que en ese punto ya no eran necesarias las preguntas; Rose Baker se había encarrilado en un discurso megalomaniaco, interminable y reiterativo, que sólo interrumpía para sorber su vaso y refrescarse con el abanico.

—...no importa el dinero. Siempre lo he dicho. *Money is shit*. Pero una mujer de mi presencia lo necesita para su maquillaje, sus cremas, el rímel, que gasto horrorosamente. Me tardo una hora en pintarme los ojos, Farrah, ¡una hora! ¿Por qué seremos las mujeres tan estúpidamente vanidosas?... Y el dinero, bueno, como dicen ustedes, "no se crece en maceta", ¿verdad? Yo estoy ahí, en Casa Kimberly, agradando a mis clientes. Hay días de sólo tres miserables fotos, Farrah. ¡Tres! Pero también tengo días buenos, temporada alta, muy buenos, de veinte o treinta retratos. No me puedo quejar. Aunque sé que llegará el día, *my darling*, en que ya ningún visitante querrá fotografiarse con esta vieja gorda, cuando ya esté anciana y horrible porque ahora... Y los visitantes que me piden una noche. Farrah, ¿tú tienes algo contra la prostitución? *¿Algo contra?*

—No. Supongo que no. Hay quien vive de mentir. De firmar documentos. De administrar propiedades o fantasías.

Pero llega siempre el momento del retiro. El cuerpo no miente, Rose.

—Ándale, eso. "El cuerpo no miente". Porque esos clientes... claro que no es oficial, son los que vienen precisamente a dormir donde Liz. En su cama. "La alcoba de los Burton". Yo tengo llave del lugar. Llave de la calle. Entro muy despacito, muy quedito, y subo la escalera hasta la famosa pieza y... Ándale, cien dólares, toda la noche. Y Mario lo sabía; fue el de la idea... ¿Qué te estaba diciendo? —se dirigió a la cocineta por el siguiente ron.

—Lo de la vanidad y el dinero, Rose... Perdona —también se alzó—, ¿dónde está tu baño?

—Allá. "Allacito", como dicen ustedes —Rose Baker señaló con el abanico hacia su habitación al fondo—. No sé si haya papel.

Era noche revuelta, de brisa fresca y bochorno cuando dejaba de soplar. Había llovido a intervalos toda la tarde. Fara Berruecos tenía un plan que había estado a punto de echar por la borda con aquellos tragos excesivos. Recogió su bolso y se dirigió al otro extremo del apartamento.

Al ingresar a la habitación de la Iguana lo confirmó todo. Ahí estaban las sábanas revueltas, negras, en la cama sobre el piso, y el espejo suelto que enseguida reconoció. Estuvo a punto de lanzar un grito de rabia, pero eso sería una estupidez mayúscula. Peter Cobb había cohabitado con ella sólo cuatro días en Venice Rim, además de aquella otra noche desaforada en el hotel Camino Real. Un *affair* que estuvo a punto de enloquecerla. La obsesión era *suya* y Peter, seguramente, ya no la recordaría... salvo el detalle de que estaba muerto. Debía estarlo. Entró al estrecho baño y ocupó el retrete. Orinó largamente en lo que observaba aquellos potingues y champús atiborrando el anaquel. Entonces armó la trampa.

Al retornar se percató de que llovía de nueva cuenta y la Iguana llevaba los vasos y ceniceros, con cierta torpeza, de la terraza a la estancia. La salita estaba adornada con artesanías y carteles turísticos exaltando playas de ensueño.

—Ándale, qué tormentón —comentó Rose Baker al arrellanarse sobre un puf deforme—. Qué plática tan interesante tienes, Farrah.

—El trabajo de una periodista obliga a viajar mucho y observar todo el tiempo. Ahora en Puerto Vallarta, precisamente, estoy indagando el destino de un... aventurero. Preparo un reportaje.

—¿Más roncito, *darling*? ¿Ya te conté de mi triste paso por Hollywood? Es decir, mi no-paso, porque la Twentieth Century mandó un memorándum prohibiéndoles a las otras productoras que me atendieran. Que no se les ocurriera ni siquiera dejarme pisar sus oficinas de mensajería. Bueno, claro, yo nunca tuve estudios de actuación ni nada de eso. Mi única escuela... ¡Mi única escuela han sido los hombres, Farrah! ¡Cómo ves?

—"La escuela de los hombres" —repitió Fara con fastidio—. No creo que haya demasiado que aprender de ellos.

—Ay, *my darling*... Ha habido tantos hombres en mi vida, que ya no recuerdo. En la tuya, querida, *how many*?

—*Just one* —sonrió la visitante—. Más que suficiente.

Rose Baker lanzó un grito de guasa. Luego dio un trago a su cuba libre y ofreció un gesto desafiante. "Uh, si yo te contara".

—Alguien se hará famoso al escribir mi vida.

—¿Dónde he escuchado esa frase? —Fara comenzó a sospechar que la treta iba a malograrse. La Iguana era una cortesana de tantas, como cientos que ella había conocido en el medio; mujeres ansiosas de trascender a través de los hombres.

—Alguien se va... Se iba a hacer famoso —insistió Rose Baker, y comenzó a canturrear mientras se encaminaba al fondo de la vivienda—. *How dry, I am!, how wet, I'll be!... if I don't find, the bathroom key...* Con su *compermiso*, señorita. Con su *compermiso* —bromeó, exagerando su embriaguez.

Fara Berruecos se preparó. Junto al sofá descansaba la réplica de un ídolo en cerámica. Un chamán del periodo Preclásico que bien podría emplear como macana. También, en la cocineta, había localizado un par de cuchillos anchos, aunque eso podría llevarla a la cárcel controlada por el comandante Ayala. Quizás no ocurriese nada y media hora después deambularía por las callejas de Puerto Vallarta con un puntapié en el trasero.

—¡Ándale!

El grito de Rose Baker no fue, de ningún modo, festivo. "Buena señal", se dijo Fara, y puso el idolillo al alcance de su mano. Esperó. Había fumado un par de cigarros, los últimos del paquete. En eso la Iguana reapareció al fondo del apartamento. Su rostro había perdido la jovialidad precedente y cargaba el bolso que Fara había dejado allá.

—¿Tendrás cigarros? —preguntó la reportera, mostrando la cajetilla vacía de los Raleigh.

La Iguana se había detenido en mitad de la estancia. La miraba con frialdad de reptil, un reptil dipsómano. Tornó hacia el anaquel del muro y rebuscó en una pequeña cesta. Le arrojó al piso una cajetilla de Camel. Enseguida, también, el sobre con las fotografías en blanco y negro.

—Después de copular conmigo durante un mes, se esfumó simplemente. Supongo que buscando su fantasma.

Fara aguantó en lo que encendía un cigarro. ¿Perdón?

—¿Cuándo lo viste? —insistió la que llamaban *Liz-bis*.

La reportera comenzó a juntar aquellas fotos desparramadas. La trampa había funcionado; sólo que ahora la estrategia debía ser sustituida:

—Vine buscando a Peter Cobb por parte del periódico —reconoció por fin—. Llevo aquí dos semanas sin dar con mayores pistas respecto a su paradero. Todo mundo afirma que debe estar muerto, pero...

—Yo no lo creo.

Rose Baker tomó asiento en el horrible puf de la estancia. Le entregó su bolso con estudiada parsimonia, igual que si se tratase de un cartucho de dinamita. Empuñó nuevamente su cuba libre, pero enseguida desistió:

—Siempre he tenido complejo con mi culo. Mi culo de sarracena exportado desde Sicilia. En el fondo por eso me rechazaron en Hollywood; apesto a mafiosa. Mi sangre de comedora de pasta. El precio es este culo —se alzó, lo nalgueó— de marrana. Peter decía que no. Que era exageración mía. Ganas de mortificarme. Por eso se ofreció para hacerme ese ejercicio fotográfico. Demostrar con esos retratos que todos los culos son lo mismo. Ah, cómo bromeábamos aquella tarde...

—Estuve en el Westin preguntando. Visité su cuarto, que mantienen intacto. Una empleada había robado la cámara de Peter. La extorsioné, logré que me la devolviera. Ayer me entregaron esas fotos reveladas; son las últimas que habrá tomado.

Rose Baker sujetaba la foto donde el novelista se había retratado ante el espejo. La mirada ausente.

—No sé si lo quise —se limitó a decir.

—¿Entonces? —era una pregunta estúpida, tal vez; pero necesaria.

—Nos teníamos cariño, eso sí. Él estaba sufriendo mucho. Yo me daba cuenta. Me buscaba, se recostaba sobre mis muslos, ahí mismo donde estás sentada. Fumaba, fumábamos las bachas de marihuana que le surtía en el hotel un tal Valdovinos. Se quedaba dormido. Y sí, en algunas ocasiones me buscaba el cuerpo; pero no siempre. Sufría mucho. Incluso lloraba dormido.

Fara Berruecos experimentó un ataque de celos. Ganas de descalabrar a esa gringa mexicanizada. Que los añicos del idolillo quedaran como pruebas incriminatorias.

—Yo lo sé. Su ruptura con Glenda. Es decir...

—No creo, *darling* —Rose Baker tomó un Camel de la cajetilla. Lo encendió parsimoniosa—. Sí, le afectó la separación, desde luego. Pero lo suyo era otra cosa. Una culpa. Andaba buscando un fantasma, me dijo. Debía pagar una deuda del alma. Algo extraño.

—¿Un fantasma? —Fara recordó la desagradable situación ante el cadáver del misionero apostólico salvacionista.

—Ándale. Sí, un fantasma que lo perseguía desde hace años. ¿Sabías que Peter Cobb estuvo aquí en 1977 intentando armar un reportaje, como tú, pero que terminó transformado en su famosa novela? No sé si habrás leído *Iguanas by night*... En un año se hizo famoso, rico e imposible. Eso me decía. "Soy un engendro de la mentira. Me debo a otra gente. Odio ser un simple ladrón de palabras". ¿Tú entiendes eso?

—No mucho. Aunque en la foto no se ve muy feliz que digamos —alzó el autorretrato donde Peter posaba ante el espejo—. ¿Tú crees que lo hayan secuestrado? ¿Asesinado?

La Iguana suspiró con desasosiego. Qué decir.

—Siempre cabe la posibilidad. El otro día hallaron a un misionero evangelista muerto en la sierra. Un muchacho casi adolescente. No sé si te enteraste.

—Yo lo vi.

—¿Lo viste? ¿Dónde?

—Fui a reconocerlo con el comandante Ayala. Y aunque los coyotes le habían devorado el rostro... pude atestiguar que no. No era Peter.

—Ándale, eso está bueno. ¿Te tomas otro ron?

—Me lo tomo. No me pegará mi marido, ¿verdad?

Fara hubiera preferido comer algo. Su estómago comenzaba a protestar, los retortijones exigiendo terminar con ese diluvio tóxico. En una ocasión sí había roto un jarrón contra la cabeza de un novio obcecado. Se habían dado un beso en la oscuridad de la sala, se habían prometido amor perdurable y un minuto después el muchacho ya estaba hurgando entre sus pechos, lastimándola, como un tigre ansioso. "¡Suelta, cabrón!". Fue cuando Fara le asestó aquel golpe que luego no supo excusar. Un jarrón tailandés que trataron inútilmente de reparar con el tubo de pegamento.

Se habían reacomodado en el piso, más confortadas, sobre el tapete de grecas que cubría parte de la estancia. Fara descubrió que su pantimedia se había corrido, aunque eso le ocurría cada semana. Hablaron de mejores tiempos y las travesuras cuando la secundaria. Sin averiguar más, terminaron revisando las diecisiete fotos obturadas por Peter Cobb. El detalle aquel de la corona en el campanario de la iglesia local, "¿ya viste que las columnas que la sostienen son en realidad ángeles de concreto?". Los pies descalzos de Peter en la cama, "y ese dedo chueco, como agarrotado, porque seguramente le dieron un pisotón de niño". De las fotos de Rose Baker no comentaron demasiado, "decía él que todos los traseros son iguales, pero no es verdad. ¡Mira qué celulitis!". El autorretrato de Peter ante el espejo del baño mostraba una suerte de profeta mustio con algo de Che Guevara. Fue cuando Rose Baker descubrió, en la siguiente imagen, la respuesta a esa efigie retadora: "¿Ya viste las tijeras detrás de la máquina de escribir?... y ese montón de basura, fíjate, ¡son sus pelos cortados!". Luego estaba la foto de la Smith-Corona incendiándose; es decir, la hoja del rodillo acometida por las llamas.

—Eso es un mensaje —Fara Berruecos experimentó la emoción de un explorador descifrando jeroglíficos—. ¿Te das cuenta?

Rose Baker intentó comprender. ¿Un mensaje?

—Mira; la foto de Peter nos está diciendo: "este soy yo antes de afeitarme; es decir, *de dejar de ser yo*. Adiós". La foto de los pelos cortados es la ofrenda del sacrificio. Esa mesa es el altar de redención. A lo mejor hasta se rapó la cabeza. Y la máquina incendiada... ¡es el infierno! ¡La renuncia a escribir más!... El castigo por sus pecados literarios —Fara respiraba con agitación—. ¿No está claro?

La Iguana guardó silencio. Intentó coger su vaso de ron pero le ganó una mueca de hastío. "Sería mejor comer algo".

—Eres muy inteligente —le dijo.

—Un problema que siempre voy arrastrando. ¿Dónde crees que esté Peter?

—En el cielo, con su tocayo San Pedro; probablemente. No todos los ahogados afloran en la bahía. Dicen que hay una corriente muy fuerte más allá de las olas. "La corriente ballenera", le llaman.

Fara Berruecos imaginó a Peter Cobb con su túnica celestial. Se encargaría de componer ditirambos marihuanos para los recién llegados. Repasó las fotos antes de regresarlas a su funda.

—Es curioso —dijo Rose Baker al retener una de las impresiones—. Este ranchero se parece a don Chencho.

Era una de las fotos tomadas desde la ventanilla del camión urbano. A través del cristal varios paisanos caminaban entre los puestos callejeros. Sí, Chencho, y Petronila, y don Lupe, y Pancracio, y Porfiria la tamalera.

Había llegado la hora de retornar al hotel. Ahora tenía más claro el asunto. Peter Cobb se estuvo acostando durante semanas con esa piruja de Broadway. Había renunciado a escribir, a su mujer, a la vida. Seguramente que en el fondo del mar los cangrejos...

—Ándale, mira; aquí también está Inocencio, aunque apenas si se distingue —Rose Baker señalaba el detalle en la otra foto—. A veces me arreglaba la ropa. Es un buen remendón.

Fara sintió que se le congelaba la sangre. ¿Qué había dicho? Señaló con el índice aquel rostro perdido.

—¿Quién dices que es?

—No sé, pero se parece mucho al maestro remendón que me arregla los vestidos... *Darling*, yo aumento una talla de cuando en cuando.

—Un maestro remendón.

—Hace maravillas en su localito. Don Chencho, a quien por cierto hace mucho que no veo —la Iguana contuvo un bostezo—. Inocencio Molinero, tan platicador.

—¿Cómo dices que se llama?

Era la razón de esas dos precipitadas fotos. Seguramente que Peter Cobb lo había descubierto mientras viajaba a bordo del autobús, y ahí estaba la prueba. Finalmente había dado con él, pero, ¿con qué propósito? Sólo el cielo lo sabía. Y de seguro que luego de conversar con él era que había decidido inmolarse. Rasurarse, quemar su obra, sumergirse en el océano.

—¿Dices que tiene un local? —Fara hacía esfuerzos por moderar su emoción—. Yo también tengo unos pantalones que ya no me quedan. Me gustaría llevárselos.

La Iguana ayudó a reintegrar esas fotos en el sobre. Destinó a su invitada un vistazo receloso. "¿Tú, gorda?".

—Hasta donde recuerdo, su local está frente al parque Agustín Yáñez. En una esquinita. "Remiendos Imposibles", eso dice en la puerta —la doble de Liz Taylor se llevó una mano al mentón—. Oye, y perdóname Farrah, pero tú no estás gorda.

—Es el problema de mi profesión. Sales con el desayuno en el estómago pero no tienes la certeza de si comerás a las dos, o si cenarás en casa. Ha habido ocasiones en las que parto directamente de la redacción del periódico al aeropuerto, y duermo en San Salvador en vez de mi cama. Nos obligan a traer siempre el pasaporte en la bolsa.

—Eso no hace engordar a nadie.

—No, y por cierto que sería conveniente comer algo. Te invito a cenar fuera —Fara temía el trance infame de la basca—. Habrá algún restaurante por aquí cerca.

Fara Berruecos estaba complacida. Tenía una pista nueva aparte de las indagaciones ociosas sugeridas por el capitán Ayala. Si localizaba al tal Inocencio Molinero...

—No son muy buenos por aquí. Además que sigue lloviendo —Rose Baker descubrió una mosquita nadando dentro de su vaso—. Tengo comida en el refri. Ayer compré un pollo asado; también hay un poco de espagueti. ¿Mi entrevista, cuándo saldrá?

Fara Berruecos recordó la engañifa concertada en la víspera.

—Supongo que regresando a México. Mi hija me espera con verdadera impaciencia —exageró.

—"Hijos, niños, reproducción humana" —pronunció la Iguana con tono implacable. Ya sondeaba dentro de la nevera—. ¿Sabías que en China han prohibido a los matrimonios tener más de un hijo?

—¿Tú no has tenido, Rose? —era una pregunta incómoda, aunque pertinente.

—¡Ándale! ¿Hijos, yo?... —la anfitriona empujó con gesto solemne la puerta del mueble esperando pacientemente su chasquido mecánico—. Te mentí, Farrah. Ya no queda espagueti. O pollo, o pollo.

—Qué remedio —la invitada trató de componer la mesita de la cocina. Pocas servilletas, un salero impregnado de humedad, migajas y algunas hormigas—. ¿Ahí guardas los platos?

Rose Baker había colocado las piezas de pollo dentro del hornillo eléctrico. Una pechuga, dos muslos. Fara la observó con detenimiento y por fin comprendió su inquietud. Sin maquillaje ni lentillas de color, *casi* no era Liz Taylor.

La quiso imaginar en aquellos trances nocturnos fingiéndose la glamorosa estrella por cien dólares en la cama. ¿Qué les diría a sus clientes? ¿Gemiría de placer como Adelaida en la habitación 201? De pronto entristeció; ella misma, Fara Berruecos, era otra ilusa fetichista. Se trataba de una verdad simple: los clientes de la Iguana acudían para reencontrarse fantasiosamente con Liz Taylor y copular con la misma ilusión que los niños encandilados ante Mickey Mouse al estrecharlo en Disneylandia. Ella, igualmente, había ido en pos de su fantasma redentor. Tenía sus fotos, sus casetes, su brocha de rasurar. Sólo que Peter Cobb estaba muerto. Recuperó su vaso de ron y le dio un buen trago.

—Peter intentaba hacer una novela de mi vida, ¿te lo había contado? —Rose Baker halló un frasco de aceitunas en la alacena y ya olfateaba su contenido—. Venía una noche sí y otra no, pero no siempre teníamos cama. Necesitaba escucharme. Que le hablara. Fue cuando me dijo eso, que escribiría un libro sobre mi vida. Él como un... *procuress. How do you say?*

—Alcahuete, proxeneta...

—Ándale. Él como un proxeneta literario y yo como una rata de laboratorio. Una rata sexual... Suena horrible, ¿verdad *darling*?

—¿Cuándo fue la última vez que conversaron?

—Vino durante la mitad de mayo. Triste, desorientado. Se tiraba en aquel sofá y dormitaba mientras yo le iba contando mis andanzas. Fue cuando me di cuenta de que era un niño. Un niño asustado. Un hijo que necesitaba el cuento antes de irse a la cama, y yo su madre contándole historias: "Había una vez una sarracena de culo enorme que se parecía a la princesa Liz, y cada noche abría sus gordas piernas para que los duendes del bosque...". En fin. Dejó de venir. Luego hubo la noticia aquella de su desaparición. Su muerte ahogado en la playa. A mí nunca me buscó el capitán Ayala, por cierto. Así estuvo bien.

La Iguana citó a la mesa y llevó aquellas piezas más que rostizadas. La vivienda comenzó a oler a pellejo quemado. Sin embargo ahí tenían las aceitunas, algunas rebanadas de pan Bimbo, un tarro de mostaza, el ron y los hielos.

—Mi hija Margarita no puede comer pollo —dijo Fara.

Rose Baker suspiró. Dio un trago largo a su ron, hipó. Luego empuñó un tenedor.

—¿Le hace daño?

—No. Es más cosa sicológica. Un trauma.

—Ándale, yo lo que padezco es de papilofobia.

La reportera Berruecos probó el muslo a punto de chamuscado. Alzó la vista, buscó la mostaza.

—Eso qué es —no sonó a pregunta.

—No puedo ver a las mariposas. Me aterran. Me paralizo y me da un ataque de asma. De lejos quizá sí, pero mete una mariposa negra en mi alcoba y me matas de un infarto... —bostezó aguantando el mareo—. ¿Sólo tuviste una hija?

Fara sintió que su estómago se estrujaba. Mordió una aceituna.

—No, dos. Fueron gemelos; es decir, cuates. Mujer y hombre.

—¿Y?

—¿Tú nunca tuviste, Rose?

—Bueno, estéril no soy. Quedé preñada tres veces, de diferentes hombres, y tres veces fui a la clínica para *arreglar el problema*. No es lo mío, lo de los niños. Sospecho que además de las mariposas, también tengo fobia a los bebés. No soporto su llanto, sus gritos en el mercado. Hay demasiados niños en el mundo, Farrah. Demasiados, demasiados, demasiados niños...

Fara Berruecos probó una segunda aceituna.

—Nacieron en una fecha complicada. El 11 de septiembre de 1973. Tú recordarás, fue el día del golpe de estado en Chile. Cuando derrocaron a Salvador Allende... ¿Sabes?

—¿A quién?

—El primero en salir fue el niño, que sería bautizado, obviamente, Salvador. Margarita salió después, casi una hora después. La verdad es que esperábamos dos niñas, mellizas, pero el neonatólogo que me supervisaba se equivocó.

—¿El qué? ¿No quieres más ron? —volvió a bostezar.

—El pediatra, fallaron las radiografías —Fara encendió un Camel.

—Son muy traviesos, me imagino. Con una madre tan inquieta, tan viajera...

—El asunto fue la tacañería de Rogelio, mi marido. Siempre se termina pagando la mezquindad; tú lo sabrás. Los pañales más baratos, los baberos por docenas, los biberones de plástico delgado que siempre se chorrean, las cunas de oferta, los zapatitos de cuero artificial y que siempre se les rompen las correas. Los niños tropezaban por lo mismo al sacarlos a pasear. Es decir, apenas daban sus primeros pasos, y como eran dos, era un lío controlarlos. Sobre todo cuando los llevábamos al parque. Y también con eso; los dos iban apretados en una misma carriola. No sé cómo cabían. Ah, la mezquindad, la mezquindad...

—Salvador y Margarita —reflexionó la Iguana—. Suenan bonito.

—Iban a cumplir el año. Fuimos a una fiesta con los vecinos del primer piso, porque nosotros vivíamos en un séptimo. Los dejamos en sus cunitas, dormidos, y bajamos con aquellos vecinos celebrando su aniversario de bodas. Los Obón. Había varias parejas, gente muy politizada, hablando de los temas en boga. El Tercer Mundo, la guerra en Angola, la guerrilla de Lucio...

—¿La guerra de quién? —Rose Baker se trasladó dando traspiés al sofá de la pequeña sala. Bostezaba aguantando el vaso de ron.

—Estuvimos ahí hasta muy tarde. Bailamos salsa luego de discutir tonterías. También cantamos junto al tocadiscos el tema de moda, José José con aquella melodía pegajosa, *tus ojos, quiero ver tus ojos. La primera vez que los vi, supe por fin qué era el amor. Tus ojos, qué lindos son tus ojos...* Ay, cómo la odio. Y los Obón con cara de "ay, qué sueño, ¿a qué hora se irán?" Total, que regresamos al departamento a esa hora canturreando en el elevador lo de *tus ojos, qué lindos son tus ojos...* Rogelio me besuqueaba, se había robado una de etiqueta negra; era su estilo, robar botellas de las fiestas, y llegamos al departamento tratando de hacer el menor ruido posible. Mandé a Rogelio a entibiar los biberones mientras yo me desplazaba a la recámara de las criaturas. Echarles un ojo, por si acaso. Taparlas con sus pequeños cobertores. Habíamos dejado una lamparita encendida por eso de los miedos nocturnos, porque cuando uno lloraba despertaba al otro. Todo era doble. Y sí, entré en la recámara que había tapizado con recortes de pájaros y elefantes. Pájaros y elefantes. "¿Cómo hace el pajarito?" Pi, pi, pi, pií. "¿Cómo hace el elefante?" Uuh, uhu, uhuú. Me recargo entonces en el marco de la puerta y descubro que Margarita está despierta. Despierta y parada en su cuna. Señala hacia el frente con cara de extrañeza. "Mira". Nunca se me olvidará. La niña alzando su bracito hacia la cuna de Salvador, al fondo, que apenas alcanza a iluminar la pequeña lámpara. Me dirige entonces una cara de sorpresa. "¿Y aquello?" Entonces descubro que en la otra cuna el niño cuelga ahorcado. Sus pies casi tocaban el piso. Al revolverse en el colchón el bebé rodó y se coló entre las varillas de la cuna, pero su cabeza lo retuvo... Las cunas de precio normal tenían once varillas, las de oferta nueve, y por ahí resbaló el niño. Quedó colgado, con el pescuezo terriblemente estirado. Una escena patética. Y Margarita sin entender nada lo señalaba como reclamando: "Qué, ¿ya no vamos a jugar a los pajaritos?". Fue horrible. Yo me había ligado las trompas y ya nunca podré tener más hijos. Fue un duelo por mitad. Enterrar un hijo y sostener la alegría con el otro. Con la otra. Tirar la ropa de niño, los juguetes de niño, los zapatos de niño. Ocultarle a Margarita aquel trauma, porque muy pronto olvidó todo. Lo asimiló. Fue la reina de la casa y la de sus abuelos, que la adoran. El asunto con Rogelio resultó tremendo. Fue culpa suya lo de las cunas baratas. "¡Mezquino, mezquino! ¡Desgraciado, mira lo que lograste con tu tacañería!", estuve gritándole toda la noche después de que enterramos al pequeño Salvador. En secreto era mi favorito. Y así pasó el tiempo. Olvidando y recordando, que lo es todo en la vida. No sé cómo pude aguantar con él. Nunca se lo perdoné, aunque esas tragedias también unen a la pareja. Es lo que nos decía el sicoanalista que consultamos durante años... Hasta que alguien me invitó a trabajar al periódico y decidí sublimar todo con trabajo y más trabajo. Antes hacía entrevistas en Radio Educación. Me fascina el periodismo, porque... ¿Rose?

—...ándale —susurró la anfitriona desde las sombras del sofá.

—Las cosas con mi marido se estabilizaron poco a poco. Ingresó a una agencia de publicidad y con el tiempo se hizo accionista de la empresa. Es ingenioso, muy creativo, ha sabido abrirse espacio en su profesión, aunque se dedique a la propaganda de los corn-flakes y la imagen de diputados con cara de gángster. Así, un mal día conocí a Peter Cobb entrevistándolo durante una gira que hizo por la ciudad de México. Me fui a la cama esa noche con él. Sentí que se me abría otra dimensión en la vida. Un hálito de libertad y alegría, aunque fue demasiado breve. Dos años después fui a California y me reencontré con él. Convivimos durante cuatro días en su estudio de Venice Rim. Fui su esposa clandestina durante esa media semana... mis días de mayor felicidad, y clamé al cielo porque se decidiera por mí. Que mandara al demonio a su mujer, Glenda, de la que nunca quise saber nada. En fin, que *la vida te da sorpresas*, como dice la canción, igual que esa tarde cuando llegó Margarita, boquiabierta, con la fotografía que halló no sé dónde. Preguntó por ese otro niño que estaba a su lado chupando un biberón. ¿De qué se trataba aquello? Su padre se encargó de explicárselo a lo directo, como es él: "Era un hermanito que tenías antes, pero se murió cuando tú eras chica". Sí, claro, pero cómo. Y entonces empleó toda la crudeza, de la que es un especialista, para relatar: "Se ahorcó en la cuna, quedó colgado como pollo de mercado". La niña tuvo una impresión tremenda. Lo imaginó todo y guardó silencio. A partir de ese día ya nunca más probó una sola pieza de pollo. Sólo con verlo le dan náuseas. Su trauma de la vida es el pollo, como ése que me has ofrecido, Rose, y que sabía, la verdad, a suela quemada. Qué pena lo de tu culo inmenso, querida; jamás te lo podrás operar como yo mis tetas, que hacían embrutecer a los hombres. Respecto a lo de Peter... está bien. No era ningún ángel del cielo. Lo tuve yo y lo tuviste tú. Ahora ninguna y ni modo. ¿También compartías con él ese pollo requemado? Las aceitunas, sin embargo, no estaban tan mal.

Fara Berruecos calló su recuento. Suspiró, se sintió mareada. Revisó la mesa: el vaso de los hielos fundidos, el cuenco guardando aquel gusano de ceniza donde aún se podía leer, disminuida, la marca Camel. Y las hormigas reanudando su cruzada silenciosa en pos de las migajas.

Recuperó su bolso y comprobó que el sobre Agfa estuviera dentro. Pescó la última aceituna del frasco y salió sin despedirse. Rose Owen Nazzaro permanecía dormida en el sofá, las rodillas dobladas en posición fetal, junto al ídolo del Preclásico.

Abandonaba por fin la casa de la Iguana. Avanzó bajo el rigor del temporal empapándose con aquella pertinaz llovizna. Escuchó el chasquido enervante de las cuijas, que se habían apoderado del puente sobre el Cuale, y así pudo orientarse entre las sombras. Era más de la medianoche y en Puerto Vallarta no había más que oscuridad y lluvia. Concluía el verano, después de todo.

Despertó temprano. Le dolía la cabeza, pero no iba a permitir que la cruda resultara victoriosa. Era un certificado indefectible de la profesión; ron, whisky, brandy, vodka, tequila. La mitad de los reporteros dominaban la tensión con un par de tragos previos a la refriega contra las robustas Olivetti. La secretaria de la redacción, además, adquiría cada semana tres cajas de aspirinas, suficientes para un regimiento de artilleros. Fara Berruecos se echó un par a la garganta y bebió, con esfuerzo, aquel vaso de agua fría.

Aún no daban las ocho. Llamó a la recepción para solicitar una larga distancia a la ciudad de México. Había temido que amaneciera resfriada luego de aquella caminata bajo la lluvia, pero no. Estaba fresca, animada, aunque las sienes le latían como tambores de guerra. Por fin logró la comunicación y quien respondió fue su madre. Preguntó por la salud de ella, por su padre, por Margarita. "Va a tener que ser una conversación breve, hija, porque la niña está a punto de irse al museo con sus amigas. Pasarán ahí todo el día y la va a llevar su abuelo en el coche". Sí, claro, qué bien. Y en lo que llegaba la menor al aparato, la madre aprovechó para indagar, "Fara, hija, ¿qué piensas quedarte a vivir para siempre en Puerto Vallarta? ¿Cómo va tu noticia?". Es lo que siempre comentaba ella al hablar de su hija; "está en las noticias". "Y tu marido, hija; no lo descuides. Ya ves cómo anda el mosquerío en su oficina". Sí, claro, yo sé. Entonces llegó Margarita al teléfono y la enfrentó:

—Mamita, qué gusto. ¿Qué me has comprado de regalo?

—Unos gatos negros, de barro. También unos cuadros que hacen los huicholes con estambre de colores. Motivos sagrados, ceremonias del peyote...

—¿Peyote, mamá? Eso es droga, ¿no?

—Sí, pero droga ritual. De sus danzas y mitotes. No te estoy llevando peyote, hija, sino dos cuadritos alegóricos. Muy bonitos.

—Bueno, los pondré sobre mi mesa de trabajo... (Oye, abue, ¿me podrías traer mi cuaderno de tareas? Quiero consultarle un dato a mi mamá.) ¿Mamá?

—Dime, hija.

—Es que quiero aprovechar para decirte algo.

—¿Algo cómo qué?

—Pues *ya*, mamá. El lunes pasado.

—¿Ya, qué, hija? Estás muy misteriosa.

—Pues *ya*, mamá... *Ya soy señorita*, si quieres que te lo diga como tus tías las poblanas. Nomás duró dos días, y ya. Creí que me moría.

—Ay, hija. Y yo hasta acá... Ya me estoy mortificando. ¿Te dolió mucho, es decir...?

—Lo normal, mamá. Por Dios. ¿Por qué tanto exagerar? ¿Y tú cómo vas con el asunto del gringo muerto? ¿Ya lo sacaron del mar?

—No es así, Margarita. Está *desaparecido*, que no es lo mismo.

—Bueno, que termines pronto, mami, porque acá ya te extrañamos... (Gracias, abue.) Te manda saludar mi papá.

—¿Lo viste?

—Anoche vino a merendar, medio tarde. Si vieras el carrazo que se acaba de comprar. Es uno de esos deportivos, como chaparritos. Amarillo.

—Qué bien, hija. Salúdamelo ahora que lo veas... ¿y tus...? Fíjate lo que te voy a preguntar, y no quiero que te enojes. ¿No hay *todavía* necesidad de comprarte un brasier?

—Ay, mamá. Ni que fuera tú. Yo soy normal, una niña de once años que... bueno. Lo que te decía.

—Ya se van a nadar.

—¿A Nadar? ¿Quiénes?

—Un matrimonio divino que estoy mirando desde la ventana. Allá van rumbo a la playa, donde hay unas rocas tremendas. Él lleva unas aletas como de buzo y visor con snorkel. Es muy fuerte, hasta parece Tarzán... Ella va cargando las toallas, y una bolsa con el desayuno. Supongo.

—Ay, qué padre. ¿Llevaron a sus hijos?

—No, Margarita. Vinieron *sin problemas de infantería*. Él se llama Guillermo y ella Adelaida. Están hospedados en el cuarto de al lado. Él es vendedor de bonos del ahorro; traen un carro muy bonito.

—¿Cómo sabes tanto?

—¿Cuál es mi profesión, hija? ¿Lo has olvidado?

—Mamá, acuérdate, tú eres una *fantaseadora*. Como dice mi abuela (¿Verdad abue?) Sí, bueno, oye, ya voy a colgar. Tengo que desayunar porque el abuelo me tiene que llevar al Museo de Ciencias. Luego vamos a remar en el lago de Chapultepec.

—¿Remar, hija? Por favor, no te vayas a ahogar.

—Tú tampoco, mamá. Y me cuidas a Tarzán y Jane, que aquí Miroslava se encarga de vigilar por mí. Con sus ladridos. ¿Quieres hablar con ella?

—¿Con la perra? No, por favor.

—Bueno, adiós. Chao, chao, y besitos.

Luego de colgar el auricular, Fara Berruecos volvió a lanzar la mirada hacia el parque, más allá de la ventana, donde alcanzó a ver los últimos pasos de aquella pareja celebrando su segunda luna de miel. Ya arribaban a la playa, como todas las mañanas, para zambullirse en absoluto solaz.

—Yo no hablo con perros —dijo al cerrar la persiana—, yo hablo con iguanas.

El parque "Agustín Yáñez" quedaba en las afueras de Vallarta. Era un barrio con casas de ladrillo sin revestir, efecto del crecimiento vertiginoso de la ciudad. No tardó mucho en dar con aquel local, "Remiendos Imposibles", pero algo le dio mala espina. La cortina metálica estaba mordida por el polvo, lo mismo que los candados que la aseguraban en el remate de la estructura. Además, varios sobres de correspondencia asomaban bajo el biombo metálico. Hacía algunas semanas que aquel lienzo de hierro no era izado.

Fara comenzó a preguntar en los locales aledaños, recauderías, tiendas de regalos, donde no le pudieron dar mayor información. Sí, en esa esquina despachaba normalmente don Chencho, quizás el mejor sastre remendón de todo Puerto Vallarta, pero hacía por lo menos dos meses que no se aparecía en su local. "A lo mejor se fue a vivir a Guadalajara", "Creo que tiene unos parientes en la sierra". "Desde junio, o julio, que no se aparece por acá".

Entonces Inocencio Molinero volvía a ser el espectro habitando aquel par de impresiones borrosas. ¿Por qué lo habría fotografiado Peter Cobb desde el camión de pasajeros? Fara decidió pasar el resto de la mañana en la sombra de *El punto negro*, acompañada por la novela de Vázquez Montalbán y una fresca y necesaria cerveza.

Al retornar al Rosita Inn se topó con una ambulancia de la Cruz Roja. Había una veintena de curiosos alrededor del vehículo. Gente morbosa queriendo comprobar que aquello era algo más que una noticia a media voz. El vehículo ya arrancaba y ella terminó por enterarse. Al mediodía, luego de paladear su último cono de nieve de limón, había muerto Serafín Santos.

—Estuvo muy tranquilo; luego le vino un acceso de tos y se desvaneció. Y así, dormido y resollando, falleció hace tres horas —se encargó de informar la rolliza administradora.

De modo que el viejo coleccionista de conchas había cumplido con su palabra. Eso había dicho una semana atrás, "he venido a morirme". Ahora iba rumbo a la agencia donde lo velarían.

—Debajo de su almohada dejó un sobre con dinero para que pagásemos los gastos funerarios. Es lo que dice la nota. También una serie de teléfonos de parientes suyos, para avisarles —la corpulenta muchacha aguantaba con entereza, apretando un pañuelo contra su nariz—. Mi mamá se encargó ya de llamarles. Unos vendrán esta misma noche... Era tan lindo.

—Pero —protestó Fara Berruecos ante aquel absurdo—, si antier mismo estuvimos platicando en la playa. Se veía mal, pero yo no pensé...

—Todos los años venía en esta época. Dos semanas. Solito y con sus manías. Las conchas marinas, sus baños de mar, las novelitas vaqueras que leía por centenares. Nunca fallaba desde que yo era niña; aunque dejó de venir los dos últimos años. Por lo de su enfermedad, supongo.

Fara Berruecos había perdido el apetito. Estaba desvelada, frustrada, asustada por aquella triste sorpresa. Debía retornar a casa cuanto antes. Telefonearía esa tarde a Fernando Bonfil. "Este reportaje va a resultar un champurrado de vaguedades. Igual que si hubiera platicado con una asamblea de espectros. Habrá que partir del hecho que, aunque no quisiéramos, Peter Cobb pasó a mejor vida".

—Perdón, señorita Sonia, sé que ahora están muy ocupadas —Fara observó a dos niños que jugaban en la calle con una cinta deslavada. Gritaban, se la arrebataban. Seguramente se había soltado de la camilla—. Hay una persona que estoy buscando.

"Paradojas de la vida", pensó ella. "Un cadáver viaja hacia su triste funeral y dos criaturas retozan vivarachas por un jirón que se le ha soltado".

—Lo intuyo, señora Berruecos —la administradora suspiró al ceñirse nuevamente el delantal—. Lo del gringo aquél. El ahogado, ¿verdad?

—No, se trata de otra persona. Estoy buscando a un sastre. Inocencio Molinero, que tenía su local en el parque Agustín Yáñez.

—¿Don Chencho? ¿Ya no está?

—Estuve a buscarlo y no lo encontré. Parece que abandonó su negocio. Necesito hablar con él.

—Cuidado, señora; tiene fama de loco.

Fara se la quedó mirando con suspicacia.

—¿Fama de loco?

—Aquí nos hizo varios trabajos, usted sabe. Sábanas convertidas en cortinas, y cortinas transformadas en servilletas... El caso es que vino varias veces y una tarde se puso a platicar con mi madre. Y yo lo oí. Mi madre estaba como lela escuchándolo, pero yo me puse a analizar todo lo que decía. Muy raras sus asociaciones —la rolliza mujer lanzó un vistazo hacia el mostrador desatendido del hotel—. Ahora la pobre quedó muy afectada por la muerte de don Serafín. De esos huéspedes que uno quisiera tener siempre.

—Un buen viejo. Muy íntegro. Es una pena.

—Dejó varias cartas para sus sobrinos; para sus hermanos. Una nota arriba de todo suplicando: "Al tío Bulmaro no le digan nada. Está muy malo del corazón. Que yo no sea la causa".

La administradora se había guardado el pañuelo en el delantal. Se volvió hacia la entrada del hotel, donde unos huéspedes la llamaban a señas.

—El loco del pueblo, supongo —Fara Berruecos agradeció la atención—. Nadie pensaría que un sastre remendón se diera también esos lujos.

Sonia se rascó un sobaco:

—No. Ése es Casimiro Cleto. ¿No le ha tocado verlo? Anda medio encuerado y soltando pura majadería. Lo de Chencho Molinero es una chifladura distinta; digo yo, que me he percatado. Cuando platica tan formal parece... cómo le diré. Un hipnotista. No, es como si fuera el intérprete del Diablo. A mí me da miedo.

—Ahí le encargo. De cualquier modo creo que dejaré el hotel mañana. O pasado mañana.

—¿Por lo de don Serafín? —la administradora esbozó una mueca—. No se preocupe. No era infeccioso; lo dijo el doctor que vino para el acta. Cáncer de estómago.

—Ah, bueno.

John Huston parecía estarla esperando. Fara Berruecos indicó al taxista que retornara por ella más tarde, a las cinco. Iba nerviosa aunque sentía que aquello por fin llegaba a su final. Lo que dijera el viejo cineasta sería, de cualquier modo, noticia. Tres meses atrás acababa de concluir el montaje de *Bajo el volcán*, basada en la novela de Malcolm Lowry, y ahora estaba, lo que se dice, exhausto. Había declarado a la prensa eso, "No haré en mi vida una maldita película más. Quiero descansar; simplemente descansar. Regresar con Ramona".

—Ya te tardabas, *señorita Berueca* —le dijo en rudo español, quitándose la sonda de oxígeno que parecía escurrir de sus orejas. Estaba sentado en un viejo equipal, aunque no lejos de ahí esperaba su silla de ruedas.

—Es un placer —dijo ella al saludarlo, aguantando el resuello—. Parece que sí le dieron mi recado.

—El placer es suyo, señorita Berueca. Mi último placer fue hace cuatro años, un ridículo que no debiera presumir. La vida sin sexo es un alivio, ¿sabía usted?

Fara pasó por alto el comentario. Era cierto, hacía más de un mes que no ejercía el cuerpo.

—Habla usted muy bien el español.

—He vivido en este lindo país más de siete años. Además mi abuela era española —Huston se volvió a colocar la sonda conectada al tanque de oxígeno—. Mi primera amante fue una *sirvientita* que teníamos en casa. Pancha.

—Eso no está en su biografía, creo.

—¿La leyó usted? Un ajuste de cuentas que dentro de diez años ya nadie recordará. Puras necedades —y recitó juntando las manos al frente—: *Vanitas vanitatum et omnia vanitas*. Quizás, yo no le sé, ésta sea mi última entrevista, señorita Berueca. Seguramente sí.

Fara le ofreció un gesto ambiguo. Le había mandado decir con un mozo del hotel que quería conversar con él. Simplemente conversar. Llegaría a las doce.

La casa de Huston se erigía sobre unas peñas desde las que se podía contemplar la estrecha playa de Mismaloya. Él la denominaba "Las Calas", y en realidad era un sitio inaccesible, o casi: la escalera que ascendía desde la sinuosa carretera tenía más de doscientos peldaños, y Fara aún resollaba.

—¿Qué le ofrezco? Hay un poco de whisky, ginebra, y creo que tequila. Cervezas no porque es un lío subirlas desde el camino. Marcela ha preparado un delicioso tepache, que es mi alimento principal, señorita Berueca. ¿Va a publicar eso: "El viejo Huston se alimenta de tepache y oxígeno"?

—Tepache estaría bien —Fara Berruecos obedeció el gesto del anfitrión y tomó asiento en una banca de madera sin desbastar.

Entonces el realizador se levantó y aplaudió en lo alto:

—¡Ey, Marcela! Tepache para dos, y un plato de coco rallado... ¿Le gusta el coco, señorita Berueca?

A veinte metros de ahí quedaba "la casa", construida con todo tipo de materiales, principalmente rocas del lugar. Fara creyó adivinar una silueta en la puerta de la abigarrada construcción.

—¿Tendría usted tiempo para almorzar? Marcela es una hechicera de la cocina. ¿Ha comido usted iguana?

—No, nunca —no pudo evitar el gesto de repulsa.

—Es una broma. En esta casa ya no abunda el dinero, como antes, pero se come bien. Mejor que en un convento... Señorita Berueca, ¿hizo usted vida de monja?

—No, ¿por qué? —Fara dudó si emplear la Olympus que guardaba en su amplio bolso.

—Porque sostiene los brazos al frente, con su cuaderno. Eso sólo lo hacen las novicias para disimular sus pechos.

—¿Usted mató a alguien?

John Huston arqueó sorprendido los arcos ciliares.

—No sé. ¿Por qué lo pregunta?

—En la novela de Peter Cobb se afirma que hubo un muerto que fue enterrado en la piscina de Casa Kimberly. Alguien que mató usted, o el personaje *que se llama como usted*. Tal vez el vecino aquel...

—Greg Maxwell.

—El mismo. Fue un crimen pasional, supongo. Eso nunca se explica en la novela.

Huston rascó una de sus orejas con la punta del índice.

—Aquí hay demasiada humedad, señorita Berueca. El año pasado tuve una infección de hongos en el oído. *Una lata...* En realidad ese gringo se llamaba Maximilian Scott. Un perfecto y muy digno mariquita, que adoraba a Liz, es cierto. Le robaba los calzones que ella tendía en su baño. Una noche intentó saltar la barda de Casa Kimberly pero resbaló en la terraza. Se fracturó un brazo. Eso no está en la novela.

—¿Usted lo conoció? ¿A Peter Cobb?

Huston no pudo reprimir la sonrisa. "Ah, ¿por eso ha venido usted?" Buscó el morral que descansaba al pie del silloncito de cuero. Hurgó hasta dar con un paquete de papel encerado y dentro un manojo de cigarros. Lanzó un vistazo preventivo hacia la cocina, se quitó la sonda de oxígeno y acto seguido encendió uno de los puritos como raíz marchita. Apagó el cerillo en el aire con un gesto de mago en escena.

—Que si lo conocí —repitió Huston con la bocanada de humo.

—Yo lo entrevisté en dos ocasiones. Y ahora que está... desaparecido, me enviaron para hacer un reportaje del asunto.

—Ese *individuo* es un tramposo. Quiero decir, *era*. Era un tramposo.

—¿Usted lo conoció? En Vallarta escuché que habría venido varias veces a entrevistarse con usted. ¿De qué conversaron?

En eso llegó la mujer con la jarra de tepache, dos vasos y la copra del coco rebanada muy finamente.

—Marcela, esta es la señorita Berueca —Huston ocultaba el cigarro detrás del respaldo. No hizo el intento de levantarse—. Y Marcela es la mujer que me cuida y me quiere. ¿Verdad, *cariñito*?

—John, ese cigarro —la mujer, que no era ni hermosa ni fea, llevaba el cabello trenzado en una larga ristra—. Ese cigarro es lo que te tiene tan enfermo. Lo tienes prohibido y más que prohibido... Ya lo sabes. ¿Qué dijo el doctor Oates en el White Memorial?

—Que me voy a morir.

—No es cierto, John. No dijo eso.

—Bueno, Marcela, por Dios... No pienso vivir por siempre. Te prometo que será el último —Huston se había colocado nuevamente la sonda respiratoria—. El último de esta semana.

—Sí, claro —hizo una mueca resignada—. Comeremos barrilete asado y sopa de papa.

—*Yes, sir!* —bromeó al despedirla.

—¿Es su nueva esposa?

—¿Se acostó usted con el tramposo Jacob? Señorita Berueca, la mía también es una pregunta.

La mujer ya desaparecía en el umbral de la cocina. Huston probó una rebanada de coco. La alió con jugo de limón y sal.

—Pruébelo. Es excelente para la digestión. Como yo paso el noventa y nueve por ciento del tiempo sentado en este sillón, ya te imaginarás el desorden que son mis intestinos —el patriarca se apretó el vientre con un puño—. Acudir al retrete es una gloria equivalente a la de Filípedes anunciando la victoria de Marathon... y perdone usted estos desvaríos versallescos.

Fara dio un sorbo a su vaso de tepache. Aunque estaban a la sombra de un alto guayacán, la mañana comenzaba a calentarse. Sin anunciarlo desprendió de pronto la cubierta de la Olympus y le hizo varias fotos. El célebre realizador inclinaba la cabeza, contenía la sonrisa, ensombrecía la mirada.

—"Los últimos retratos del misántropo John Huston en su cabaña junto al mar" —imaginó en voz alta el cintillo del reportaje.

—La cámara era de Peter... —Fara probó una rodaja de coco—. Y sí, me acosté con él en varias ocasiones. Es curioso.

—No, muchacha. Irse a la cama con alguien no es "curioso". Está en la naturaleza. Como las iguanas cuando bostezan...

—¿Las iguanas bostezan?

John Huston sonrió fatigadamente. Luego miró el cigarro que había tirado y que ya se deshilachaba dentro de un charco.

—Por eso elegí este sitio... además de que me lo paga secretamente el gobierno mexicano. ¡Ay, San Presidente Miguel de la Madrid, qué haría yo sin ti? —bromeó juntando las manos en actitud beatífica—. Aquí mi peor pecado ha sido matar a Peter Cobb.

—¿Usted lo mató? —Fara soltó la cámara sobre su busto.

—Con estas manos, cuando vino la última vez. Los tramposos son la... *how do you say "slag"*? La basura del mundo.

Fara Berruecos se lo quedó mirando con seriedad. "Ajá, usted".

En eso hubo un ruido rumoroso detrás de ellos. La hojarasca agitándose. Fara llevó la mirada hacia la maleza más allá de guayacán.

—Es Fionna —se limitó a explicar John Huston.

—¿Quién es Fionna? Pensé que se llamaba Marcela...

—Marcela es una buena mujer, ciertamente. Un poco elemental, pero las mujeres elementales son más perdurables. En cambio las sofisticadas... Uh. Las sofisticadas.

Entonces Fara descubrió al reptil asomando entre las peñas.

—Una iguana —dijo al mirarla incursionando en la escalera que ascendía desde el camino.

—Como todas las iguanas del mundo, ahí va, deseando.

La visitante pareció no entender, así que Huston creyó necesario explayarse:

—¿No las ha visto copular? Las iguanas son los animales más *calientes* del planeta. Bostezan al sol y es la señal para anunciar "quiero tener sexo". Siempre están bostezando y siempre están, ¿como dicen ustedes?... *cogiendo*. Esa Fionna es hembra, viene a ver si le damos coco —Huston aventó un puñado de rodajas, que no llegaron demasiado lejos—. ¿Tú viste *Moby Dick*?

—Una vez la pasaron en la televisión.

—Sabrás que yo fui el director, con Gregory Peck, tan perfecto el imbécil. Estuvo a punto de vencernos el bicho.

—Pensé que era un modelo a escala. Cine de animación.

—Estoy hablando del estreptococo. Rodábamos en las Azores, pero con tan mal tiempo que todos enfermaron de neumonía. Entonces debimos migrar con todo el equipo para terminar de filmarla en las islas Canarias. Ahí ya fue otra cosa. ¿Y usted, señorita Berueca, cree que esté vivo el *tramposo*?

Fara probó otra rodaja de coco. Miró en la distancia a la iguana husmeando aquel mendrugo. El lagarto era horrible, pero dentro de su condición, pensó ella, *es hermoso*.

—Ya no sé.

—Peter Cobb que murió de, ¿cuarenta años?

—No. Tenía treinta y seis, como yo.

—Para mí su novela más interesante fue *Gazes at dawn*. Fue un monumento a la guerra fría del periodo Eisenhower-Kennedy. La crisis de los misiles que provocó, ¿sabía usted?, más de cinco mil suicidios en esas dos semanas de sinrazón. Eso está muy bien recogido en la novela de... ¿Cómo se llama el personaje?

—"Cobalt". James T. Cobal, el hombre que nunca duerme.

—Sí, ya recuerdo —Huston volvió a dirigir la mirada hacia la casa y luego buscó en el morral. Otro cigarro y el chisporroteo del cerillo al encenderse. Ahh. Luego de aquello retomó el discurso:

—Peter Cobb vino varios días antes de su muerte. Conversamos en este mismo patio. Recuerdo que llovía. Siempre que se presentaba, llovía. Discutimos lo de su libro, *Iguanas by night*. El asunto de la falsedad y la exageración, la... *how do you say "unsubstantial"?* Bueno, eso. La estética pastiche, la arrogancia del autor "que estuvo en el lugar de los hechos". Al final quedamos mal porque él quería continuar la historia, escribir una segunda parte de aquel libro de mentiras inútiles. ¿Sabía usted que el buen Ray estuvo a punto de demandarlo? Y no se diga Liz, que queda tan mal parada en el libro, aunque a Rick sí le divirtió. Hasta su muerte, el mes pasado, lo obsequiaba a sus amistades. Había comprado un centenar de ejemplares. La disfrutaba mucho. La pasión al desnudo, los excesos, aquellos mejores días, el sexo a la intemperie, los puñetazos y arañazos de celos al amanecer. Si ése no fue amor apasionado, no sé qué lo podría ser.

Huston retiró el cigarro. Volvió a ceñirse la sonda de oxígeno. Alargó varias inhalaciones. Dirigió a Fara Berruecos una mueca lastimera.

—Pero yo no estaba de acuerdo —recuperó el relato—. Claro, ya lo sé, la inspiración pura no existe. Todo es de algún modo *plagio*. Los hermanos Grimm y Marguerite Yourcenar, todos recogiendo historias de otros, reconstruyéndolas como una suerte de... *kaleidoscope* hasta el infinito. Pero una novela era suficiente, le dije a Cobb. Quería incluso que ese segundo libro lo escribiéramos entre los dos. Sus mentiras y mis recuerdos. Donde decía "un coito" poner dos, donde decía "una semana de traición", poner siete, donde decía "una dosis de heroína", poner mil. ¿Va entendiendo? Me negué, me negué... Le dije que era un imbécil. Un miserable. Que yo no podría cooperar. De la discusión pasamos a los golpes, las patadas... Yo fui campeón de boxeo, debió saberlo él esa tarde, y estábamos solos... Peleamos, nos revolcamos en aquel rincón junto a las peñas. Le di un buen derechazo, lo tumbé. Y otra vez, al incorporarse, ¡izquierda, derecha, y al suelo!... Sólo que en ese sitio, como podrá usted ver, no hay piso sino el vacío. Se precipitó desde los riscos y cayó sobre los arrecifes. Ahí quedó, supongo que muerto, ahogado, con la cabeza quebrada, devorado por los cangrejos y los tiburones. Nunca más supimos de él, ¿verdad?

Comieron en silencio. El barrilete estaba jugoso, aunque la sopa un tanto insípida. Los tres a la mesa castigada de sal. Marcela, Huston, Fara Berruecos. Conversaron sobre el tiempo, tan húmedo, y la economía del mundo que no lograba superar aquel periodo de crisis sucesivas. "Si no fuera por la pequeña ayuda de mis amigos, yo no lograría sobrevivir", dijo John Huston, y los comenzó a nombrar:

—Jack, John, Anjelica, que además es mi hija.

Entonces hubo un remolino extraño en el mar, ahí debajo. La mesa estaba situada junto al acantilado y John la anunció:

—Debe ser Ava.

—¿Ava?

—Es una mantarraya —dijo la mujer con mala cara. Ya recogía los platos, previos al café.

—Todos los días llega a su hora. Viene a saludarme —presumió John Huston.

En eso asomó el enorme pez. Era una raya enorme, o tal vez un par. A esa distancia no era posible distinguirlo. Saltó sobre la superficie del mar varias veces, hasta desaparecer.

Huston le dedicó a Fara una mirada de satisfacción.

—No vayas a poner en tu reportaje que estoy solo de soledad infinita. Allá arriba tengo mi estudio, y un buen proyector de dieciséis milímetros. Por la noche veo una película, a veces dos, de modo que me reencuentro con mis amigos y mis examores. También, a veces, llega Ramona.

—¿Ramona?

—Este es el paraíso, señorita Berueca. ¿No se ha percatado? Iguanas, mapaches, gaviotas. Vuelvo a ser el patriarca Noé de la película. Ese debió haber sido mi oficio, no el de hacer famosos a los malditos fantoches. Los animales sí saben agradecer... Por las noches, en ocasiones, llega Dana.

—¿Dana o Ramona? —se disculpó Fara—. Ya no entiendo.

—Dana es una serpiente. Una boa enorme que sale de la selva. Se comió un cerdo que teníamos allá, tras la cocina. Ramona es una guacamaya que pasa, todas las tardes. Una guacamaya hermosa, roja y azul, pero no se anima a descender.

—Usted habla con las guacamayas —no fue pregunta.

—Son mejores que mucha gente. Y sí, Ramona me visita casi a diario. Pasa por las tardes, da dos o tres vueltas alrededor del patio. Por eso tengo ahí mi equipal. Para esperar el día en que se anime a bajar. Que no será nunca. ¿Ves aquel mango sobre el poste?

Fara Berruecos se volvió hacia la era, más allá de la sombra del guayacán. Era cierto. Sobre una percha brillaba el fruto amarillo, como una ofrenda secreta. Ese pajarraco era el misterio de su famosa declaración de prensa: "No haré una maldita película más. Quiero simplemente descansar. Regresar con Ramona".

—Te tengo una sorpresa, ahora que te vayas —Huston miró el reloj de Fara, porque él no usaba.

Iba a ser la hora del taxi.

¿Había más preguntas? Las iguanas bostezan y las boas devoran cerdos. Temía, en el fondo, que su hija le hubiera mentido y al día siguiente en que la reencontrara en el aeropuerto, la niña la esperaría con un brasier AA ciñéndole sus tetas irrefrenables. El ciclo repitiéndose y los enigmas perviviendo, impasibles, igual que las mantarrayas al vaivén del océano. Había fracasado. Peter Cobb estaba muerto y estaba vivo. ¿Qué importaba? Sus novelas se leían cada vez menos y Glenda, su mujer, se había reencontrado con su marido espectral. ¿Sería feliz?

—Me hubiera gustado conocerla —murmuró para sí al recoger su bolso del respaldo de la silla. "Ramona, la tímida guacamaya"—. Se llevaba, al menos, las fotografías del "viejo león" de Mismaloya.

—Tengo algo para ti —dijo John Huston al abandonar la mesa.

—Dígalo, por favor.

—No. Tendrás que acompañarme. Es la hora de mi siesta. La maravillosa siesta mexicana sin la cual, créemelo, estarías hablando con un heroico cadáver.

Fara dirigió la mirada hacia la cocina, donde Marcela, al parecer, se encargaba de lavar los trastes.

—¿Puedes ayudarme con el morral? Recuerde, señorita Berueca, el camino al Nirvana: cigarro, nicotina, vicio, enfisema.

El estudio quedaba en un segundo nivel sobre la casa y era necesario remontar catorce escalones, Huston los tenía contados:

—Son mi gimnasia diaria. Bajo cuando me despierta el sol, subo cuando llega la hora de mi bendita siesta. ¿Vamos?

En efecto, el estudio de Huston tenía una vista envidiable. La panorámica alcanzaba desde el Cabo Corrientes, al sur, hasta la urbe rematada por el campanario y su corona de hierro. Lo demás era mar y rizos de nubes disipándose en la distancia. La pieza era muy amplia, la cama bajo un mosquitero en dosel, el tejado en declive cubierto por la hiedra, un baño con tina, el apartado con el proyector de cine y cuatro cómodas butacas, una mesa atiborrada de papeles y recortes de revistas, los muros con afiches de sus más afamadas películas y una sola foto, al centro y dedicada, con la sonrisa inmortal de *Bogey*, el feo más apuesto del mundo. Además la hamaca, donde Huston ya descansaba luego de conectar la sonda al tanque de oxígeno de la habitación.

—Prométeme una cosa, niña Berueca.

Fara sabía que esa experiencia la acompañaría por toda la vida. Que no le pidiera mostrarle los senos, por favor. Sintió compasión por ese anciano resistiéndose al tiempo.

—¿Qué cosa le prometo?

—Tu reportaje, o crónica, o como demonios vayas a anunciar las mentiras que dirás sobre mí; por favor, termínalo con una frase.

—Qué frase —Fara Berruecos comprendió todo. Ese hombre dormía solo, había un aparato de radio de onda corta junto a la cama y un rimero de libros en ediciones paperback. Seguramente que Marcela subía cada tres horas para comprobar los niveles del tanque de oxígeno, y si no se le ofrecía otro vaso de tepache.

—Dirás que fue una respuesta a pregunta tuya. Termina tu reportaje diciendo: "Quemen esta casa".

Fara le ofreció un gesto extrañado. Desenfundó la Olympus pero al instante Huston se cubrió la cara.

—No sabrán diferenciar si estaba vivo o muerto, por favor. *No photos, please.*

—¿Quiere incendiar su casa? ¿A final?

—No, claro que no. ¿Qué no sabes que en este medio todo es mentira, exageración y pose? "John Huston nos ha despedido suplicándonos que, una vez que haya pasado a mejor vida, su casa sea quemada. *Burn it all.*"

Guardó la cámara y lo observó en su ritual furtivo; el morral, el cigarrito, los cerillos en su mano de artista.

—Allá, en aquel cesto, ve a buscar —le indicó al soltar la feliz fumarada—. Hay algo para ti.

Fara Berruecos avanzó con prudencia. Imaginó una broma horrible; una serpiente, una iguana, un nido de avispas ahí guardado. Al destapar el cesto halló una sola prenda. Era un rompevientos rojo, abandonado.

—Lo olvidó la última vez que vino.

—Pero...

—Sí, *el día que lo maté.* Estaba muy confuso. De hecho vino a despedirse. Esa tarde se iba a un pueblo en la sierra. Mascota, ¿Mascota?, dijo.

Fara ya no lo escuchaba. Era la chamarra que Peter Cobb llevaba el último día. ¿Guardaría su olor?

—Lo esperaba allá un señor de nombre extraño. ¿Cándido Inocente? Ya no recuerdo.

—Inocencio Molinar.

—Supongo que sí.

—¿Y el libro que quería hacer con usted?

—¿Cuál?

En eso se oyó un rumor en la distancia. Un motor acelerando y dos golpes de claxon. Era el taxi.

—Me tengo que ir, señor Huston.

—Te tienes que ir.

—Muchas gracias por todo.

Huston ya no respondió. Se dejó sumir entre los pliegues de la hamaca tratando de no enredar la sonda con la cuerda que sujetaba el chinchorro. Alzó una mano para ofrecerle su último adiós.

Fara llegó a la era y se despidió, a toda prisa, de la tosca mujer que cuidaba al patriarca. Corrió hacia la escalinata que descendía a la carretera. Peter Cobb perdido en la sierra. Peter Cobb muerto, tal vez. Ya no importaba.

Había comenzado a lloviznar y Fara aprovechó aquel rompevientos para cubrirse. El primer vuelo a la ciudad de México despegaba a las nueve de la mañana. Tenía tiempo de sobra para arreglar el cambio. En eso la distrajo un ruido. Fara alzó la capucha y descubrió, en la percha, a la guacayama roja. Había descendido por el mango y al mirarla comenzó a garrir con recelo. Ramona, se llamaba. Lo demás era la lluvia, la simple lluvia lavando el tiempo.

Casi no durmió. Algo extraño se había alojado en su corazón. Un presagio, una espina, algún gesto de aquel ermitaño consumiéndose en el aislamiento de su fortaleza. "Estaba muy confuso... sí, el día que lo maté". Eso era del todo imposible. Un anciano de su condición apenas si podría manotear un mosco. Fara Berruecos supo que, al igual que la corredora al escuchar el campanazo de la última vuelta, iba a ser su último esfuerzo.

Dejó temprano el Rosita Inn, anunciando que posiblemente pernoctaría fuera. En su bolsa de playa sólo llevaba lo indispensable: la cámara Olympus, una blusa, una chamarra ligera, la grabadora y sus gafas de sol.

Dos horas después y un tanto mareada, la reportera se apeó del camión en aquel pueblo serrano. El ómnibus se había detenido en varias rancherías de nombres silvestres —Las Palmas, El Moral— donde subieron y descendieron mujeres de negro, huacales con limas y chayotes, niños de brazos que no le quitaban los ojos de encima y uno que otro jornalero cuidando su sombrero entre las manos. "Un hombre por cada tres mujeres", calculó Fara sabiendo que la respuesta residía en la permanente migración hacia el norte. Aquellos maridos ausentes, hijos, hermanos y padres igualmente ausentes que de seguro se desempeñaban como recolectores, albañiles o jardineros malhablando el inglés en el condado de Riverside, a cuatro dólares la hora y agazapándose apenas avistaban la camioneta verde y blanco de la temible Border Patrol.

Se introdujo en el primer merendero que halló y pidió un café con leche. Le ofrecieron también una cesta de pan cuajada de "cocoles". El dulce pan de pueblo contagiando su rastro de horno de leña.

—Perdone, señora, ¿habrá algún hotel más o menos decente en este lugar?

—Oiga, en Mascota todo es decente —protestó envalentonada la encargada del figón—. Pero sí, hay dos o tres posadas en la plaza central, aunque el mejor es el hotel Rosa de Ameca. Con baño y su televisioncita. ¿Usted qué vende?

—Pañuelos, manteles —mintió Fara Berruecos. ¿Para qué complicarse la vida?—. ¿Usted no conoce a Inocencio Molinero, don Chencho que le llaman? El famoso remendón.

—No, la verdad no —y la dejó con un semblante de suspicacia.

Se hospedó en ese hotel y comenzó a indagar. La mayoría de los comercios estaban dirigidos a la actividad ganadera, y todo Mascota olía a eso; forraje, boñiga, suero de leche. Sus indagaciones, sin embargo, resultaban infructuosas. Nadie reconocía al tal Inocencio por más que mostrase el par de fotos disparadas por Peter Cobb cuatro meses atrás. Sería que eran imágenes un tanto borrosas, como difusa y nebulosa había sido su propia existencia en aquellas dos semanas de picoteo infructuoso.

A las cuatro de la tarde se dio por vencida. Había recorrido el poblado de arriba abajo sin que nadie pudiera darle la mínima pista en torno al tal don Chencho. Retornó al merendero de esa mañana y devoró un plato de birria. Bebió al hilo dos cervezas y se retiró a su hotel, el Rosa de Ameca, para reposar la siesta. Hubo un gallo, no lejos de ahí, que cantó a deshoras. Fara consideró entonces que todo estaba consumado. Ya no podía más. Había fracasado y así retornaría a la redacción del periódico. "Lo intenté, don Fernando; de verdad que hice mi mejor esfuerzo". De cualquier modo, con aquel disparejo material podría hilvanar una historia de misterio y humillación. "Los enigmas, después de todo, son más interesantes que las certezas mundanas", se dijo al recostarse sobre el costado derecho, de espaldas al resplandor de la ventana, que tenía una cortina de retales mal disimulados.

Pensó en su hija, Margarita, y luego en Rogelio. En esa misma postura era como su marido iniciaba la seducción. Pegaba su barriga contra la espalda de ella y comenzaba a deslizar la mano sobre su vientre, los senos, las piernas y el cosquilleo en el delta sagrado. "¿No estás muy cansada?", era la pregunta clave, porque luego volaba el camisón de dormir, los calzones de Rogelio y en esa posición, ella recostada, era como su hombre emprendía los devaneos con su espada viril.

Fara Berruecos sintió dolor en sus pezones erectos. Comenzó a llorar en silencio. Se guardó una mano entre los muslos y así pretendió completar la siesta.

El gallo y las agruras la despertaron. Suspiró largamente. Lo que seguía era volver a la plaza central, abordar el camión y retornar a Puerto Vallarta. ¿Por qué cantan los gallos a deshoras? Fara intentó descifrar la hora en su reloj, pero la luz era insuficiente. Encendió la lamparita del buró y se asustó. Faltaban pocos minutos para las nueve de la noche y temió que, forzosamente, iba a permanecer como reclusa —al menos esa noche— en aquel pueblo de rancheros, forrajes y caballos amarrados al pie de cada zaguán.

No se había equivocado. La última corrida de los autobuses Flecha Amarilla había partido a las ocho de la noche, pero que no se preocupara: al día siguiente, desde temprano, se reanudaba el servicio de pasajeros hacia Vallarta. Las salidas eran cada hora y siempre era posible encontrar un lugar. Por fortuna guardaba en el bolso la novela de Vázquez Montalbán. Leería hasta que la vencieran los bostezos, dormiría vestida, aflojándose el pantalón y la blusa, y a la mañana siguiente con el baño se despejaría. De cualquier modo necesitaba un cepillo de dientes, un tubo de dentífrico, un sobre de sal de uvas que le aliviara la persistente indigestión. A una cuadra del hotel, le indicaron, quedaba la farmacia San Sebastián.

El local abría hasta la medianoche. Ahí compró lo necesario para su naufragio circunstancial, además de un pastelito de chocolate y un jugo de guayaba. Uno de los peores castigos de su infancia era ese de irse a la cama sin merendar. Y que no la viera su hija Margarita llevándose a las sábanas el *gansito* y el *boing*, que la niña tenía prohibidísimo.

La botica era atendida por un adolescente taciturno. Un muchachito guapo, de esos rancheros bizarros de ojo moruno y bigotito engañoso. Tal vez no habría cumplido aún los dieciocho y permanecía leyendo, detrás de la caja registradora, una revista deportiva. Fara Berruecos lo volvió a mirar, duplicado, sobre el anaquel de los fármacos. Ahí en lo alto, y flanqueado por dos veladoras de vidrio rojo, estaba el santo pretoriano que fue asaeteado desnudo. Fue cuando Fara descubrió que el muchacho le dirigía una mirada secreta, de sorpresa y deseo, pero en ese momento el jovencito se turbó y la revista resbaló de sus manos. ¿Y si lo invitaba a su cama en el hotelito de la esquina? "Estoy hospedada en la habitación 104, puedes llegar diciendo que me llevas una caja de ampicilina. Tengo ligadas las trompas, no hay problema por los condones. Tráete una botellita de brandy".

Fara Berruecos revisaba la bolsa con el contenido de su compra. Se dirigió nuevamente a la caja registradora donde el moreno San Sebastián volvía a ruborizarse. ¿Cómo insinuarse sin parecer una gamberra?

—Estoy hospedada en el hotel Rosa de Ameca —le confesó Fara Berruecos y sintió, como nunca, que la garganta se le cerraba.

—Sí —contestó el muchacho mirándola con sus pupilas gitanas que parecían palpitar—. Sí.

Aschenbach, el personaje de Thomas Mann en *Muerte en Venecia*, nunca tocó a su admirado Tadzio, el jovencito de traje marinero. Fue lo que recordó Fara Berruecos al insistir:

—Tengo problemas para dormir.

—Sí —volvió a responder el atolondrado boticario—. Tenemos té de tila.

Entonces la reportera sintió una acometida incómoda. Era simplemente la vergüenza ardiendo en sus mejillas, porque eso de ganar el favor de las nínfulas (¿o los nínfulos?) sólo ocurría en las novelas. Se recompuso y, luego del suspiro, indagó:

—Es que tengo varios días buscando a esta persona —buscó en su bolso hasta dar con el par de fotos—. Necesito hablar con él.

El muchacho revisó las impresiones, no se percató de los dedos de Fara buscando el contacto de su mano.

—Sí, don Inocencio; luego pasa por aquí.

—Qué.

—Inocencio Molinero, ¿no? —el encargado del establecimiento sonreía al reconocerlo—. Vive en Puerto Vallarta, es muy buen costurero. Ayer vino por un kaopectate.

Y como aquella clienta no soltaba ya palabra, el adolescente debió insistir:

—Entonces... lo anda buscando.

—¿Lo conoces?

—Sí, creo que se vino a vivir a Mascota, con sus tías. Es un poco raro —insistió con el dedo girando en torno a una sien—, pero hace muy buenos trabajos de costura. Mi abuela le lleva siempre sus vestidos; no le gusta comprar nuevo.

—Con sus tías... —repitió Fara.

—Mire, déjeme explicar. Sus tías tienen un establo por allá, en subiendo hacia el cerro. Deben tener sus diez o doce vaquitas. Y como enviudaron, pues ahora aquello lo atiende el loco Chencho. Fue lo que ayer me dijo; que se amanece ahí atendiendo la ordeña. Luego se encierra con su maquinita Singer.

—¿Dónde queda el lugar ese? —Fara se había olvidado de la devoción al mártir asaeteado.

—Por esta calle, que es General Corona, todo derecho hasta arriba. Hacia el cerro. Derecho donde termina hay un árbol grande. Un ocote, y abajo una reja que pintaron de morado. Dice "Rancho Los Negundos". Ahí mero es.

Fara Berruecos se despidió. Ya salía del establecimiento cuando escuchó la voz de aquel taciturno adolescente confiándole:

—Con leche y miel.

—¿Perdón?

—El te de tila, señora. Con leche y miel le vendrá mejor. ¿En qué cuarto se hospeda?

No hubo necesidad de que la despertara el conserje. El gallo aquel, perdido en alguno de los patios vecinos, había cantado toda la noche. Fara se irguió en la cama diciéndose que aquello no había sido más que el temple azaroso de la vida. Decidió mejor no bañarse, la madrugada se presentaba más que fresca, y si acaso se aplicó una ablución íntima, medio minuto de cepillo y un toque de colorete.

Al salir del hotel se topó con la alborada. Corrió el cierre de su chamarra y se despidió del recepcionista, quien no pudo aguantar el comentario:

—El gallito... qué lata nos dio toda la noche, ¿verdad señora?

Su alma era confusión y arrebato. Le sobraba la memoria. No quería pensar demasiado en lo acontecido, después de todo aquellas horas y los días pasados eran simples capítulos del pretérito caduco. Lo que importaba era llegar con ese personaje fantasmal. Así avanzó por la calle principal de Mascota, a ratos empedrada, a ratos pavimentada, ascendiendo entre la bruma del amanecer. Iba poco menos que aterida.

Minutos más tarde, cuando el sol asomaba en el horizonte, dio con aquel imponente árbol. Un ocote que podría tener la edad del siglo. Fara Berruecos supo entonces que por fin había llegado. La reja del rancho mostraba el letrero y sólo tenía echada la cadena, sin candado, de modo que no tuvo problema para ingresar, anunciándose:

—Buenos días... —aunque nadie respondió.

El predio, aunque rústico, tenía algunos asomos de modernidad. Una camioneta *pick up* al borde de una hondonada, una antena parabólica sobre la casa principal, una bodega construida con lámina de zinc. Entonces Fara adivinó una silueta aproximándose, e insistió:

—Buenos días —pero aquel perro, al asomar sobre un mogote de rastrojo, se la quedó mirando con extrañeza. Era grande y de una blancura lechosa.

No ladró y siguió avanzando. A Rogelio, en la luna de miel en Cancún, lo mordió un perro el día que se aventuraron un poco más allá de las ruinas de Tulúm. Fueron doce inyecciones de suero antirrábico, junto al ombligo, que ensombrecieron la celebración del himeneo.

—Perrito, perrito... —susurró Fara Berruecos, experimentando el flujo de la adrenalina, cuando se percató de su error. El chucho no era perro, era perra, y hubo algo que ganó la simpatía del animal porque enseguida comenzó a menear el rabo, le rodeó las piernas y retornó saltando hacia el cobertizo que sobresalía al fondo de la finca.

Fara avanzó detrás de la perra, que tenía una oreja negra y gemía con ganas de jugar. Al llegar al portón del establo creyó escuchar un silbido. Luego alguien que canturreaba tan quitado de la pena.

—Buenos días —volvió a anunciarse, y en la penumbra reconoció la silueta de algunas vacas meciéndose con empacho.

—Días buenos, que el Señor nos obsequie. ¿Quién viene? —pronunció una voz cansina.

—Vengo buscando al señor Inocencio Molinero —se presentó Fara—. Tengo entendido que es usted.

—¿Es del gobierno? ¿Del registro de Hacienda?

El sujeto era bastante peculiar. Gordo, sesentón, rubicundo, de anteojos gruesos y mofletudo. Permanecía sentado en el banquillo de ordeña y le ofreció un gesto de imploración. Iba a ser imposible saludarla así, con las manos en la ubre.

—No, no se preocupe. Platiqué anoche con Paulino Barajas, el muchacho de la farmacia. Él me dijo cómo hallarlo.

—Ah, Paulino... ¿Estuvo con él?

Fara Berruecos no pudo impedir el sonrojo. Alzó una mano llamando a la perra de la oreja negra.

—Estate, Julieta; no molestes a la señorita —el ordeñador siguió con lo suyo—. Usted perdone, la hembrita está entrando en calor. Se pone así, vivaracha, coquetona. Buscando.

—Entonces, usted es el cortador Molinero.

—Ajá, aunque eso creo que lo voy dejando. Me fastidia mucho la vista, a ratos me entraba el desespero. Coser y coser. El otro día hice las cuentas. ¿Sabe cuánto suman las costuras de mi vida?

—No. Ni idea —Fara buscó dónde sentarse, aunque todo estaba sucio de boñiga y leche cuajada.

—Más de doscientos kilómetros, señorita. ¿Se había usted puesto a pensar? Como si me pusiera a hilvanar un lienzo que llegara hasta Guadalajara, y eso es demasiado, ¿no cree? —detuvo aquel chisguete contra el cubo de lámina—. ¿Quién me dijo que es?

—Fara. Fara Berruecos, para servirle señor Molinero —le ofreció la mano luego que el gordo se limpió la propia en el paño de ordeña.

—Sí, pero quién es usted, señorita. Y perdonando.

—Vengo de Puerto Vallarta, señor. Lo anduve buscando en su negocio, frente al parque Agustín Yáñez, pero me pareció que ya lo abandonó.

—¿Y? —se tocó la armazón de los gruesos anteojos—. ¿Quiere que le confeccione las cortinas de su casa, señorita Berruecos? ¿Hasta acá vino por eso?

En un descuido la perra llegó hasta las manos del viejo Inocencio. Comenzó a lamerlas con ánimo juguetón.

—La verdad, no. Ando buscando a Peter Cobb. Y usted, supongo...

—Ah, chingá —masculló—. Ya me lo sospechaba.

Juntó las manos, descansó el rostro entre ellas. Así permaneció un rato, con respiración sofocada. Luego soltó un quejido incómodo:

—¿Usted es su mujer de él? ¿La señora Glenda?

—No. Vengo de un periódico en la ciudad de México. *Estamos* preparando un reportaje sobre sus días en Vallarta, su extraña desaparición —siempre el plural de modestia—. *Creemos* que usted fue una de las últimas personas que conversó con él.

—Si a eso se le puede llamar conversación —la interrumpió el viejo—. Ay... qué cuentos. Qué cuentos.

—¿Sí habló con él? ¿Y luego, adónde se dirigió?

Inocencio Molinero se repasó una mano sobre el rostro. Meneó la cabeza con pesadez, carraspeó y se quitó los anteojos. Trató de limpiarlos con aquel paño, pero fue peor.

—Ay, ese pinche gringo... —pronunció con fastidio.

—¿Podemos? ¿Podemos conversar un momento, don Inocencio?

El viejo Molinero terminó por aceptar. Le indicó una pequeña oficina junto al portón del establo.

—Vaya a la caseta. Ahí le contaré, nomás espéreme un rato en lo que termino con esta vaca; si no luego se le tapa la ubre —volvió a manipular la mama frente a su rostro—. Y prepárese un café; hay de todo.

Fara Berruecos encendió la luz del estrecho recinto. A diferencia del establecimiento exterior, el gabinete permanecía aseado. Había una silla y la mesa con cuentas y anotaciones. "Don Melquíades, 7 bidones. Regresó cuatro. Que los iba a lavar". Un camastro dispuesto, donde Fara tomó asiento. Un retrato familiar, un petate en lugar de alfombra, una linterna de baterías, un diccionario Larousse, un pequeño botiquín de cristal con hipodérmicas y guantes de hule. La oficina también contaba con una resistencia eléctrica, una cafetera de aluminio, un garrafón de agua y tazas de peltre, además del bote de café instantáneo. Fara procedió a preparar su primer sustento del día.

La cafetera comenzaba a hervir cuando el viejo ingresó a la caseta. Inocencio Molinero llevaba un envoltorio bajo el brazo, una bolsa de papel y un tazón de leche recién ordeñada. Puso todo aquello sobre la mesa.

—Señorita Berruecos, trae usted cara de tropiezo en ayunas. ¿Qué le parece si nos echamos primero un "pajarete", y ya luego platicamos? Porque sí, vamos a platicar.

El viejo dispuso un par de tazas sobre las que vertió los chorros de leche bronca, azúcar sobrada, las cucharadas de Nescafé y un golpecito de aguardiente que extrajo del botiquín.

—No se asuste. No nos vamos a emborrachar ni vamos a permitir ningún abuso—. Fara Berruecos escuchaba sentada en la esquina del camastro—. De lo que se trata, simplemente, es de quitarnos el frío y saludar al día con el estómago contento. Abra esa bolsa, ahí está el pan.

Inocencio Molinero ocupó la silla. Aquello fue una manera deliciosa de iniciar la jornada. Fara lamentó no tener con ella a su hija Margarita. Se hubiera encantado con la perra de la oreja negra, con aquellas vacas mugiendo a intervalos, con aquel café con leche recién ordeñada. La vida simple de la gente simple.

—¿Qué quiere que le diga, señorita Berruecos?

Fara estuvo a punto de responderle "nada, ha sido suficiente", pero su búsqueda había llegado hasta aquel extremo de la geografía nacional.

—Dígame usted. ¿Conoció a Peter en 1977, la primera vez que vino, o hasta ahora?

—¿Quiere que le cuente todo?

—Supongo que sí. ¿Tenemos tiempo?

—Es lo que sobra en estos lares. Yo nací en Guadalajara, señorita. Ahí aprendí el oficio de la costura, incluso fui sastre durante unos años, pero eso no acomoda al clima de Puerto Vallarta, donde todo es algodón ligerito, por el calor. Llegué ya madurón y me fascinó la circulación de todo. Gentes, historias, dinero; como si fuera el paraíso.

—¿Cómo conoció a Peter Cobb?

—Bebiendo. Porque antes yo bebía, señorita Berruecos.

—Bebiendo.

El viejo Molinero se había lavado. Ahora llevaba camisa limpia y una gorra de fieltro. Manipulaba la cuchara de peltre sobre la mesa.

—Escúcheme usted. Por aquel entonces temí perder el amor. No estoy hablando de cosa filosófica, ni romántica, señorita. Perder el amor como se pierde un paraguas en el cine, ¿me entiende? Y así, una tarde frente a mi cerveza, en el bar El

Punto Negro, que usted debe conocer, vi al señor Cobb en su mesa. Luchaba con su cuaderno, fumaba uno y otro cigarro. Creo que Camel. Como que estaba atorado en algo. Sufría. De pronto voy y le pido un cigarro. Entonces yo estaba en los vicios. Le pregunto que qué tanto relajo se traía. El señor Cobb habla español. O hablaba. Medio champurreado, como gringo bueno, haciendo esfuerzos y conjugando al desgaire. Lo que pasa, me dice, es que no puedo avanzar con mi historia. Hay demasiadas versiones, me dice. Estaba preparando un reportaje de los tiempos en que se filmó *La iguana* en el puerto. Ya se acordará usted, los escándalos de Ava Gardner y Richard Burton. ¿Me invita una cerveza?, le dije. Y luego otra. Platicábamos de aquello, de la lluvia que siempre sorprende por la noche, de las cuijas que se meten por todas las rendijas. De las ballenas que llegan a Bahía de Banderas a mediados de octubre. Era un tipo divertido, ingenioso, pero atolondrado. Me di cuenta. Entonces me pregunta: "¿Usted los conoció, a Liz y Richard?" Uy... sí, le digo. "Yo viví un tiempo en Casa Kimberly. Hacía de mozo". Y le fui contando una de aquellas historias, tremendas, que usted debe haber leído en el que luego fue su libro. La pasamos bien, esa tarde, bebiendo y charlando. Él que tomaba notas y yo que tomaba de gorra. Después nos despedimos y quedamos como amigos... ¿Usted conoce el bar ése, El Punto Negro?

—Sí —respondió Fara—. Un lugar medio decadente.

—"Medio decadente", ja. Pero sí, yo iba seguido, para no pensar. Usted quizá no lo sepa, porque se ve gente de clase, pero beber para muchos es un sagrario. Un altar de redención. Beber es un limbo sin pensamientos. Por eso iba al barecito ése, para no pensar. Para no pensar en mi amor que iba perdiendo. No sé si me explique, pero déjeme contarle. Como a la semana, un día me encuentro de nuevo con el gringo. Don Peter que nomás verme se me va encima. "Lo he estado buscando *desesperadamente* todos estos días", exageró él. Y otra vez bebimos algunas cervezas, comimos camarones, y entonces me lo suelta. "La otra vez, su historia, me pareció magnífica". Ah, ¿sí? "Usted cuenta todo con mucha soltura, con detalles, con voces que otros no escucharon". ¿Ah, sí?

"Y lo felicito, don Inocencio, porque esa es una aptitud única. Saber contar". ¿Saber contar? "Es más, don Inocencio, y no se me vaya a ofender", me dijo. ¿Ofenderme por qué? "Porque le quiero ofrecer dinero, don Inocencio. En recompensa". Yo ya no entendía, pero lo dejé continuar. "Mire", me dice, "¿qué le parece si nos sentamos todas las tardes, aquí mismo, y usted me cuenta otras historias de aquellos gringos famosos, malditos, y yo voy haciendo mis anotaciones? Cada vez le doy veinte dólares, y cuando se canse nos vamos". Yo, la verdad, solté la carcajada. ¿Cómo está eso de comprarle al prójimo la palabra? "No, hombre; cómo, amigo Peter", me río. "Yo nomás hablo y cuento y recuerdo y ya. ¿Pues qué más?". Pero me fue convenciendo, o será que yo entonces recordé. Pensé en mi amor que iba perdiendo y me dije: "Chencho, no verás pasar esta oportunidad una segunda vez". Y quedamos, pues. Durante, ¿qué sería? ¿Un mes, o dos? Sí, durante todas esas semanas llegaba yo muy puntual con mi amigo, el gringo Pedrito, y le contaba y le contaba y le contaba... para llevarme mis muy convenientes dólares. Hasta que un día me dijo, "ya estuvo suficiente, Chencho. Mañana me regreso a California. Muchas gracias", y me regaló, esa vez, quinientos dólares. O sea, yo con dinero y él con esas palabras y palabras y palabras en sus cuadernos, que yo le iba contando según lo ordenaba mi cerebro. Y sí, quedamos como amigos... ¿Ya vio a la canija?

Fara Berruecos pareció salir del trance. Inocencio Molinar se había levantado de la silla y luego de abrir el ventanillo le gritaba a la perra, que molestaba a las vacas en el otro extremo del establo:

—¡Julieta, Julieta! ¡Ey, deja a las vaquillas, no seas ca...! —y le silbó en tono amenazante. La perra dejó de merodear al hato—. Es que luego nomás va a lamerles la chichi, porque se encanta con su leche. Por eso es tan feliz... ¿Qué le decía?

—De Peter Cobb, el día en que se cansó de oír sus recuerdos y se regresó a Los Ángeles.

—Mis recuerdos... Sí, claro. Pero déjeme decirle que yo, con todos esos dólares, salvé a mi amor. Mírela —señaló el retrato sobre la mesa del gabinete—. Era mi adorada Rebeca. Sufría de una enfermedad fea de la circulación. ¿Ha oído hablar de la drepanocitosis?

—No. La verdad, no —Fara intentaba comprender. Observó aquel retrato de hosca formalidad. Sintió que gravitaba en mitad de un abismo, flotando.

—También la llaman anemia falciforme y le da, aunque no me lo quiera creer, a los descendientes de los esclavos negros. Y mi preciosa Rebeca, mírela pues, era innegable. Los glóbulos rojos, por ese problema genético, se van torciendo como ganchitos y eso dificulta la circulación sanguínea. Luego vienen unos cuadros tremendos: mareos permanentes, insuficiencia cardiaca, dolor en las manos, desgarramiento de las venas... y al final llega la anoxia y se van muriendo los tejidos. Pero yo, con esos dólares, la verdad logré recuperar a Rebeca. Le pagaba unas transfusiones carísimas, y con eso fuimos sobreviviendo. Yo creo que tres o cuatro años, que fueron maravillosos con la sonrisa de mi Rebeca al despertar. Los dólares del gringo bueno que me permitieron no perder a mi amor, hasta que se acabó todo. El dinero, la salud, la posibilidad de pagar nuevas transfusiones. Y todo con mis cuentos.

—¿Cuentos?

—Es lo que le decía esta ocasión. Ahora que vino.

—¿Cuándo lo vio?

—Hace poquito —el viejo Inocencio señaló hacia el portón, los rayos oblicuos del sol despuntando. Hará ¿qué?, ¿tres semanas? Me venía buscando desde Puerto Vallarta. Yo me las olí una mañana en que lo descubrí paseando por los puestos de artesanías. Me dije: "Nooo... otra vez el gringo latoso. ¡Y cómo le digo! ¿Cómo le explico?". Así que cerré el negocio y me vine con mis tías, porque un establo no puede abandonarse así como así. Las vacas sufren si no son ordeñadas. La leche es maravillosa, señorita. Lo mejor de la vida, como el maná bíblico; además que ya estaba harto de componer ropa ajena; gente mezquina que no quiere comprarse un pantalón nuevo. Una camisa.

—Entonces, vio a Peter Cobb.

—Sí. Me encontró finalmente. Por aquí estuvo rastreando, varias semanas, hasta que me halló aquí metido —el viejo ordeñador giró el torso, desenvolvió el bulto que había colocado sobre la mesa. Al centro de aquella franela quedó un libro negro. Lo recogió para entregarlo a Fara—. Lléveselo. Es para usted; lo dejó aquí en su locura.

—¿Lo dejó?

El viejo sastre le ofreció una mueca desapacible. Aquellos recuerdos le estaban causando daño.

—Sí, vino el cabrón. Y me explicó que se había hecho rico con el libro que le dicté en la mesa del bar. Todas esas tardes en que él tomaba apuntes a cambio de mis veinte dólares. "Ahora necesito que me cuentes más, Inocencio. Haré un libro más interesante, más profundo, más escandaloso... como dicen mis editores". Y luego, drogado como estaba, me soltó aquella retahíla mística de que me necesitaba como nunca, que a mí me debía todo, la vida, su resurrección como artista. Que yo era su Dios narrativo, que por favor, que por favor... Y entonces le debí soltar la verdad. "Peter, yo no los conocí". Cuando llegué a Vallarta ya nadie quedaba aquí. Todo aquello fueron puros cuentos oídos en cantinas y puteros. Que si Liz, que si Huston, que si mister Richard. Que si la señora Ava esquiaba encuerada y fornicaba en la playa... ¡Puros cuentos que me contaron los borrachos! "¿O sea?", me dijo, "¿nunca presenciaste las guarapetas de Burton?". Nunca. "¿Nunca ocurrió el crimen en Casa Kimberly?". Puro cuento. "¿Nunca hubo aquella orgía de maricones en la terraza de los Burton?". No, nunca, Peter... ¡Nunca, nunca! ¡Todo lo inventaba yo gorroneando las cervezas! Todo con tal de llevarme esos dólares que le permitían a mi adorada Rebeca sobrevivir una semana más. Pagarle una transfusión. "¡Todo fue una puta mentira, Peter! ¡¿Entiendes, cabrón?! ¡¿Entiendes?! Ya no puedo embaucarte más. Ya no tengo necesidad. Vete al carajo, pinche gringo chapucero. Vete al demonio con tu pinta de redentor mariguano..." —el viejo Inocencio jadeaba con hastío.

La perra comenzó a ladrar fuera de la estrecha oficina.

—Ahí mismo, donde está usted sentada, señorita Berruecos, el gringo se tiró al piso y comenzó a llorar como mujercita. "Soy un engendro de la mentira", gimoteaba. Luego me aventó ese libro que llamaba su Bitácora Negra y me dijo: "Quémalo, quema el cuaderno".

—"Quemen esta casa" —repitió Fara Berruecos, recordando.

—¿Perdón?

—¿Y qué pasó después?

—Salió por ese portón cargando su mochila. Siguió esa vereda sin volver la vista y siguió caminando bajo la lluvia, rumbo a Talpa.

—Se fue.

—Ese camino trepa la sierra, topa uno con la barranca del Desmoronado y sube a Talpa. Es camino de abigeos, de mariguaneros. Luego ya no supimos de él. Iba llorando, me acuerdo. Y eso fue todo... ahora, usted.

—La Escalera de Jacob —musitó Fara. "O la de Cobb".

En eso Julieta recomenzó con sus ladridos en el establo. La perra, sin embargo, no le ladraba a las vacas. Aullaba, giraba como enloquecida con la cola erizada.

—Ay, esta perra... —don Chencho retornó al ventanillo—. Debe haber hallado el galón de aguardiente. ¡Estése en paz, perra cabrona!...

—Pero eso fue, ¿hace tres semanas?, me decía usted... —Fara se sintió de pronto mareada. Pensó en el hermoso gitano que tuvo entre las piernas esa madrugada, muerto de miedo y deseo. Paulino, dijo llamarse, y que salió de su cuarto semidesnudo e hipando por el ataque de pánico. La vida en dos ojos provocadores, en los ladridos trastornados de aquella perra, en el gesto severo del viejo preguntando:

—¿Está temblando?

La estructura de zinc crujía al balancearse, la lámpara se apagó de pronto, la camioneta daba saltos como un sapo borracho hasta precipitarse en la hondonada... y el grito angustiado de una de las tías de Inocencio Molinero dentro de la casa:

—¡Ay, Virgen Santísima! ¡El fin del mundo!

La novedad era que la corona *Carlota* del campanario se desprendió con el sismo y había caído sobre la persona del padrecito Vicenteño. Estaba a punto de la consagración —era la misa de siete— cuando todos percibieron el tumbo. El sacerdote les suplicó entonces que salieran de la iglesia, ordenadamente, y fue el último en abandonar la nave de cantera. Al llegar al atrio se postró en oración al pie de la torre. Había que exorcizar al Demonio, y en eso ocurrió el desprendimiento de la famosa corona de hierro. El párroco sucumbió, lo que se dice, con el Jesús en la boca.

Fara Berruecos tardó seis horas en retornar a Puerto Vallarta. La carretera de Llano Grande se había colapsado por un alud, de modo que las corridas de los autobuses de Mascota debieron incursionar por la brecha de Jolalpa, vadeando dos veces el río Ameca. Había la noticia de que la ciudad de México estaba, igualmente, colapsada por el terremoto. Se hablaba de muertos por decenas de miles, que varios edificios de la Unidad Tlatelolco se habían derrumbado, lo mismo que el hotel Regis y las instalaciones de Televisa. Al llegar al Rosita Inn, sin embargo, recibió un despacho que la relajó. Había llamado su hija Margarita desde la ciudad de México. Que todos estaban bien. Ella, los abuelos, su papá Rogelio. ¿Podría comunicarse a la brevedad? Sólo que la comunicación telefónica reventó con el atolladero de llamadas.

—La que está desconsolada es la señora Adelaida —le informó Sonia, la rolliza conserje—. Los agarró una *ola verde* en la playa, temprano. Todavía no sacan el cuerpo de su marido.

Era una pena. Fara, sin embargo, abandonó todo. Retornaría en el primer vuelo disponible. Guardó la cámara Olympus de Peter Cobb, su Cuaderno Negro, sus casetes y su brocha de afeitar. Pagó la cuenta del hotel y se despidió. La conserje le entregó varios sobres que habían sido depositados en su casillero (uno del comandante Ayala, pudo adivinar) y se despidió nerviosamente. En ese momento arribaba una comisión técnica para revisar los daños estructurales del inmueble.

En el aeropuerto imperaba la confusión. Fara logró canjear su boleto una vez que hubo la confirmación oficial. Los vuelos hacia la ciudad de México no habían sido cancelados, y viajaría en el último, a las 19 horas.

—¿No hay problema?

—No, ninguno. Me urge llegar.

—Como a todos.

Tenía tiempo de sobra. Fue a la cafetería y pidió un sándwich. Un refresco, una bolsa de papas fritas. La inquietud se había diseminado; gente que hablaba manoteando, señalaba alarmada el televisor encendido, se tocaba la cara con pesar. Fara imaginó un hormiguero incendiado... En su infancia era una costumbre de su padre: buscar nidos de hormigas, derramar un litro de gasolina sobre el hueco de entrada y aventar el cerillo encendido. Un hormiguero incendiado en el jardín, igual que aquel ambiente de exasperación.

Dejó el sándwich a medio comer y encargó las maletas en la consigna. Abandonó el aeropuerto en el primer taxi que halló.

—A la playa de Conchas Chinas —indicó, y el conductor se extrañó ante la ausencia de equipaje.

Llegó cuando los rescatistas ya abandonaban el sitio. Se había formado un corro alrededor del ahogado y Adelaida, abatida junto al cadáver, lloraba en silencio. El cuerpo había sido cubierto con dos toallas, de modo que las piernas de Guillermo sobresalían bajo aquel tosco sudario. Eran medio centenar de morbosos, muchos en traje de baño, que se habían reunido para observar las secuelas de la tragedia. Dos agentes del ministerio público intentaban conversar con Adelaida, pero la mujer parecía no oírlos. Llevaba todavía su traje de baño y permanecía estupefacta. Fara recordó entonces que ella guardaba aún el que le había prestado.

Uno de los curiosos se encargó de explicar el percance.

Resulta que la pareja, como era su costumbre, había ido por última vez a nadar temprano, ya que esa tarde retornarían a casa. Amanecía apenas. También estaban dos niños que se hospedaban en el hotel Vallarta Sunset, ahí cerca. Refrescaba. Guillermo y Adelaida habían nadado buen rato y luego salieron a la arena para entibiarse con el sol. Ahí estaban sus toallas cubriendo el cuerpo exánime. Hubo de pronto un fenómeno extraño. La resaca empezó a retroceder. Dejaron de discurrir las olas y el mar fue replegándose más y más. Fue cuando los niños descubrieron algunos peces fuera del agua. Habían sido sorprendidos por el inusitado suceso. Adelaida y Guillermo estaban igualmente extrañados; se habían levantado y señalaban aquel acontecimiento. Los niños, de nombres Hugo y Roberto, acudieron a la pendiente de arena para recoger algunos de esos peces agitándose a la intemperie. Resbalaban de sus manos y los muchachillos gritaban alborozados, correteaban para no dejarlos escapar. Fue cuando Adelaida señaló hacia el horizonte y sintió que las piernas le fallaban. Estuvo a punto de caer y se sujetó en los recios hombros de Guillermo. Allá venía una curiosa marejada... o no sé cómo llamarla. Una *ola verde*, como la de Tecomán en 1957. En cosa de medio minuto llegó esa ola tremenda, como una cortina avasalladora, que estaba por sepultar a los niños. No se habían dado cuenta del peligro. Guillermo ordenó a Adelaida que corriera a refugiarse en los baños del Vallarta Sunset, él intentaría rescatar a los muchachos. Corrió hacia la rompiente y logró pescar el brazo del niño Hugo, que era el mayor. Vino el ramalazo de agua y los arrastró hasta más allá de aquellas palmeras. El niño, incluso, perdió el traje de baño. Y como Guillermo logró sujetarse en el poste de una palapa resistieron la resaca, que era tremenda, y quedaron ahí como sobrevivientes de un río desbordado. Lograron salvarse. El niño escupía agua salada, después comenzó a vomitar. Todo estaba muy revuelto en la playa. Palmeras tronchadas, letreros arrancados por el golpe de mar, alguien que gritaba que estaba temblando. Fue cuando Adelaida salió de su refugio... el agua sólo le había llegado a las rodillas, y saludó a Guillermo en la distancia. ¿Estás bien? Pero el hombre ya retornaba al mar de nueva cuenta, pues más allá asomaba el otro muchacho, Roberto, manoteando con desesperación. El oleaje comenzaba a retroceder como la primera vez, aunque no tanto. Por fortuna el niño resistía, así que el nadador corrió por la pendiente y se arrojó en tremenda zambullida. Nadaba a todo lo que podía con tal de alcanzar al muchacho, pero no se dieron cuenta de que otra *ola verde* arremetía contra el litoral. Otra cortina de agua, como de quinientos metros de largo, que pasó por encima del chamaco. El nadador intentó atravesarla también, por debajo, pero ya no asomó. Aquella segunda montaña de agua también reventó contra la playa, pero la marejada no llegó tan lejos. Entonces la gente se comenzó a acercar y preguntaba, cuando en la distancia asomó de pronto el nadador. Por fin alcanzaba al otro muchacho, que ya parecía desfallecer. Lo trajo arrastrando, el brazo apergollando su cuello y todo el tiempo diciéndole, "tú tranquilo, tú tranquilo; ya mero salimos". Fue lo que luego dijo Roberto, el menor. "Tú tranquilo", y sí, lo aventó por allá, donde están aquellos gringos jugando volibol. Le dijo entonces, "apenas pises firme, ¡corre, y no voltees!". Fue lo que hizo el chamaco para salvarse. El señor veía al niño saliendo cuando llegó otra ola y lo azotó. Una ola, hasta eso, normal. Lo aventó contra aquel escollo que ahora está asomando. Yo creo que se golpeó la cabeza. Ya no salió. Vinieron los del cuerpo de rescate, los buzos de Marina, el salvavidas del Westin Buganvillas. Anduvieron toda la mañana tratando de localizarlo, seguros de que lo había arrastrado la "corriente ballenera", hasta que hace rato afloró el cuerpo ahí donde la playa hace un recodo. Lo trajeron aquí pero ya no hubo modo de reanimarlo. Ésa, que es su señora, no ha podido decir palabra. Los del rescate marino explicaron que el fenómeno tiene un nombre japonés. Es la onda oceánica empujada por el epicentro del temblor que destruyó la capital. Dijeron que se llama *tsunami*.

Fara Berruecos se aproximó cautelosamente a esa mujer como estatua de aflicción. Temió que al tocarla fuera a desmoronarse como la nieve.

—Adelaida, soy yo.

Apenas verla, la atribulada mujer la abrazó y recomenzó el llanto.

—Fue horrible, horrible... No sabes —y luego de un estremecimiento, que también cimbró a la reportera, insistió tratando de contenerse: —Ay, Fara... no lo merecía.

—¿Ya puede hablar la señora? —dijo uno de los agentes del Ministerio Público.

En eso llegaron los camilleros del forense. Venían acompañados por el policía auxiliar del comandante Ayala, que reconoció a Fara y la saludó con un quiebre de cejas. Procedieron a llevarse el cuerpo, que de inmediato cubrieron con una sábana reglamentaria, percudida.

Adelaida se aproximó a Fara y le suplicó en secreto:

—Fara, llévame al cuarto. Llévame al cuarto. Necesito cambiarme, hablar contigo...

Fara Berruecos sintió algo más que pesar por esa pobre viuda. Era, simplemente, compasión. Había perdido a su hombre, el que propagaba el principio de la "hidratación permanente", y ahora había sucumbido ejerciéndolo. Trató de entenderla. Se alzó abrazándola y la empujó consigo:

—Señores, por favor. Les pido un poco de comprensión —miró desafiante a los agentes del ministerio—. La señora debe ir un momento a su habitación. Necesita componerse un poco, ¿me entienden? Ya después harán los trámites de rigor... Ándale, Adelaida, acompáñame.

Y se la llevó.

Minutos más tarde, ya en el Rosita Inn, Adelaida se dejó caer sobre la cama de su habitación. Suspiró y permaneció abatida, con las manos entre los muslos, mientras Fara trataba de animarla apenas abrir la llave de la ducha:

—Date un baño, Adelaida. Es lo mejor que puedes hacer. Después vemos qué trámites debes hacer para el traslado de tu marido...

Adelaida obedeció como autómata. Se alzó de la cama, se desprendió de los tirantes del bañador, avanzó hacia el cubo de la regadera y al pasar junto a Fara le comentó, como si hablando del tiempo:

—No era mi marido.

—Qué.

Pero la mujer ya se desnudaba para adentrarse en aquel cubo de vapor y agua caliente.

Era de no creerse. Fara Berruecos dejó todo y retornó al cuarto de baño.

—¿Qué me dijiste?

—Eso —Adelaida respondió desde la regadera—. Que la mujer de Guillermo se llama Rosa. Rosita Losada. Vive en Zacatecas, donde está su casa. Lo esperan para mañana.

Fara sintió deseos de contarle, también, su aventura. La hora en que el gitano llegó hasta su cuarto para llevarle un té de tila con miel de abeja. Paulino Barajas, se llamaba el muchacho. De lo poco que hablaron fue que cumpliría dieciocho años una semana después.

—¿Y tú?

Adelaida soltó una breve risa, casi pícara.

—¿Mi marido?... Se llama Eliseo. Vivimos en Guadalajara, cerca de Plaza del Sol, ¿conoces?

—No.

—Cada año nos veíamos aquí. Él porque su asunto de los Bonos del Ahorro le da mucha movilidad... Le daba. Yo, en cambio, visitaba a mi tía Sara en Compostela; aquí a media hora. Tiene una finca y es hemipléjica. No hay teléfono ni nada. Era una coartada perfecta. Tres días con la tía y dos semanas con Guillermo. Pero ahora...

—Ahora te van a descuartizar los agentes del Ministerio Público. Les urge tu declaración. Te están esperando en la cafetería de enfrente, dijeron.

—Ay, amiga, tienes que ayudarme —Adelaida Cisneros salió de la ducha envolviéndose con la toalla. Parecía menos endeble—. ¿Debo explicarte más?

—No tenemos tiempo.

Fara la miraba vestirse, cuando creyó prudente indagar:

—¿Traes dinero?

—No, muy poco. Guillermo lo pagaba todo. Al cash, como es su negocio.

—¿Puedo? —y acto seguido Fara Berruecos abrió los cajones altos del tocador. Ahí estaba la cartera del occiso. Sin preguntar más sacó un fajo y salió de la habitación.

Regresó minutos después, cuando Adelaida se daba los últimos toques, y advirtió:

—Ya está todo listo.

—Fara... No voy a declarar nada. Si mi marido se entera —Adelaida aguantó el suspiro—, tenlo por seguro que me mata.

—Demasiadas muertes, amiga. Demasiadas muertes... pero no te preocupes. Ya está todo resuelto.

—¿Cómo?

—La cuenta está saldada. Hablé con Sonita, la conserje, que va a ser nuestra celestina. Tenemos que salir por la puerta de la cocina. Nos está esperando un taxi; hay que usar el elevador.

—¿Así todo?

—No olvides nada personal. Lo de Guillermo déjalo tal cual... ya que su esposa se encargue de arreglar los pendientes.

—Pobre Rosita.

—Una viuda más.

Cinco minutos después, en efecto, abandonaban el hotel Rosita Inn por la puerta de servicio. Adelaida llevaba una sola maleta, gafas oscuras y una mascada cubriéndole la cabellera. Aún estaba húmeda.

—Señor taxista —indagó Fara luego de avanzar dos cuadras—. ¿Cuánto cobra por un viaje a Compostela?

El vuelo de las 19 horas, contra todo pronóstico, iba a ser puntual. Fara Berruecos retornaba, por fin, con los suyos. Una ciudad destruida, una hija que no podía comer pollo, un marido tunante y una fantasía derrotada. Esos días en Puerto Vallarta estaban por convertirse en el episodio de su vida. Redactaría el reportaje sobre la misteriosa desaparición de aquel escritor esfumándose entre la niebla. "El pirata Van Helsing sucumbió en naufragio". Emplearía su Cuaderno Negro, sus fotografías, la maravillosa entrevista con John Huston. "¿Por qué somos tan ilusos?", se preguntó al depositarse en un asiento disponible. "Tan imbécilmente ilusos".

Estaba sentada junto al ventanal que daba al área de operaciones. Un retazo de maleza que bordeaba la pista del aeropuerto. Imaginó la locura que debía ser la redacción del diario en esa hora de zozobra telúrica. No habría tregua al día siguiente. Nunca la hubo, se dijo. "Nunca la habrá".

Entonces observó que bajo la hojarasca del prado algo se movía. Fue cuando asomó una iguana pequeña. Era verde, verde limón, con ribetes de azul en la cresta. Parecía un alebrije de fantasía, un juguete de la serie Godzilla, una joya iridiscente. Fara supo entonces que el saurio llegaba hasta ella para despedirse. La hora cumplida, la hora del adiós.

—Una iguana —dijo, y nadie pareció prestarle atención.

—Una iguana, dos iguanas, tres iguanas —insistió, y una mujer sentada no lejos de ahí le dirigió una mirada como dardo.

De algún modo, o de muchos, ese reptil había dado vida a ese puerto de turistas y tequila y paseos en esquí. Un reptil fue el que expulsó a Eva del Paraíso, otro el que ahora invitaba a Fara al Infierno. Lo supo, y lo asumió.

Suspiró de nueva cuenta, se rascó la cicatriz bajo un pecho, trató de recordar el semblante del nervioso adolescente cuyo semen aún viajaba, supuso, en su vagina. Sin embargo, el rostro que vino a su mente fue el de aquella mujer hosca, sin mayor gracia, sobre la mesa donde despachaba Inocencio Molinero, el remendón. Rebeca, se llamaba, no iba a olvidarlo.

Fue cuando descubrió, asomando en su maletín, los sobres que le habían entregado horas atrás en el hotel. Uno llamó su atención por abultado y sospechoso. Tenía su nombre escrito con plumón y creyó reconocer la grafía. Al abrirlo halló un envoltorio. Era un pañuelo de papel guardando aquel precioso caracol con pintas moradas. Se lo había heredado el anciano aquel que sólo se alimentaba con nieve de limón. El sobre contenía también una hoja doblada en pliegos. Era una nota sencilla: "Señora Fara. Permítame obsequiarle este caracol tan exquisito para que lo comparta con su hija Margarita. Que debe tener ojos hermosos, como los de usted. S."

La reportera Berruecos sintió que algo se resquebrajaba en su tórax. No pudo retener aquella lágrima gravitando hacia su escote y que escurría entre sus menudos pechos. Hubo entonces una voz adusta en el magnavoz invitando a los pasajeros a entrar por la puerta C.

Al pasar el control de embarque miró el cielo de esa mañana. Iba a extrañar sus nubes de prodigio, aquel éter de cobalto sideral, ese aire cálido y fragante. Peter Cobb reconoció aquella nube en expansión, era un cúmulo nimbus y tenía la forma de una copa. Una copa de martini. Entonces una frase retumbó en su imaginación. Ese firmamento y ese océano en la distancia —era una mañana clara como pocas— eran los mismos que había disfrutado la loca de amor exaltado. Ava Gardner en sus escapadas del set de filmación. "La bestia de los martinis", la habían bautizado. Fue lo que le contó aquel gordo mofletudo en el bar El Punto Negro. Una frase que, recapacitó, podría iniciar una interesante novela, si renunciaba al reportaje encargado por Los Angeles Times. Una novela escalofriante, bizarra, descarnada. No *La noche de la iguana*, que ya existía, sino la misma historia pero del otro lado del espejo. Una novela desnuda, audaz, provocadora como ninguna. Iguanas de noche, se dijo. ¡Sí! ¡Claro! Fue cuando Peter Cobb sintió que la sangre hervía en sus arterias. ¿Para qué regresar? Glenda podría esperar. Se lo explicaría por vía telefónica. Que vendiera su Volvo y le enviara el dinero. Con eso podría permanecer un par de meses indagando en Vallarta pero, sobre todo, conversando con el rollizo Inocencio Molinero. Él sabía todo. Convencerlo, seducirlo, vampirizarlo. Iba a ser, como decían sus profesores de escritura en UCLA, "una novela que aporta", "una novela necesaria", así que se detuvo. No abordó el avión. Dio media vuelta y retornó sobre sus pasos, ante la protesta de los encargados de la aerolínea. El entusiasmo lo es todo. ¡Sí! Además de que la frase ya bullía en su imaginación, y la apuntó en su pase de abordar. La frase que daría inicio a todo: "La brizna, eso era lo que más le fascinaba. Aquel rocío fresco, vertiginoso, refrescándole la cara. Y la velocidad".

Peter Cobb se sintió entonces, como nunca, dueño del mundo.

Fuentes

Ferris, Paul. *Richard Burton*, Coward, McCann & Georghegan, Nueva York, 1981.

Heymann, C. David. *Liz (An intimate biography of Elizabeth Taylor)*, Birch Lane Press Book, Nueva York, 1995.

Huston, John. *An open book*, Da Capo Press, Nueva York, 1980.

Munguía Fregoso, Carlos. *Panorama histórico de Puerto Vallarta*, Secretaría de Cultura, Gobierno de Jalisco, México, 1997.

Munguía Fregoso, Carlos. *Recuerdos y sucesos de Puerto Vallarta*, edición del autor, México, 2000.

Wayne, Jane Ellen. *Los hombres de Ava*, Diana, México, 1992.

Williams, Tennessee. *Verano de humo / La noche de la iguana*, Losada, Buenos Aires, 1951.

S FICTION MARTINDELCAMPO
Martin del Campo, David
No desearas : novelas de
  ebriedad, fornicacion y
  olvido

R0119317978   SDY_SP

JUN   2012

SANDY SPRINGS

Atlanta-Fulton Public Library